일곱 명의 마법사와 말하는 고양이
# 라스트 찬스 호텔

Original English language edition first published 2018 under the title THE LAST CHANCE HOTEL by The Chicken House, 2 Palmer St, Frome, Somerset, BA11 1DS, UK

Text ⓒ Nicki Thornton 2018
Cover ⓒ Matt Saunders 2018

All character and place names used in this book are
ⓒ Nicki Thornton 2018 and cannot be used without permission

The Author/Illustrator has asserted his/her moral rights.
All rights reserved.

Korean translation ⓒ 2021 by Sallim Publishing Co.
Korean translation rights arranged with Chicken House Publishing Ltd.
through EYA(Eric Yang Agency)

이 책의 한국어판 저작권은 EYA(Eric Yang Agency)를 통한
Chicken House Publishing Ltd.사와의 독점 계약으로
'㈜살림출판사'에 있습니다.
저작권법에 의해 한국 내에서 보호를 받는 저작물이므로
무단전재와 복제를 금합니다.

일곱 명의 마법사와 말하는 고양이

# 라스트 찬스 호텔

니키 손턴 지음
김영선 옮김

살림

| 일러두기 |

*괄호 안에 작은 글은 어린이 독자 여러분의 이해를 돕기 위해 번역자 선생님이 뜻을 풀이하거나 보충 설명한 것입니다.

## 차례

### 제1부

1. 라스트 찬스 호텔 … 11
2. 생선 머리 수프 … 17
3. 디저트 … 20
4. 샐로미어스 박사 … 27
5. 마지막 라즈베리 … 33
6. 허브티와 쇼트브레드 … 38
7. 현란한 모자를 쓰고 활짝 웃고 있는 여인 … 44
8. 이상한 검은 책 … 49
9. 손가락질 … 52
10. 새로운 요리 … 59
11. 샐로미어스 박사의 디저트 … 63

### 제2부

12. 치명적인 독약 찾기 … 71
13. 헤어스타일이 영화배우 같은 사람 … 80
14. 연관성 … 86

15. 두 가지 문제 ··· 92
16. 그는 준비되지 않았다 ··· 98
17. 우리는 범죄자들을 사라지게 만든다 ··· 103
18. 곤경 ··· 112
19. 천재 발명가 ··· 120
20. 어둠 속의 수색 ··· 130
21. 아몬드 냄새 ··· 136
22. 새소리 채집 ··· 143
23. 물망초의 영롱한 색조 ··· 152
24. 책의 마천루 ··· 160
25. 마법 발명품 중 하나 ··· 165
26. 인기보다 더 중요한 것 ··· 169
27. 우리의 후보들에 대한 몇 가지 뉴스 ··· 180
28. 다른 방법? ··· 192
29. 여덟 번째 자리 ··· 196
30. 윈터그린과의 원한 ··· 200
31. 환상적인 콤비 ··· 207
32. 방에 나타난 유령 ··· 217
33. 비밀 ··· 222
34. 그분이 무엇에 맞서 싸웠는지 우리 모두 알고 있다 ··· 227

35. 아직 펼쳐지지 않은 비극을 지켜보며 ··· 234
36. 길버트의 엄청 신 피클 ··· 239
37. 제대로 된 마법을 부리는 사람 ··· 246

### 제3부

38. 슬라이싱 강의 ··· 253
39. 처음부터 거짓말 ··· 266
40. 위치 라치트의 정체 ··· 273
41. 더 또렷해진 그림 ··· 277
42. 산 자들의 땅 ··· 282
43. 다시 나를 가두어 주세요 ··· 286
44. 명확하고 단순한 진실 ··· 292
45. 서둘러야 해요 ··· 297
46. 누구 ··· 302
47. 뜻밖의 군단 ··· 307
48. 그리고 무사히 빠져나갈 거야 ··· 312
49. 마지막 희망 ··· 322
50. 마법사가 될 수 있다는 가능성 ··· 330

## 라스트 찬스 호텔
## 고객 명단

**1호실** 토퍼 샐로미어스 박사
VIP 고객, 라즈베리 알레르기

**2호실** 페넬로피 페퍼스푸크 교수
새소리를 들으며 잠에서 깨는 것을 좋아함

**3호실** 글로리아 트라우트빈
숙제를 할 작은 책상, 페퍼스푸크 교수의 방 바로 옆방

**4호실** 다린더 던스터-던스터블
엄청 푹신한 베개 3개

**5호실** 안젤리크 스쿼
전신 거울

**6호실** 그레고리언 킹피셔
운동하는 사람들 그림이 있는 방

**7호실** 볼도 마드 백작
특별한 요구 사항 없음

# 1
## 라스트 찬스 호텔

　라스트 찬스 호텔의 주방에서 평소에 가장 크게 나는 소리는, 달걀 하나를 달랑 보글보글 삶는 작은 소리였다.
　하지만 오늘은 헨리 몰드의 고함으로 공기가 요동쳤다. 허리가 굽을 정도로 나이가 많은 이 대머리 주방장은 절뚝거리며 주방을 돌아다니면서 버럭버럭 명령했다.
　"세스, 저기 타르트! 오븐에서 꺼내. 지금 당장!"
　헨리의 고함에 주방 보조 소년 세스가 꼬챙이 같은 다리로 휙 뒤를 돌아 주방 반대편으로 뛰어갔다. 세스 주변의 공기는 갈릭 버터와 고기 굽는 냄새가 진동했고, 밀가루와 허브와 향신료가 뒤섞인 가루가 자욱했다. 모락모락 나는 김, 잘 준비된 소스, 보글보글 끓는 냄비들……. 
　세스 세피가 아주 작은 마법이라도 부릴 수 있으면 좋겠다고 바란 적이 있다면, 지금이 바로 그때였다. 성마른 헨리 그리고 호텔 주인인 퉁명스럽고 심술궂은 노리 번과 기름기가 잘잘 흐르고 돈 한 푼에도 벌벌 떠는 그녀의 남편 허레이쇼 번, 이 세 명의 고약한 윗사람이 지시한 일들을 모두 해낼 수 있는 방법은 몸을 세 개로 쪼개는 마법 주문밖에 없을 것 같았기 때문이다.

호텔은 번 씨가 그토록 설레발을 쳐 온 특별한 손님들을 맞이하기 위해 영원히 준비해 온 것 같은 느낌이었다. 그리고 오늘이 바로 그 손님들이 오기로 한 날이었다.

"후추가 더 필요해. 야, 빨리빨리!"

번 부인이 화덕에서 앙칼진 소리로 외치면서 소스가 묻은 숟가락으로 세스 쪽을 가리켰다. 그 바람에 숟가락에서 통후추 소스 한 덩이가 떨어져 주방을 가르며 휙 날아갔다. 길고 푸석한 회색 머리칼을 뾰족한 얼굴 뒤로 질끈 묶은 번 부인은 소스에 땀을 뚝뚝 떨어뜨리며, 재채기를 하지 않으려고 애쓰고 있었다.

세스 괴롭히기가 취미인, 번 부부의 심술궂은 딸 티파니가 멀리 떨어진 요리 학교에 가고 없는 것이 그나마 다행이었다.

번 씨가 두 손을 팔랑거리며 주방으로 들이닥치면서 날카로운 목소리로 외쳤다.

"도착했어! 손님들이 도착했다고!"

그 모습이 마치 '크리스마스야'라고 외치는 꼬마 같았다. 그는 다시 로비로 뛰어나갔다.

진짜 놀라운 점은, 번 씨가 몇 년 동안 매일 입었던 칙칙한 회색 양복 대신 앵두처럼 빨간 조끼와 줄무늬 바지를 입고 있다는 사실이었다.

번 부인도 앞치마를 당겨 벗은 다음 긴 회색 머리칼을 매만지고는 손님들을 맞으러 로비로 뛰어갔다.

세스는 서둘러 주방 벽으로 갔다. 벽에 로비로 들어오는 손님들을 어렴풋이나마 훔쳐볼 수 있는 구멍이 있었기 때문이다. 세스가 구멍에 눈을 갖다 대자, 열쇠 꾸러미가 짤랑거리는 소리와 번 부부가 최대한 예의를 차려 막 도착한 손님들을 맞이하는 소리가 들렸다.

헨리가 평소와 달리 활기차게 주방을 가로질러 오더니, 뾰족한 팔꿈치로 세스를 꾹 찔러 비키게 하고는 구멍을 엿보았다.

"저 사람이 우리의 VIP 고객인 샐로미어스 박사야? 저 사람을 위해 우리가 이렇게 고생을 했단 말이야? 별로 대단한 사람 같아 보이지 않는데. 죽어라 일을 했더니……."

헨리는 배를 살살 만지면서 말을 이었다.

"배가 살살 아프네."

VIP 고객이 작은 산타클로스 할아버지 인형처럼 생긴 것은 세스도 예상 밖이었다. 샐로미어스 박사는 머리가 하얗고 배가 불룩 나왔다. 반짝이는 눈이 인상적이었지만, 키는 세스의 어깨 높이 정도밖에 되지 않았다.

"그리고 박사와 함께 온 남자는…… 완전히 공작새 같잖아."

헨리가 계속 엿보면서 말했다.

"박사가 한사코 데려오겠다고 했던 보안 담당자인 것 같아. 보안 담당자라니! 차라리 닭한테 보안 일을 시키지. 대체 저 우스꽝스러운 콧수염은 뭐야?"

"저 사람은 그레고리언 킹피셔 씨일 거예요."

세스가 방금 얼핏 본 남자의 특징은 이랬다. 몸에 딱 붙는 밝은 초록색 양복, 가지런히 빗어 넘긴 짙은 갈색 머리칼, 매우 크고 풍성한 갈색 콧수염, 코를 가로질러 흩뿌려져 있는 주근깨.

"저 사람이 운동하는 사람들 그림이 있는 방을 부탁했던 사람이에요."

종종 특별한 요구 사항을 말하는 손님들이 있지만, 방에 걸린 그림에 유난을 떠는 사람은 처음이었다. 이번 손님들은 대단히 흥미로웠다. 일단, 이렇게 많은 사람들이 한꺼번에 묵는 일은 참으로 오랜만이었다. 아마도 호텔 주변에 끝없이 펼쳐진 나무숲 말고는 아무것도 없기 때문일 것이다.

세스는 라스트 찬스 호텔이 늘 손님으로 가득 찼던 때를 기억하고 있었다. 자기 아버지가 이곳의 주방장이었던 시절이었다. 그때는 사람들이 주방장의 유명한 요리를 맛보기 위해 이렇게 외딴 곳까지 여행하는 수고를 마다하지 않았다.

세스는 번 씨가 가방을 옮기는 일을 도우라고 자기를 빨리 불러 주기를 바랐다. 사람들을 더 자세히 보고 싶었기 때문이다.

"샐로미어스란 사람이 왜 스쿼 양을 조수로 데려오고 싶어 했는지 알겠네."

헨리가 툴툴거리며 고개를 돌렸고, 덕분에 세스는 다시 한번 잠시 엿볼 기회를 얻었다.

안젤리크 스퀴는 마치 수천 명이 모인 대규모 관객 앞에 나가는 것처럼 고개를 빳빳이 들고 있었다. 머리칼은 곧고 길었으며, 오른쪽 아래에 빨간색인 부분을 빼고는 머리칼 대부분이 검은색이었다. 빨간색 부분은 염색을 한 것 같았다. 유명한 영화배우인가? 안젤리크가 반짝이는 샹들리에 아래에 서자 반질반질하게 윤을 낸 목재 가구들과 오래된 액자 속에 있는 그림들이 빛바래고 허름해 보였다.

"다시 일이나 해라, 세스. 설거짓거리가 천장까지 닿겠다."

헨리가 쏘아붙이고는 칼을 집어 들고 야채를 썰어 갔다.

하지만 세스가 미처 움직이기도 전에 헨리가 비명을 내질렀고, 손에 쥐고 있던 칼이 땡그랑 소리를 내며 주방 바닥의 차가운 널돌에 떨어졌다.

벌레 한 마리가 세스의 코 바로 앞을 지나 날아가더니 창문에 부딪쳤다. 헨리는 겁에 질려 몸을 움츠렸다.

"그냥 벌레에요, 헨리 아저씨."

세스는 헨리를 안심시키고는 작은 벌레가 창문 열린 쪽으로 가도록 조심스럽게 유도했다. 그런데 벌레 꼬리에서 불이 붙은 것처럼 환한 빛이 나왔다.

"그냥 보통 벌레가 아니야."

헨리의 눈이 휘둥그레졌다.

"뤼시올이라는 벌레야. 이 프랑스어가 무슨 뜻인지 아니?"

"반딧불이라는 뜻이죠? '풀벌레 숲'에서 길을 잃고 여기까지 왔나 봐요. 예뻐요. 와서 보세요. 마법의 벌레처럼 보여요. 그렇죠?"

"그런데 안에 들어와 있잖아!"

헨리가 나지막이 말하고는 땀이 송송 맺힌 윗입술을 핥았다.

"우리나라에서는 빛을 내는 벌레가 창문 안으로 날아들면, 그건……. 그건 죽음을 의미해."

헨리는 세스의 팔을 꽉 잡았다.

"세스, 누군가 죽을 거야."

## 2
## 생선 머리 수프

세스는 겁에 질린 헨리의 손아귀에서 팔을 뺐다.

"그건 그냥 옛날 미신이에요, 헨리 아저씨. 걱정 마세요. 아무도 안 죽을 테니."

세스가 반딧불이를 창밖으로 자유롭게 날아가게 했지만, 헨리는 조각용 칼을 집어 들더니 허둥지둥 자리를 떴다. 오늘 밤 연회에 쓸 채소를 준비하는 일은 결국 세스의 몫이 되었다.

헨리는 스트레스를 받을 때마다 조각을 했다. 세스는 당근과 비슷하게 생긴 식물인 파스닙이 걸어가는 기린으로 변하거나 나뭇조각이 귀여운 새끼 여우로 변하는 것을 보는 데 익숙해졌다. 그런데 이런 일이 왜 하필 헨리가 저녁상에 올릴 통닭구이나 스테이크 앤 키드니 푸딩을 만들어야 할 때 일어나는 것일까?

세스는 종종걸음을 치며 수프가 끓고 있는 거대한 냄비 앞을 지나갔다. 이 호텔의 대표 요리인 '생선 머리 수프'에 이제 생선 머리를 넣을 준비가 되었다. 세스가 미리 준비해 둔 오동통한 생선 머리가 수북이 쌓인 채 기다리고 있었다. 생선들 눈이 세스를 빤히 보며 이렇게 말하고 있는 것 같았다. '네 인생이 힘들다고? 우리를 봐.'

획 지나가던 세스가 발걸음을 뚝 멈추었다.

육수와 향신료 냄새를 맡은 세스의 코가 뭔가 중요한 것을 그에게 말하고 있었다. 수프가 제대로 되지 않았다. 그리고 세스의 코는 틀린 적이 없었다.

세스는 고양이 나이트셰이드에게 주기 위해 생선 머리 하나를 집어, 앞치마 속에 입고 있는 밝은 파란색 요리사복 주머니에 넣었다. 이 요리사복은 색깔이 조금 튀기는 하지만 아버지가 남긴 유일한 물건이나 다름없었다. 요리사복을 빼고 아버지한테 물려받은 것은, 이따금 완전히 다른 방에서 일어나고 있는 일을 비추는 것처럼 보여서 별로 쓸모가 없는 거울이 전부였다.

세스는 작은 숟가락을 냄비에 담가 수프를 떠서 입으로 가져갔다. 수프는 맛있고 따뜻했다. 그리고 아버지 생각을 많이 나게 했다. 세스는 아버지에 대한 기억이 가물가물해지고 있었다.

둘이 나란히 서서 빵을 굽고 수프를 만들면서 맡았던 계피와 향신료 냄새, 그리고 아버지가 해 주었던 조언을 통해 세스는 아버지를 기억할 수 있었다. 세스에게 아버지는 몸속에 있는 작은 사랑의 불꽃과 같은 존재였다. 아버지에 비하면 어머니에 대한 기억은 많지 않았다. 어머니를 생각할 때마다 갓난아이였을 때 어머니가 죽었고, 어머니에 대한 기억을 떠올리기가 무척 어렵다는 사실에 세스는 슬프고 마음이 무거웠다.

세스는 각양각색의 병과 단지들이 뒤죽박죽으로 놓여 있는 선반으로 팔을 뻗어 서양톱풀을 조금 집어 수프에 뿌렸다. 그러면서 세스의 아버지가 아주 형편없었다고 입버릇처럼 말하면서도 구체적으로 무엇을 잘못했는지에 대해서는 한 번도 말하지 않는 번 씨를 떠올렸다.

이 수프의 조리법을 만든 사람이 바로 세스의 아버지였고, 세스는 중요한 손님들을 위해 수프를 완벽하게 요리하고 싶었다. 음식 재료를 쓰는 데 늘 인색한 주방장 헨리 몰드는 이 호텔의 유명한 요리를 제대로 만들지 못했다. 세스는 뒤를 힐끔힐끔 살피면서 긴 유리병 안에 있는 사프란으로 손을 뻗었다. 세스의 머릿속에서 고약한 번 씨가 귀에 못이 박히도록 했던 경고가 울렸다. '엄청 아껴 써라. 1그램, 딱 1그램. 사프란은 금보다 비싸.'

세스는 두 손가락으로 작고 섬세한 사프란 네 가닥을 집은 다음, 겁먹은 눈으로 뒤를 다시 한번 힐끔 보고는 사프란을 뿌렸다. 그러고는 탐스러운 황금색으로 변하는 수프를 보면서 미소를 지었다.

"이런, 이런, 이런. 세피, 너는 혹독한 대가를 치르게 될 거야."

세스는 화들짝 놀라 하마터면 단지를 떨어뜨릴 뻔했다. 이 혐오스러운 목소리, 오늘 세스가 들을 것이라고 결코 기대하지 않았던 목소리의 주인을 착각하기란 불가능했다.

티파니 번. 호텔 주인 부부의 사악한 딸이 의기양양하게 주방 문틀에 기대서 있었다.

# 3
## 디저트

"접시 닦이 세스 세피. 세상에서 최악인 주방 보조. 아직도 여기에서 보이네?"

티파니의 목소리에는 경멸이 배어 있었다.

"티파니!"

세스가 사프란 단지를 등 뒤로 숨기고는 태연하게 보이려고 최선을 다하며 더듬더듬 말했다.

"일찍 돌아왔네. 학교는 별일 없지?"

티파니는 주방 찬장 중 하나에 기댄 채 구부정하게 서서 고개를 갸우뚱했다.

"아, 내가 보고 싶었구나? 아빠가 세상 끝에 있는 이 너저분한 곳으로 나를 부르시지 뭐야. 아빠는 스트레스를 받으면 사람을 아주 귀찮게 하시잖아. 내가 도움이 될 거라고 생각하셨나 보지. 하지만 오, 세상에나, 내가 돌아올 날을 네가 나처럼 손꼽아 기다리는 줄은 몰랐네."

티파니는 천사의 머릿결 같은 길고 아름다운 금발을 뒤로 휙 젖혔다.

"나는 지금 할 일이 있어서……."

"아, 이야기를 나눌 수 없을 정도로 바쁘시다고? 그런데 난 말이야, 요리 학교에서 이걸 휘젓고 저걸 굽고 하면서 하루하루를 보내다 보니 네가 보고 싶더라고."

티파니는 세스에게 바싹 다가갔다. 이마가 세스의 어깨에 거의 닿을 정도였다.

"그곳에서 한 가지 중요한 사실을 배웠지. 세상에서 요리보다 더 지루하고 따분한 것은 없다는 사실."

세스의 간절한 소원은 요리 재능 덕분에 언젠가 이 호텔을 떠날 수 있게 되는 것이었다. 사람들이 먼 거리를 여행하는 것을 무릅쓰고도 찾는, 그런 음식을 요리하고 싶었다. 아버지처럼. 헨리가 조각에 정신이 팔려 있을 때마다 세스는 기회를 놓치지 않고 이런저런 요리 연습을 해 보았다. 하지만 이따금 여기 말고 다른 곳에 있는 자신의 모습이 도무지 그려지지 않았다. 심지어 꿈속에서조차.

티파니가 속삭이는 목소리로 말했다.

"쓰레기장 같은 이곳으로 돌아오는 게 왜 견딜 만한지 궁금하지 않니? 내가 왜 여기로 돌아오는 걸 기대했을까?"

세스는 사프란 단지를 더욱더 꽉 움켜잡았다. 티파니가 너무나 가까이 다가오는 바람에 세스는 목 옆쪽에 닿는 그 아이의 숨결을 느낄 수 있었고, 살갗에서 나는 기차 먼지와 코코아와 베이컨 샌드위치의 향긋한 냄새가 뒤섞인 오랜 여행의 냄새를 맡을 수 있었다.

"그건 바로 너를 볼 수 있기 때문이지, 나의 사랑스러운 접시 닦이야. 감자 껍질과 지저분한 단지들 사이에서 여전히 정신없이 바쁘지? 세상에는 결코 변하지 않는 것들이 있다니까."

티파니는 최면이라도 걸려는 듯이 파란 눈을 크게 떴다. 백옥같이 흰 피부, 너무도 매혹적인 미소, 겉모습만 보면 티파니가 얼마나 위험한 사람인지 알기란 쉽지 않았다. 자신을 치명적일 정도로 매력적으로 보이도록 하기 위해 생각을 적당히 감출 수 있는 사람, 그런 사람이 바로 티파니였다.

"이 호텔에서 요리 보조의 일이 너한테 구체적으로 어떤 시련을 선사할 수 있는지 보는 게 너무나 재미있어서 나는 돌아오고 싶었던 거야."

티파니는 세스의 등 뒤로 휙 움직여 그의 팔을 움켜잡았다. 그리고 사프란 단지를 낚아채고는 팔을 고통스럽게 비틀었다.

"그런데 너는 내가 그 일을 하는 걸 아주 수월하게 만들어."

티파니가 나긋나긋하게 말했다.

"주방에서 도둑질을 해?"

티파니는 손가락 하나를 세워 보들보들한 뺨을 짚으며 얼굴을 앙증맞게 찡그려 사악한 미소를 지었다.

"이제 우리가 이 일에 대해 뭘 해야 할까?"

"티파니, 나는…… 나는……."

"네 봉급에서 제할 수 없어서 아쉽네, 세피. 너는 버는 돈이 없으니까. 그렇지? 한심하고 아무짝에도 쓸모없는 네 아버지가 우리 아빠의 가장 소중한 물건들을 가지고 없어져 버린 통에 너는 일한 대가를 우리한테 밥값으로 내야 하니까 말이야."

세스는 마음을 할퀴는 티파니의 말에 아무것도 할 수 없는 자신이 너무나 싫었다. 하지만 세스는 이곳에 갇힌 신세였다. 따로 갈 곳도, 친구도, 친척도 없었다. 이따금 그는 이곳에 영원히 있게 될 것이라고 생각했다.

"아빠는 안쓰럽게도 아직도 자신을 속여 가면서까지 믿고 있어. 내가 그 별 볼 일 없는 학교에서 뜨거운 오븐과 요리책에 관심을 가지고 있다고. 우리 부모님은 자신들이 딸의 인생을 완전히 망치고 있다는 걸 알고 있을까?"

티파니는 접은 종이를 꺼내 세스의 손에 쑤셔 넣고는 가운뎃손가락으로 세스의 이마를 쿡 찔렀다.

"네가 여전히 우리 아빠를 실망시키고 싶어 하지 않는다는 걸 난 알아."

"이게 뭐야?"

"라즈베리 파블로바라는 요리야."

티파니가 공들여 칠한 손톱을 살펴보면서 대답했다.

번 씨는 딸에게 가장 어려운 요리를 해 오라고 시키고는 아주 잘 만들었다고 칭찬하고, 그 상류층 요리 학교에서 아주 많이 배웠다고 자랑하는 것을 좋아했다. 하지만 그런 요리들은 모두 세스가 만든 것이었다.

세스가 종이를 귓등에 꽂고는 말했다.

"알았어. 나중에 볼게."

시계를 보니, 중요한 저녁 식사까지 세 시간도 채 남지 않았다. 세스는 타르트를 식히려고 선반에 올려놓았다.

"이 요리가 언제 필요해? 우리가 좀 바빠서 말이야. 너도 알잖아, 티파니."

티파니는 두 손을 들고는 뒤로 물러서며 말했다.

"미안. 내가 잘못했네."

그러고는 몸을 앞으로 숙여 세스의 귓등에서 종이를 확 뽑았다.

"나중에 볼게."

티파니는 세스의 말을 그대로 흉내 내고는 나지막이 키득거렸다.

"그러지 말고 지금 당장 하는 건 어때?"

"어, 언제 필요한데?"

티파니의 다음 말은 요란하게 지글거리고 탁탁거리는 소리에 거의 묻힐 뻔했다. 세스가 감자를 구우려고 오븐에 넣고 있었기 때문이다.

"당연히 오늘 밤 저녁 식사 때지. 디저트로 먹으면 좋을 것 같은데."

세스는 동작을 멈추고는 휘둥그레진 눈으로 티파니를 쳐다보았다.

티파니가 덧붙여 말했다.

"아, 나는 도저히 그렇게 못 하지. 하지만 너는 할 수 있기를 우리 함께 바라자. 안 그러면 네가 저 사프란을 슬쩍한 것을 내가 아빠한테 말할 거니까. 그리고 생선 머리도. 설마 내가 그걸 못 봤다고 생각하는 건 아니지? 이제 날생선의 대가리까지 먹다니, 세피."

티파니는 혀를 끌끌 차면서 고개를 절레절레 저었다.

"어째 얘가 갈수록 이상해지는 것 같아. 아니면 혹시 네가 끔찍이 예뻐하는 지저분한 고양이를 위해 훔친 거니?"

세스는 숨을 깊이 들이마셨다. 티파니는 늘 단 몇 초 만에 세스의 마음속을 분노로 응어리지게 만들 수 있었다. 그런 때면 세스는 곧장 티파니의 완벽하게 가지런한 치아에 정통으로 주먹을 날리는 모습을 머릿속으로 그리곤 했다. 세스는 분노를 삼켰다. 그리고 미소를 지었다.

"나는 수프 맛을 제대로 내기 위해 사프란을 넣었을 뿐이야. 그건 도둑질이 아니야. 네 아빠는 손님들이 감동하기를 바라서."

티파니는 세스가 방금 꺼내 놓은 타르트를 한 움큼 쥐었다.

"그리고 조심해. 안 그러면 이것이 사라진 것까지 책임져야 할 테니까. 당연히 네가 그……, 뭐였지? 음, 그걸 요리해서 나를 도와줄 마음이 없다면 말이야."

"파블로바?"

"맞아. 그리고 이 돌대가리야, 네가 세상에서 가장 맛있는 파블로바를 만들기만 하면, 나는 본 것들을 그냥 싹 다 잊어버릴 수 있어."

세스는 티파니의 사악한 미소를 보며 머뭇거렸다. 하지만 선택의 여지가 없다는 것을 세스도 티파니도 잘 알았다.

"잘하면 만들 수 있을지도 몰라……. 만약 촛대들을 닦아서 식탁 위에 놓는 일을 네가 해 준다면."

티파니는 세스가 가장 혐오하는 소리 중 하나로 반응했다. 바로 개 짖는 소리 같은 끔찍한 웃음소리.

"그런 일이 일어나지 않으리라는 건 너도 알고 나도 알아. 접시 닦이야."

티파니는 타르트 한 조각을 공중으로 훅 던지고는 입으로 가뿐하게 받아먹었다.

"너한테 할 일이 한두 가지 있다면, 내가 친구로서 조언을 하나 해 주겠어. 빨리 움직여. 여기서 얼쩡거리며 재잘거리지 말고."

# 4
## 샐로미어스 박사

로비에서 외치는 소리가 들렸다.

"손님들이 더 오셨다, 세스. 가방! 빨리빨리! 당장 움직여."

번 씨의 부름에 세스는 후다닥 로비로 갔다. 로비의 어두운 벽 위에서 반짝이는 크리스털 샹들리에가 파티에 초대하는 분위기를 자아내고 있었다. 세스는 새벽 5시에야 광을 내는 일을 끝낸 로비 바닥을 미끄러지듯이 가다가 하마터면 다른 사람과 부딪칠 뻔했다. 세스 또래 정도로 보이는 특이하게 생긴 소년이었다.

몸에 꼭 끼는 초록색 벨벳 양복을 차려입은 소년은 지나치다 싶을 정도로 활짝 웃고 있었고, 두 귀는 마치 얼굴의 나머지 부분을 작게 만들기 위해 최선을 다하고 있는 것처럼 보일 정도로 엄청 뾰족했다.

소년은 실제로 들이받히기라도 한 것처럼 두 팔을 휘저었고, 놀라울 정도로 짧은 두 다리로 휙 뒤로 돌아 세스를 보며 말했다.

"진정해."

곧바로 소년의 얼굴이 금이 가는 것처럼 변하는가 싶더니 장난기 섞인 미소를 지었다. 소년은 세스를 향해 당돌하게 윙크를 날리며 말했다.

"아무 피해 없음."

"조심해야지, 세스!"

번 씨가 손가락으로 딱 소리를 내고는 쏘아붙였다.

"다린더 던스터-던스터블 도련님께서 짐을 옮기시는 데 도움이 필요하셔. 그리고 마드 백작님께도 가방이 있는지 여쭤봐라."

세스가 거대한 가방 두 개를 집으려고 허리를 숙였을 때, 모자를 쓴 채로 다린더 옆에 탑처럼 서 있는 인물이 눈에 들어왔다. 그는 추운 지방에서 오랫동안 여행한 냄새가 나는 검은색 여행용 망토를 몸에 두르고 있었다.

그가 모자를 뒤로 훌렁 넘기자, 검은 색깔의 둥그런 머리가 드러났다. 그의 피부는 건포도처럼 주름이 졌고, 주먹코 아래에서 한쪽 입꼬리까지 이어진 섬뜩한 흉터가 있었다. 흉터 때문에 입꼬리가 웃는 것처럼 올라가 있어서, 티파니가 흉터의 도움 없이 짓는 표정과 흡사해 보였다. 세스는 경계심을 보이며 살짝 뒷걸음질을 쳤다.

"난 7호실이네, 젊은이. 나를 찾을 일이 있으면 그리 오게나."

망토를 입은 백작이 다린더에게 쾌활하게 말하고는 계단으로 향했다. 백작이 미소를 짓자 이가 빠져 까맣게 보이는 부분이 드러났다. 그는 낮은 천장에 부딪히지 않으려고 몸을 숙이면서 계단을 오르며 말했다.

"늙은 토퍼 샐로미어스가 직접 여기까지 오다니, 믿기지가 않네. 그 친구하고 오랜만에 회포나 풀어야겠어. 1호실이라고 했나?"

"샐로미어스 박사님이 여기에 계신가요?"

다린더가 눈을 휘둥그레 뜨며 물었다.

"정말로요?"

나무로 만든 묵직한 현관문이 삐걱 소리와 함께 천천히 열리면서 다른 사람의 도착을 알렸다.

풍채가 당당한 여인이 향수 냄새를 잔뜩 풍기면서 성큼성큼 걸어왔다. 그는 백 가지 빛깔이 섞여 있는 듯한 거대한 천막 같은 드레스를 입고 있었고, 호텔 로비에서 한 사람이 보통 차지하는 것보다 훨씬 더 넓은 공간을 차지하면서 멈춰 섰다. 탑처럼 높이 솟은, 여러 색깔의 줄무늬로 염색한 금발은 라스트 찬스 호텔의 낮은 천장을 거의 쓸다시피 했다.

"페퍼스푸크 교수님, 어서 오십시오."

번 씨는 코가 카펫에 거의 닿을 정도로 고개를 푹 숙여 인사했다. 엉덩이에 꼭 낀 그의 바지가 세스의 눈에 들어왔다.

"명성이 자자하신 분을 맞이하게 되어 영광입니다."

페퍼스푸크 교수의 큼지막한 드레스 뒤에서 작은 소녀가 모습을 드러냈다. 소녀는 아홉 살쯤 되어 보였고, 학교에서 곧바로 왔는지 빳빳한 검은색 스커트와 카디건 그리고 목까지 단추가 있는 꼭 끼는 흰색 블라우스를 입고 있었다.

페퍼스푸크 교수가 소녀를 앞으로 밀며 말했다.

"글로리아 트라우트빈이에요. 나의 가장 오랜 친구의 딸이지요. 나는 위대하고 영예로운 트라우트빈 가문과 인연을 맺은 것을 늘 자랑스럽게 생각한답니다."

교수는 차갑고 거만한 미소를 지었다.

글로리아는 화려한 동반자와 정반대로 보이려고 애쓴 것처럼 보였다. 오래된 우유 색깔 같은 얼굴 양쪽으로 곧고 칠흑처럼 까만 머리칼을 가지런하게 빗은 모습이었다. 글로리아는 고개를 살짝 까딱하는 간단한 인사도 하지 않았다. 헤진 카펫의 빛바랜 빨간색 소용돌이무늬만 응시하다가 딱 한 번 위를 올려다보면서 특이하게 생기고 아무 생기 없는 눈을 끔뻑거렸다.

다린더 던스터-던스터블이 새로 온 사람들을 만나기 위해 짧은 다리로 종종걸음을 치며 왔다. 그의 키는 글로리아보다 겨우 머리통 하나 정도밖에 더 크지 않았다. 그는 먼저 글로리아와 악수를 하고 이어 페퍼스푸크 교수와 악수했다. 다린더의 놀라울 정도로 오동통하고 억센 손가락을 보면서 세스는 닭다리를 떠올렸다.

"던스터-던스터블, 이름을 들어 본 것 같은데. 어디에서였을까?"

페퍼스푸크 교수가 생각에 잠긴 듯이 손가락으로 턱을 톡톡 치면서 말했다.

"어쩌면 '위대한 갠돌피니'라는 이름이 더 익숙하실지도 모르겠네요. 제가 무대에서 쓰는 이름입니다."

키가 작은 소년은 겸손한 척하려고 애쓰고 있었다.

"아, 그 재능 있는 젊은 마법사? 바로 그 사람이라고요? 정말로? 놀랍네요! 글로리아에게 그 사람 쇼에 꼭 데려가겠다고 여러 번 약속했었는데."

다린더는 고개를 숙여 감사를 표했다.

"저한테 날짜만 알려 주세요. 공연장에서 가장 좋은 자리를 드릴 기회를 주신다면 저한테는 큰 영광이겠습니다."

번 씨가 목청을 가다듬고 말했다.

"교수님, 저는 교수님께서 도착 후에 가벼운 음료를 드시고 싶어 할 것이라고 생각했습니다."

번 씨는 다린더 던스터-던스터블의 무거운 가방들을 어깨에 짊어지려고 아직도 낑낑대고 있는 세스를 향해 손가락을 튕겨 딱 소리를 냈다.

"그리고 교수님의 짐을 옮기는 일도 도와드릴 겁니다."

번 씨는 두 손을 흔들면서 주방 안으로 사라졌고, 세스가 사람들을 안내했다. 다 함께 높낮이가 고르지 않은 곡선형 계단을 올랐다. 그리고 호랑이 그림 앞을 지나 2층 복도에 있는, 과일을 잔뜩 얹은 모자를 쓴 여인의 초상화 앞에 다다랐다.

던스터-던스터블이 페퍼스푸크 교수에게 말을 거는 사이 세스는 열쇠 꾸러미를 더듬거려 그의 객실 열쇠를 찾았다.

"그 소식 들으셨어요? 셀로미어스 박사님이 여기에 오셨대요. 우리는 그 위대하신 분 앞에서 우리의 능력을 보여 주는 거죠."

던스터-던스터블은 얼굴에 잔주름이 잡힐 정도로 흥분했지만,

페퍼스푸크 교수의 얼굴은 창백해지고 화려한 의상은 들썩였다가 다시 자리를 잡은 것처럼 보였다.

"샐로미어스 박사님이 여기에?"

페퍼스푸크 교수는 팔짱을 끼고는 내처 말했다.

"그럼 그 양반한테 내 생각을 정확하게 말해야겠네. 가장 유서 깊고 가장 고귀한 가문 중 일부가 이런 터무니없는 절차를 밟아야 하다니. 창피해서, 원."

다린더의 가방들을 그의 방에 내려놓고 있던 세스는 교수의 말에 어리둥절했다. 페퍼스푸크 교수가 말하는 '절차'가 무엇일까? 샐로미어스 박사에게 자신들의 '능력을 보여 주는 것'과 관련이 있을까? 그런데 어떤 능력을 말하는 것일까?

그런데 그 일 때문에 스트레스를 받는 것처럼 보이는 페퍼스푸크 교수와 달리 던스터-던스터블은 더욱더 활짝 웃으면서 두 손을 비비고 있었다.

"오늘 저녁은 제가 기대했던 것보다 훨씬 흥미진진할 것 같습니다."

# 5
## 마지막 라즈베리

새로 온 손님들을 방으로 안내한 뒤 주방으로 돌아온 세스는 파블로바를 만들기 위해 크림을 거품이 나게 휘저으면서, 자기가 혼자 만든 음식을 중요한 손님들이 먹게 될 것이라는 생각에 뿌듯했다. 물론 티파니가 모든 공을 차지하겠지만 말이다. 속이 꽉 찬 마지막 라즈베리를 펄펄 끓고 있는 파블로바에 넣으면서 세스는 이 디저트가 정말 멋있어 보일 것이라고 확신했다.

"이 바보 천치야."

세스 뒤에서 목소리가 들렸다.

세스는 티파니가 늘 이런 식으로 슬그머니 다가오는 것이 싫었다.

"라즈베리를 썼구나, 멍청이."

"라즈베리는 라즈베리 파블로바에서 중요한 재료야."

"주빈인 샐로미어스 박사님이 라즈베리에 알레르기가 없다면 그렇겠지. 이 감탄할 만한 무뇌아야. 사실 너는 아무짝에도 쓸모없는 네 아버지보다도 더 형편없어. 안 그래? 난 **딸기**라고 말했어. **딸기 파블로바**라고. 누굴 바보 멍청이로 아니?"

티파니가 세스를 일부러 헷갈리게 만들었던 것일까? 세스는 티파니가 자기를 갈고리에 걸어 놓고는 대롱대롱 매달려 바동거리는 모습을 보는 것을 얼마나 좋아하는지 잘 알고 있었다. 하지만 티파니와 입씨름을 벌여 봐야 아무 소용도 없을 것이었다. 지금 중요한 일은 VIP 고객에게 알레르기를 일으키지 않는 디저트를 만드는 것이었다.

그런데 세스는 자신한테도 화가 났다. 고객들의 특별한 요구 사항을 늘 숙지하고 있어야 한다고 교육 받은 세스는 VIP 고객이 라즈베리 알레르기가 있다는 사실을 알고 있어야 했다. 그리고 티파니가 계략을 쓰리라는 것을 당연히 알아차려야 했다. 그래서 더욱더 화가 치밀어 마음속으로 씩씩대고 있었다.

"손님이 우리 때문에 죽는 것은 좋은 일이 아니야, 세피. 특히 그게 너의 실수 때문인 것처럼 보이면 더욱더."

티파니는 세스의 귀에 대고 막 고함을 질렀다. 그러고는 갑자기 달려들었다. 세스는 타파니가 자신의 작품을 바닥에 내동댕이칠까 봐 더럭 겁이 났다. 그래서 티파니의 손이 닿지 않도록 파블로바를 휙 낚아채 꽉 움켜잡았다. 거품을 낸 크림이 출렁거렸다.

"어, 적어도 나는 파블로바가 뭔지도 모르는 요리사들을 키우는 학교에서 몇 년을 보내지는 않았어."

세스가 매섭게 맞받아쳤다. 이 말은 세스가 미처 멈출 틈도 없이 불쑥 나와 버렸다.

순간 티파니의 눈이 휘둥그레졌다. 세스는 숨을 깊이 들이마셨다. 세스가 티파니에게 말로 맞선 적은 여태 한 번도 없었다.

긴 침묵이 흘렀다. 그동안 세스는 잔뜩 긴장한 채로 공기가 변하는 것을 느끼면서 곧 닥칠 채찍질을 기다렸다.

"샐로미어스 박사님이 드실 다른 음식을 요리할게."

티파니가 입을 떼기 전에 세스가 재빨리 말했다.

"그분만을 위한 음식. 정말 특별한 요리."

세스는 그렇게 장담하고는, 완벽한 파블로바를 거대한 냉장고 안에 조심조심 넣은 다음 티파니가 가녀리지만 심술궂고 유유처럼 하얀 손으로 만지기 전에 냉장고 문을 쾅 닫았다.

"뛰어난 음식을 만들어야 할 거야."

티파니가 말했다.

그때 종이 딸랑거리는 소리가 났고, 둘은 고개를 들었다.

주방 문에는 각 객실로 연결된 구식 종이 줄지어 달려 있었다. 어떤 손님이 룸서비스를 원하면 종이 울렸다.

6호실. 그레고리언 킹피셔가 룸서비스를 요청하고 있었다.

세스는 한시라도 빨리 이곳을 벗어나기 위해 그 종에 눈을 붙박은 채로 고개를 끄덕였다.

종을 지켜보고 있던 티파니가 분홍색 혀가 훤히 보일 정도로 늘어지게 하품을 하면서 냉장고에 몸을 기댔다.

곧이어 파란색 눈을 커다랗게 번쩍 떴다.

"야, 세피, 이게 너한테는 아주 좋은 기회일 수도 있어. 너의 재능을 한번 보여 봐. 저 사람들이 너한테 이 모든 것에서 벗어날 수 있는 길을 제시할지도 모르잖아. 넌 부와 명성으로 가는 길로 들어설 수도 있어."

"아니야, 티파니."

세스가 문 앞에 잠깐 멈춰 서서 대꾸했다.

"너는 사람들한테 네가 직접 음식을 만들었다고 말할 거잖아."

티파니는 고개를 갸우뚱하고는 득의양양한 미소를 지었다.

"혹시 이번에는 네가 음식을 다 만들었다고 사실대로 말할지도 모르지. 다 너의 작품이라고."

티파니가 나긋하게 말했다.

"도대체 무슨 생각으로 그런 말을 하는 거야?"

세스는 티파니의 아름다운 눈을 물끄러미 보면서 한 줄기 희망이 느껴지는 것을 피할 수 없었다.

1초 동안 세스는 티파니에게 속아 넘어갔다. 딱 1초 동안, 세스는 티파니가 눈앞에 기회를 들고 달랑달랑 흔들고 있다고 생각했다. 곧이어 티파니의 얼굴이 구겨지는가 싶더니 특유의 혐오스러운 웃음이 터져 나왔다.

"아, 죽여준다! 그런 일이 일어날 거라고 정말로 믿었지? 응? 세피의 꿈. 네 요리 실력이 완전히 젬병은 아니라는 건 나도 알아."

티파니는 세스의 파란색 요리사복 위의 앞치마에 묻은 그레이비 소스 자국을 쿡 찔렀다.

"하지만 너는 접시 닦이에 불과하다는 사실을 잊지 마. 너는 영원히 그럴 거야. 너는 이곳을 절대 못 떠나. 내가 집에 올 때마다 너는 여기 딱 네 자리에 있을 거야. 감자 껍질 사이에서 정신없이 바쁜 채로. 그건 너도 알잖아. 너는 절대로 네 아빠처럼 되지 못할 거야."

세스는 또다시 마음속이 분노로 웅어리지는 것을 느꼈다. 그는 천천히 뒷걸음질을 치다가 계단을 향해 후다닥 뛰어갔다. 개가 짖는 듯한 티파니의 웃음이 세스의 귓속에서 메아리쳤.

티파니의 괴롭힘에서 벗어나려면 세스는 환상적인 음식을 요리해야만 했다. 하지만 모든 공은 티파니의 차지가 될 것이다. 티파니는 늘 그런 식이니까. 세스가 이곳에서 탈출하는 자신의 모습을 볼 일은 없으리라는 건 놀랄 일이 아니었다.

# 6
## 허브티와 쇼트브레드

세스가 객실 층에 다다랐을 때, 마드 백작이 샐로미어스 박사의 방에서 나오고 있었다. 백작의 눈길은 표정이 변하는 세스 얼굴에 꽂혔고, 얼굴 주름은 구겨진 종잇장처럼 깊어졌다.

"음. 아, 그렇지 않아도 부르려고 했었다. 차 한 잔 마실 수 있을까? 그리고 나하고 내 친구 샐로미어스를 위해 뜨거운 물을 한 주전자 갖다주고. 틈이 나면 말이다. 서두를 필요는 전혀 없다."

"네, 당연하지요."

세스는 복도를 걸어가 종으로 호출한 그레고리언 킹피셔의 방에 다다랐다. 노크를 두 번했지만, 아무 대답도 없었다. 그래서 너무 늦게 온 게 아닌가 걱정하면서 조심조심 안으로 들어갔다. 그때 뭔가가 세스의 관심을 끌었다.

문 맞은편에 있는 책상 위에 세스가 아버지한테서 물려받은 거울과 똑같은, 짙은 색 나무와 짙은 색 유리로 만든 거울이 놓여 있었다. 자기 거울이라고 생각한 세스는 책상으로 가서 거울을 집어 들었다. 세스가 거울을 손에 들고 있는 짧은 시간 동안, 두 가지 일이 일어났다.

세스는 곧바로 이것이 자기 거울과는 상당히 다르다는 것을 느꼈다. 하지만 거울에 비친 자신의 창백한 얼굴과 근심 어린 눈을 보면서, 자기 거울을 들여다보았을 때마다 느꼈던 이상한 감정, 즉 거울 속으로 뛰어들고 싶은 충동을 느꼈다.

그때 뒤에서 고함이 들렸다.

"너 도대체 뭐 하는 거야?"

세스는 어색한 동작으로 뒤로 돌다가 팔꿈치로 무늬가 있는 울퉁불퉁한 나무 상자의 귀퉁이를 쳤다. 상자에는 '콧수염 관리 용품'이라고 쓰여 있었다. 세스는 가지런하게 정리된 빗과 솔들이 바닥으로 와르르 쏟아지는 것을 간신히 막았다.

그러다 거울을 떨어뜨렸다.

그레고리언 킹피셔가 거울을 잡으려고 잽싸게 뛰어갔고, 세스도 마찬가지였다. 그 바람에 하마터면 둘이 머리를 부딪칠 뻔했다.

세스는 얼굴이 빨개지는 것을 느끼면서 룸서비스 때문에 왔다고 말했다.

"거짓말 아니지? 그나저나 왜 이렇게 늦었어!"

킹피셔는 세스가 도둑질을 하다가 잡히기라도 한 것처럼 노려보며 매섭게 말했다.

"음, 내가 알아서 해결했어. 그만 나가 봐."

"네, 고객님. 알겠습니다, 고객님."

세스는 거듭 사과하고는 주방으로 부리나케 내려갔다. 그러면서 1호실에 차를 가져다주는 일을 다시 한번 머리에 되새겼고, 불가능한 높이의 탑처럼 쌓인 빨래 더미와 샐로미어스 박사를 위한 새 디저트를 생각했다.

몇 분 뒤 세스는 조금 숨을 헐떡이며 1호실 문에 다다랐다.

"차와 뜨거운 물입니다. 그리고 쇼트브레드도요. 레몬과 계피로 만들었습니다. 바삭바삭한데 맛있게 드시면 좋겠습니다."

세스는 방을 가로질러 박사가 앉아 있는 탁자로 갔다. 얼굴에 흉터가 있는 남자가 작은 오렌지색 주머니에서 뭔가를 꺼내고 있었다. 방에서는 허브 냄새와 풀 냄새가 가미된 녹차 냄새가 났다.

샐로미어스 박사가 짧은 보폭으로 세스에게 다가오더니 다정한 표정을 지으면서 이렇게 바쁜 와중에 무얼 가져오라고 고생을 시켜서 미안하다고 했다.

세스가 차 쟁반을 내려놓을 때 노란색 종이가 눈에 띄었다. 세스는 본능적으로 그 종이를 슬쩍 훔쳐보고야 말았다.

> 당신은 라스트 찬스 호텔에서 열리는
> 선발회 절차에 참가한
> 최종 후보들의 실기 시험 참관에
> 정중하게 초대되었습니다.

뒤이어 명단이 보였다.

샐로미어스 박사가 세스 옆에 와 있었다.

"나의 오랜 벗 마드 백작을 소개하마. 네 이름이 뭐지?"

세스는 자기 이름에 관심을 보인 손님은 난생처음 보았다.

"세스 세피입니다."

세스가 겨우 대답했다.

샐로미어스 박사는 만나서 반갑다는 듯이 세스의 손을 잡았다. 세스는 이 노신사가 뭔가 착각하고 있는 게 틀림없다고 생각했다. 하지만 굳이 자신이 주방 보조라는 사실을 설명하고 싶지는 않았다.

백작이 환하게 미소를 지으며 말했다.

"나의 오랜 친구 샐로미어스가 여기에 올 것이라고 누가 생각이나 했겠어?"

백작은 빙그레 웃고는 말을 이었다.

"자네가 책임자로 있을 때 내가 이 지옥 같은 선발 절차에 참가하게 되어 다행이야, 이 친구야. 아무래도 일이 더 쉬울 것 아닌가."

"나는 늘 철저하게 공정하다네."

샐로미어스 박사가 머리를 가로젓고는 눈을 반짝이며 말했다.

"심지어 자네한테도."

박사는 손을 뻗어 마드 백작의 어깨를 톡톡 두드리고는 벽에 기대섰다. 세스는 박사의 몸이 닿자 벽이 한숨을 쉬는 것 같은 기이한 느낌을 받았다.

샐로미어스 박사가 문으로 가는 세스를 뒤따라왔다.

"여기는 꽤 외딴곳이야. 그렇지? 세스, 넌 가족이 있니?"

세스는 자신도 모르게 미소를 짓고 있었다.

"온통 나무들뿐이죠. 부모님이 나무를 좋아하셨던 것 같아요."

"좋아하셨던 것 같다고? 부모님이 지금 가까이에 안 계시니?"

"네."

세스는 자기도 의식하지 못하는 사이에 목멘 소리로 대답했다. 세스는 아버지를 마지막으로 본 것이 정확히 언제였는지 기억하지 못했다. 아버지를 다시 볼 희망을 포기했을 정도로 오래전이었다.

"안타깝구나."

샐로미어스 박사는 뭔가를 세스의 손에 찔러주었다.

세스는 사람들이 식탁을 차리고 쓰레기를 가져가고 촛대를 닦는 일이나 하는 주방 보조 소년에게는 좀처럼 팁을 주지 않는다는 사실을 경험으로 알게 되었다. 만에 하나 어떤 사람이 팁을 남겨 놓더라도 그 돈은 대개 번 부부의 차지가 되었다.

그런데 샐로미어스 박사는 두껍고 묵직한 동전을 세스에게 주었다. 세스가 사양하려고 입을 뗐지만, 샐로미어스 박사가 먼저 그의 손을 오므려 주었다.

"내가 너라면 이걸 어디 안전한 곳에 둘 것 같구나. 이제 그만 가서 네 일을 보렴. 너를 만나서 영광이었다."

세스는 침을 꿀떡 삼키면서, 샐로미어스 박사가 자기를 다른 사람과 착각한 것이라고 확신했다.

"박사님, 디저트로 특별히 좋아하는 요리가 있으신가요?"

이것이 세스가 떠올릴 수 있는 말의 전부였다. 이 멋진 노신사에게 어떤 식으로든 진심으로 고마움을 표시하고 싶었기 때문이다.

"살구."

"살구요."

세스는 고개를 끄덕이면서 곧바로 살구로 만들 수 있는 요리들을 생각해 보았다.

"자, 이리 오게, 샐로미어스."

백작이 걸걸한 목소리로 말했다.

"그동안 어떻게 지냈는지 이야기 좀 나누세. 그런 다음에는 아래층에 간단한 카드놀이가 준비될 거야. 나는 다른 신입 회원 후보들을 만나 보고 싶네. 내가 어떤 사람들과 겨루게 될지 봐야지. 그리고 가능하면 우선 그들을 상대로 돈을 좀 따고 싶고."

돈 이야기가 나오자, 세스는 주머니 속에 있는 동전을 손으로 만지작거렸다. 동전은 두껍고 묵직하게 느껴졌으며, 주머니에서 꺼내서 보니 진짜 금처럼 노랗게 반짝거렸다. 세스는 심장이 철렁했다. 샐로미어스 박사는 도대체 왜 금화를 준 것일까?

뭔가 착각을 한 게 틀림없었다. 하지만 이 노신사는 한사코 세스에게 금화를 주려고 했었다.

세스는 시간이 아무리 없어도, 반질반질하게 닦아야 하는 촛대가 아무리 많더라도, 이 노신사의 얼굴에 미소를 피어오르게 하는 디저트를 만들 시간만은 무조건 내야겠다고 다짐했다.

# 7
# 현란한 모자를 쓰고
# 활짝 웃고 있는 여인

하지만 먼저 할 일이 있었다. 세스는 이제야 불쌍한 자기 고양이에게 먹이를 주기 위해 꼭대기 층으로 갈 수 있었다. 자기 방에 도착한 세스는 옷 주머니에서 훔친 생선 머리를 꺼내 아주 낡은 카펫 조각 한가운데에 놓여 있는 나이트셰이드의 밥그릇에 던졌다.

"나이트셰이드……, 나이트셰이드? 네 식사를 가져오려고 내가 얼마나 고생했는지 모를 거야."

세스는 피사의 사탑처럼 옆으로 기울어진 좁다란 옷장을 지나 좁다란 침대에 몸을 던졌다. 침대 매트리스는 헨리의 으깬 감자보다도 훨씬 더 울퉁불퉁했다. 세스가 키우는 검은 고양이가 침대 한가운데에서 웅크린 채 자고 있었다. 꺼칠꺼칠한 짙은 색 담요에 푹 파묻힌 고양이의 몸은 어둠 속에서 거의 눈에 보이지 않았다.

세스는 침대 옆 탁자로 쓰고 있는 판지 상자에 놓여 있는 거울을 집어 들었다. 거울 속에 갸름한 얼굴이 보였다. 커다란 눈, 흐트러진 머리카락, 밝은 파란색 요리사복 밖으로 보이는 파리한 피부. 곧이어 거울이 늘 하는 행동을 했다. 거울에 비친 세스의 모습이 다른 모습으로 변했다. 이번에는 2층 복도에 있는, 현란한 모자를 쓰고 활짝 웃고 있는 여인이 나타났다. 세스는 황급히 거울을 내려놓았다.

나이트셰이드가 부스럭거리며 일어나더니 앞발을 쭉 뻗어 발톱으로 침대 커버를 움켜쥐고 등을 활처럼 휘면서 심술궂은 눈초리로 세스를 쳐다보았다. 자는 걸 깨웠다고 심통이 난 모양이었다. 그러고는 게걸스럽게 생선 머리로 달려들었다.

"문제가 있어. 나이트셰이드, 좀 급하게 조리법이 필요해. 그 파블로바는 지금까지 내가 한 요리 중 최고였는데."

세스는 한숨을 쉬고는 샐로미어스 박사에게 받은 금화를 꺼내 나이트셰이드에게 보여 주었다.

"샐로미어스 박사님을 위해서는 훨씬 더 맛있는 음식이 필요해."

세스는 한 손으로 머리칼을 훑으며 말했다.

"그런데 완벽한 아이디어가 떠오를 것 같지가 않네."

세스가 스프링의 반동을 느끼면서 얇은 매트리스에 몸을 던지자, 나이트셰이드가 그에게 사뿐사뿐 걸어왔다. 그리고 세스의 무릎으로 훌쩍 뛰어오르더니 마치 쿠션이라도 되는 듯이 바늘처럼 뾰족한 발톱을 그의 다리에 박았다.

"너는 아빠를 몇 년 동안 지켜봤어. 어떻게 생각해, 나이트셰이드? 살구로 맛있는 음식을 만드는 걸 본 적 있니? 뭐든 말이야. 무슨 멋진 아이디어 없어?"

세스는 고양이를 살짝 밀어 바닥에 내려놓았다. 나이트셰이드는 바닥 가까이에 있는 작은 구멍을 발톱으로 파기 시작했다. 거미를 본 모양이었다.

"고양이한테 도와 달라고 할 정도이니, 지금 내가 얼마나 다급한지 알겠지?"

세스의 방 벽은 회벽이었고, 오래된 기둥과 가까운 부분들은 부서지기 시작했다. 세스는 그런 곳 중 하나로 갔다. 거기에 물건을 숨겨 놓기에 딱 좋게 큼지막한 구멍이 하나 있었다. 세스는 구멍 속으로 손을 넣어 한때는 '길버트의 아주 신 피클'이라는 글씨가 선명했던 라벨이 붙은 유리 단지를 꺼냈다. 세스는 몇 해 전부터 변변찮은 팁을 한 푼도 빠짐없이 이 단지에 모아 두었고, 이제 금화 하나를 조심스럽게 보탰다.

나이트셰이드는 여전히 바닥 가까이에 있는 구멍을 발톱으로 긁고 있었다.

"뭔데? 생쥐? 거미?"

나이트셰이드는 거미를 끔찍이 좋아했다. 이따금 다리 두어 개가 입 밖으로 대롱거리는 섬뜩한 모습을 보이기도 했다. 나이트셰이드는 멈추는 법이 없었다. 사실, 나이트셰이드는 발톱으로 벽을 박박 긁어서 꽤 큰 구멍을 내고 있었다. 회벽의 석회가 사방팔방으로 날렸다.

"나이트셰이드, 그만! 네가 난장판을 만들지 않아도 지금 나는 충분히 피곤해."

나이트셰이드는 온몸에 석회를 뒤집어쓰고 있었다.

난장판과 벽에 난 구멍에도 불구하고 세스는 웃음을 참을 수가 없었다.

"넌 이제 검은 고양이가 아니야. 회색 고양이 같아. 네 이름을 회색 연기로 바꿔야 할 것 같다."

하지만 어질러진 것을 치우려고 허리를 숙였을 때 세스는 더 이상 웃고만 있을 수 없었다. 또다시 나이트셰이드가 구멍을 팠기 때문이다.

"안 돼, 나이트셰이드. 그만해!"

세스가 나이트셰이드를 거칠게 붙잡았지만, 나이트셰이드는 세스의 손길에서 빠져나와 나이트셰이드가 파 놓은 구멍 속 깊이 발톱을 집어넣고는 다시 긁기 시작했다.

"왜 그래? 생쥐나 거미를 쫓고 있는 건 아니지? 응?"

세스는 몸을 숙여 구멍 속을 들여다보았다. 안에 뭔가가 있었다. 세스는 생쥐나 거미가 아니기를 바라면서 팔을 집어넣어 손가락 끝으로 살살 더듬어 보았다. 그리고 안에 숨겨져 있는 것을 꺼냈다.

책이었다. 작은 검은색 책.

어찌나 낡고 오래되었는지 손으로 만지면 책장이 너덜너덜 떨어질 것만 같았다. 세스는 책을 높이 들고 살펴보았다. 검은 표지에는 어떤 표시도, 어떤 글씨도 없었다. 비록 오래되기는 했지만 굵은 다홍색 실로 묶어 놓은 것으로 보아, 누군가가 무척 소중히 여겼던 책인 것 같았다.

세스는 무척 낡고 기이하고 소중해 보이는 물건을 갑자기 자기 방에서 별견한 것이 하도 신기해서 어느새 손으로 실을 풀어 책장을 펼치고 있었다.

## 8
## 이상한 검은 책

책은 빛을 발산하는 것처럼 온기가 느껴졌고, 원래 세스의 손에 있어야 하는 물건인 양 손에 딱 맞고 착 감겼다.

세스는 좁다란 침대 끝에 걸터앉아 책을 무릎 위에 올려놓고 읽어 보았다. 그리고 메모와 낙서, 그림, 화난 듯이 쫙쫙 그은 줄이 가득한 책에 순식간에 빠져들었다.

책에 주로 조리법들, 그것도 평범하지 않은 조리법들이 잔뜩 있는 것을 보고 세스는 흥분했다. 마르멜루(모과 비슷한 열매로 잼 등을 만드는 데 쓰인다)를 사용한 조리법, 비둘기구이 조리법, 밤으로 속을 채운 백조 요리……. 세스가 사랑하는 것을 딱 하나만 꼽으라면, 그것은 바로 새가 재료인 음식 조리법이었다. 그런데 책에 나온 조리법들은 하나같이 세스가 한 번도 본 적이 없는 것이었다.

책을 한번 손에 잡자, 내려놓기가 불가능했다. 책장을 넘길 때마다 던디 케이크(아몬드로 장식한 과일 케이크) 만드는 법이나 '개에게 효과가 좋음'이라고 표시된, 다양한 허브와 산딸기류 열매들을 잔뜩 넣은 음료수 만드는 법 같은 조리법뿐만 아니라 구두약과 오븐 세척제를 직접 만드는 법에 대한 정보까지 실려 있었다.

세스는 책장을 계속 넘기면서 샐로미어스 박사를 위해 만들 만한 요리를 발견하기를 간절히 바랐다. 그렇게 책장을 넘기다가 새장 그림에 눈이 꽂혔다. 번 씨가 신문을 들고 몰래 들어가서 거의 온종일 숨어 있는 방 천장에 걸려 있는 작은 새장과 아주 비슷한 것이었다. 다만 차이점이라면, 이 새장은 불이 붙은 것 같았다. 그리고 아래에 '반딧불이 새장'이라고 쓰여 있었다.

나이트셰이드가 슬며시 침대로 올라와 세스 옆으로 왔다. 세스는 손을 뻗어 나이트셰이드의 털을 쓰다듬었다. 나이트셰이드는 여전히 숯처럼 검은 평소의 모습과는 달랐지만, 지혜로워 보이는 초록색 눈만큼은 쌍둥이 달처럼 도드라져 보였다.

"온갖 물건을 집에서 직접 만드는 방법들을 모아 놓은 책 같아. 그중에는 아주 기이한 물건들도 있고."

세스는 '문글라스—당신의 이동 경로가 비밀인 경우를 위한 거울'이라는 이름이 붙은 작은 거울에 대한 내용을 가만히 읽어 보았다. 이건 별 쓸모가 없을 것 같았다.

"그냥 요리책이 아니야, 나이트셰이드. 물건을 수집하고 실험하는 것을 좋아하는 사람이 썼나 봐. 나랑 살짝 비슷하게 말이야. 하지만 나한테 정말로 필요한 것은 살구로 새롭고 맛있는 음식을 만드는 방법이야. 여기 어딘가에 제목이 '가족들이 좋아하는 요리'인데가 있었는데."

세스는 책장을 다시 처음부터 넘겨 그 대목을 찾아냈다.

"살구 진미."

세스는 조리법을 훑어보았다. 간단했지만, 동시에 복잡했다. 완벽했다. 세스는 책을 덮고 안도의 한숨을 내쉬었다. 처음으로 일이 자기한테 유리하게 술술 풀리는 것 같았고, 심지어 시간도 자기를 위해 천천히 흐르는 것 같았다.

"좋아, 나이트세이드! 네가 필요해. 서둘러야 돼. 우리는 살구를 따러 갈 거야."

세스는 앞발로 몸에 쌓인 먼지를 닦느라 바쁜 나이트세이드 쪽으로 고개를 돌렸다. 나이트세이드는 하던 동작을 멈추고는 한 치의 머뭇거림도 없이 몸을 낮추고 미끄럽게 움직였다. 물 흐르듯 부드러운 몸놀림이었다. 세스는 살구를 구하기 위해 계단을 내려가서 밖으로 나가 호텔 정원으로 향했다. 햇빛이 벌써 빠르게 사라지고 있었다. 시간이 별로 없었다.

# 9
# 손가락질

세스는 다시 로비 안으로 슬며시 들어왔다. 요리사복에 달린 주머니가 죄다 살구로 불룩했다. 세스는 그동안 자기를 찾은 사람이 없었는지 보려고 불안한 마음으로 귀를 기울였다. 호텔 라운지를 지나갈 때 번 씨가 쾌활한 목소리로 음료수를 권하는 소리를 듣고서야 세스는 마음이 놓였다. 마드 백작이 카드놀이에 대해서 말했었는데, 지금 사람들이 서로 인사를 나누고 함께 어울려 놀고 있는 것 같았다.

호출 종이 울릴 일은 없다는 뜻이었다. 그렇다 하더라도 디저트는 말 그대로 번갯불에 콩 볶아 먹듯이 만들어야 한다.

맨 먼저, 세스는 식당에 길고 반들반들한 식탁을 놓았다. 두 남자가 치즈를 곁들인 빵을 함께 먹고 있는 그림 바로 아래 자리였다. 시간에 쫓기는 세스는 촛대들에 광내지 않은 것을 아무도 눈치채지 않기만 바랄 따름이었다.

의자 여덟 개가 주인을 기다리고 있었다. 조각 장식이 있는 거대한 의자가 놓인 식탁의 상석이 샐로미어스 박사가 앉을 자리였다.

세스는 따뜻하게 만든 쟁반들을 준비했다. 식사가 시작되면 출입이 금지되어 손님들의 시중을 들 수 없기 때문에 식탁 한가운데에 놓을 음식들을 따뜻하게 유지하기 위해서였다. 식사는 문을 닫고 손님들만 참석한 가운데 은밀하게 진행될 예정이었다.

번 씨는 이 비밀 연회를 위해 요청된 사항을 하나하나 세세하게 직원들에게 주입시켰다. 하지만 무엇을 위한 행사인지는 아무한테도 말하지 않았다. 세스는 그 점을 궁금해하면서, 살구 디저트를 놓기에 알맞은 작은 탁자를 샐로미어스 박사의 의자 뒤로 옮겼다. 그리고 디저트를 담을 유리그릇을 머릿속으로 그려 보았다.

세스는 샐로미어스 박사의 방에서 이번 행사와 관련된 종이를 얼핏 보았다. 실기 시험을 위해 초대되었다는 것에 대한 이야기, '선발회 절차'라고 부르는 것에 참가할 후보자들.

선발회가 도대체 무엇일까? 그리고 왜 다들 샐로미어스 박사가 이곳에 온 것을 듣고서는 그렇게 격하게 반응했을까? VIP 손님의 정체는 무엇일까? 세스는 주방으로 돌아가려다가 멈춰 서서 자릿수를 다시 세어 보았다.

샐로미어스 박사, 페퍼스푸크 교수, 글로리아 트라우트빈, 다린더 던스터-던스터블, 안젤리크 스퀴, 그레고리언 킹피셔, 마드 백작.

손님은 일곱 명뿐이었다. 그런데 왜 여덟 명을 위한 식탁을 차리라고 했을까?

라운지에서 정시를 알리는 괘종시계의 종소리와 함께 웃음소리가 들려왔다. 세스는 주방에서 음식을 들여올 시간이 닥쳐왔다는 것을 새삼 깨달았다. 게다가 새로 만들어야 할 디저트까지 있었다.

세스는 다시 라운지를 지나가면서 샐로미어스 박사와 마드 백작, 페퍼스푸크 교수, 다린더 던스터-던스터블이 나지막한 탁자를 빙 두른 안락의자에 다닥다닥 앉아 카드놀이를 하는 모습을 힐끔 보았다. 그들 옆에는 세스가 피워 놓은 벽난로가 있었고, 나불거리는 불이 사람들의 웃는 얼굴에 드리워지고 있었다. 나머지 사람들은 반짝이는 크롬으로 만든 칵테일 바에서 음료를 마시고 있었다.

라운지는 이 호텔에서 가장 편안한 장소였다. 무거운 느낌을 자아내는 조각이나 돋을새김이 없는 평평한 벽은 빛을 반사하는 옅은 색으로 칠해졌고, 흰 대리석으로 만든 수수한 벽난로가 있었다. 벽에 걸린 그림들도 파티를 하거나 수영장으로 다이빙하는 사람들의 모습을 담은 밝은 것들이었다.

마드 백작이 농담을 던졌고, 모두 와자하게 웃음을 터뜨렸다. 분위기가 좋았다. 모두 즐거운 시간을 보내느라 바빴다.

세스가 주방에 돌아왔을 때, 헨리가 성을 내면서 금방이라도 쓰러질 것 같은 설거지 더미를 가리켰다. 하지만 세스는 그를 지나쳐 곧장 걸어가면서 식사 후에 설거지를 하겠다고 말했다.

세스는 숨을 깊이 들이마시고는 조리대 위에 신비로운 검은 책을 세워 놓았다. 그리고 책에 쓰인 지시들을 정확히 따르며 요리를 하기 시작했다. 달걀에서 노른자만 떼어 내서 휘젓다가 레몬 껍질

간 것을 조금 넣은 다음 크림처럼 걸쭉하게 될 때까지 거품이 나도록 계속 휘저었다. 그런 다음 살구 과육과 계피 가루를 추가하고 마르살라 포도주를 똑똑 떨어뜨리며 정확한 양을 넣었다. 3분 후, 세스는 자신이 만든 디저트를 숟가락으로 퍼서 우아한 유리그릇에 올려놓았다. 디저트는 담백하고 거품이 풍성하고 부드러웠고, 커스터드처럼 버터 빛이 나는 노란색이었다. 세스는 눈을 감고 기도를 하면서 초조하게 맛을 보았다.

완벽했다. 바라던 바로 그 맛이었다. 세스는 심장이 두근거리는 것을 느끼며 오늘은 일이 술술 풀릴 것이라고 확신했다.

"이게 그거야?"

티파니가 바로 옆에 와 있었다. 세스는 정신이 번쩍 들면서 현실로 돌아왔다.

티파니의 얼굴에 걱정하는 빛이 설핏 어리는가 싶더니 곧바로 특유의 득의양양한 미소가 번졌다.

"아주 잠깐 나는 네가 나를 실망시킬 거라고 생각했어, 접시 닦이야. 만에 하나 네가 겁도 없이 그렇게 어리석은 짓을 저질렀다면, 너는 지금 땅을 치며 후회하고 있을 거야."

이제 세스는 주방을 가로질러 디저트를 조심스럽게 옮기고 있었다. 조금 전에 통통하고 신선한 살구를 얇게 썰어 올려서 요리를 마무리 지었고, 적절한 온도를 유지하기 위해 얼음을 넣은 대접에 완벽한 디저트를 올려놓았다. 그리고 '샐로미어스 박사님의 특별한 즐거움을 위하여'라고 쓴 쪽지가 제자리에 잘 붙어 있는지 확인했다.

세스가 티파니와 함께 로비로 나가 보니, 번 씨 부부가 초조해 하며 서성거리고 있었다. 세스는 자신의 작품을 티파니에게 내밀었다.

킹피셔와 샐로미어스 박사, 마드 백작은 식당 앞에 서 있었고, 페퍼스푸크 교수와 글로리아 트라우트빈, 안젤리크 스쿼, 던스터-던스터블은 계단에서 지켜보면서 연회를 위한 음식이 준비되었다는 알림을 기다리고 있었다.

세스가 아름다운 디저트를 티파니에게 건네려는 순간, 모든 눈길이 세스의 손에 있는 디저트로 쏠렸다. 티파니는 뒤로 돌아 특유의 달콤한 웃음을 지으며 애처로운 목소리로 말했다.

"오, 세스. 내가 디저트를 만드느라 노예처럼 일했으니까, 네가 일을 조금 거들어 줄 수 있겠지? 이 디저트를 식탁 위에 올려놓아 주면 안 될까?"

세스는 모든 눈길이 자신에게 집중되는 것을 느끼면서, 열려 있는 조각 장식이 있는 나무 문을 붙잡은 채 초조하게 서 있는 킹피셔를 지나쳐 나머지 산해진미들이 차려져 있는 식당 안으로 향했다.

"연회가 예정된 시각인 6시 30분보다 몇 분 늦게 시작할 것 같구나."

킹피셔가 재빨리 지나가는 세스에게 쏘아붙였다.

"이번 행사는 공정함과 이해심을 표방하고 있지. 그 덕분에 네가 저지른 이런 한심한 실수까지 용납하는 줄 알아라."

킹피셔는 세스에게 위압적인 눈길을 날렸다. 세스가 자기도 모르는 사이에 이 젊은 남자를 또다시 화나게 했다는 것을 명백하게 말하는 눈길이었다.

킹피셔가 초조한 모습으로 손목시계를 확인하고는 말했다.

"연회 시작 5분 전을 알립니다. 마지막 순간의 부정행위나 방해 행동을 방지하기 위한 엄격한 절차의 하나로 잠시 후 식당 문이 잠길 것입니다. 연회는 외부인의 눈길을 피해 비밀리에 진행될 예정입니다. 외부인의 식당 출입을 여러분이 원하지 않는다는 점을 우리는 잘 알고 있습니다."

세스가 종종걸음을 치며 식당 밖으로 나가자 킹피셔가 문을 닫기 시작했다.

"여러분 중 일부는 소중하고 비밀스러운 도구를 연회에 가져왔을 수도 있고, 그것들이 외부인의 눈에 뜨이는 것을 싫어한다는 것을 우리는 잘 알고 있습니다."

킹피셔가 매끄럽게 말을 이었다.

"자, 후보 여러분, 이제 때가 되었습니다. 여러분의 실기 시험에 필요한 것들을 모두 가져오십시오. 필요한 물건들을 모두 챙겨서 정확히 5분 안에 이곳으로 돌아오셔야 합니다. 식당에 모두 모이면 문이 다시 닫힐 것입니다. 늦지 마십시오."

묵직한 문이 쿵 소리와 함께 닫혔고, 번 씨와 킹피셔가 위에 하나 아래에 하나, 이렇게 열쇠 두 개로 문을 잠갔다. 모든 손님들이 서둘러 2층으로 움직이기 시작했다.

세스는 킹피셔가 말하는 소중하고 비밀스러운 도구라는 것이 도대체 무엇을 말하는지, 그리고 사람들이 무슨 실기 시험을 치른다는 것인지 도무지 감을 잡을 수 없었다. 왜 식사 전체가 비밀스럽게 감춰져야 하는지, 왜 저렇게 거창한 절차가 필요한 것인지 이해가 되지 않았다. 모든 것이 그저 어리둥절할 뿐이었다.

하지만 지금 이 순간 그런 것들은 하나도 중요하지 않았다. 세스는 디저트가 아름답고 완벽하다는 것을 알았고, 이날 자신의 삶이 변하게 되리라는 것을 확실하게 느끼고 있었다.

# 10
## 새로운 요리

세스는 5분 뒤에 다시 와서 번 씨와 킹피셔가 식당 문을 여는 모습을 지켜보았다. 맨 먼저 안젤리크 스쿼가 샐로미어스 박사와 함께 식탁의 맨 안쪽 자리에 앉았고, 페퍼스푸크 교수가 글로리아를 데리고 나타나자 흥분한 목소리로 한바탕 수다가 벌어졌으며, 곧이어 누가 봐도 들떠 보이는 던스터-던스터블이 두 손을 비비며 들어왔고, 마드 백작과 킹피셔가 마지막으로 나타났다.

손님 일곱 명. 세스는 여덟 번째 사람이 누구인지 보려고 부지런히 두리번거렸다. 그때 갑자기 목덜미를 잡는 묵직한 손과 헨리의 마늘 냄새가 섞인 숨결이 느껴졌다. 세스는 주방으로 끌려갔고 자기를 향해 손을 흔드는 것 같은, 탑처럼 높이 쌓인 설거지 더미를 마주했다.

세스는 소매를 걷고 거품이 나는 물로 설거지를 시작했지만 닫힌 문 안에서 벌어지고 있을 일에 대한 호기심을 억누를 수가 없었다.

만약 다행스럽게 샐로미어스 박사가 디저트에 엄청 감동한다면, 세스한테 자신의 꿈을 고백할 수 있는 사람이 생기게 될까? 이곳을 벗어나 요리 연습을 할 수 있고 요리를 아무도 모르게 하지 않아도 되는 곳을 찾을 수 있게 도와 달라고 부탁할 사람이 생기게 되는 것일까?

하지만 파블로바와 살구 진미가 자기 요리라고 선언하려면, 그 전에 티파니에게 맞서야 한다는 사실을 알고 있었기 때문에 세스의 마음은 천근만근 무거웠다. 과연 세스의 말을 믿어 줄 사람이 있을까?

세스가 눌어붙은 냄비들과 차고 넘치는 쓰레기통들과 전쟁을 준비하는 동안 티파니한테 들은 말이 귓속에서 맴돌았다.

'너는 이곳을 절대 못 떠나. 내가 집에 올 때마다 너는 여기 딱 네 자리에 있을 거야. 감자 껍질 사이에서 정신없이 바쁜 채로. 그건 너도 알잖아. 너는 절대로 네 아빠처럼 되지 못할 거야.'

세스는 소매를 걷어붙이고 끔찍한 설거지 더미로 향했다. 그리고 첫 번째 냄비를 비눗물에 담갔다.

세스의 실제 삶은 그의 꿈과 백만 킬로미터는 떨어져 있었다. 어떻게 하면 아버지처럼 위대한 요리사가 될 수 있을까? 그런 일은 절대로 일어나지 않을 것이다. 자신이 그저 설거지나 하기에 적합하지 않다는 것을 티파니에게 아니, 그 누구에게도 결코 증명하지 못할 테니까.

세스는 첫 번째 접시를 집어 물속에 담갔다. 갑자기 동작을 멈추더니 고개를 푹 숙였다. 그리고 무거운 피로를 느끼며 탄식했다.

"방법은 딱 하나밖에 없어. 내가 스스로 그런 일이 일어나도록 만들어야 해."

세스는 그렇게 혼잣말을 했다. 주방에 다른 사람은 아무도 없었다. 심지어 나이트셰이드도 보이지 않았다. 세스가 무엇을 하고 있는지 확인할 사람은 아무도 없었다.

세스는 요리사복 안에 쑤셔 넣은 검은 책을 슬며시 꺼냈다. 그런데 책이 어찌나 따뜻한지 책을 만지자마자 곧바로 두 손의 물기가 말랐다.

"여기에서 벗어나는 유일한 길은 내가 연습하고 또 연습해서 아버지처럼 훌륭한 요리사가 되는 거야. 설거지나 하면서 시간을 낭비하는 것이 아니라!"

세스는 매우 흥미진진하고 매혹적인 조리법들이 가득 실린 검은 책의 책장을 이리저리 넘기며 읽어 보았다.

세스는 가슴 떨릴 정도로 흥분했다. 책 속에는 정말이지 너무도 놀라운 아이디어들이 담겨 있었다.

밤으로 속을 채운 백조 요리. 음, 이것은 세스가 서둘러 할 만한 요리는 아니었다.

그런데 지금 당장 시도해 볼 만한 요리가 하나 있었다. 게다가 요리를 하다 보면 닫힌 문 안에서 무슨 일이 벌어지고 있는지에 대한 궁금증을 덜 수 있을 것 같았다. 손님들이 메인 요리를 다 먹고 디저트를 먹기 시작하려면 시간이 얼마나 걸릴까? 세스는 다시 시계를 확인했다. 최소한 한 시간은 기다려야 했고, 그동안 초조하게 몸을 들썩거리고만 있을 것 같았다. 요리를 하면 다른 일에 신경을 끌 수 있을 것이었다.

그리고 저 설거지 더미는 아침까지 그대로 있을 것이다.

세스는 책을 앞에 세워 놓고 요리를 시작했다.

# 11
# 샐로미어스 박사의 디저트

손님들이 식당에 틀어박힌 지 벌써 두 시간이 흘렀다. 식당 바로 옆에는 조용히 글을 쓰는 공간으로 사용하는 작은 방이 붙어 있었다. 세스는 그 방으로 살금살금 가서 벽에 귀를 대고 식당 안에서 무슨 일이 벌어지는지 알아보기로 마음먹었다. 하지만 귀를 기울이기도 전에 우당탕퉁탕하는 소리가 들렸다. 세스는 화들짝 놀라 벽에서 뒷걸음질을 쳤다. 무슨 일이 일어난 것일까? 의자가 쓰러지는 소리 같았다.

식당 문이 벌컥 열리는 소리가 들렸다. 세스가 로비로 쏜살같이 뛰어나가 보니, 먼저 로비로 나온 번 씨가 넋이 나간 모습으로 정신없이 주위를 두리번거리며 두 손을 마구 흔들고 있었다.

"도와줘!"

번 씨가 소리쳤다.

"도와줘!"

그는 더욱더 크게 소리치면서 머리를 쥐어뜯고 주위를 응시했다.

세스는 무엇을 해야 할지 몰라 당황하며 식당 문 옆으로 얼굴을 빠끔 내밀어 안을 엿보았다. 도대체 무슨 일이 벌어지고 있는 것일까?

사람들이 모두 뭔가를 빙 둘러싼 채 서 있었다.

번 부인과 헨리, 티파니가 세스를 지나쳐 식당 안으로 뛰어 들어갔다. 귀가 뾰족한 다린더 던스터-던스터블은 손으로 무엇인가를 흔들고 있었다. 살구 디저트가 담겨 있던 유리그릇이었다.

잠시 후, 빙 둘러선 사람들 사이로 틈새가 생겼고, 사람들 가운데에 몸집이 작은 샐로미어스 박사가 보였다. 박사는 두 손으로 목을 움켜쥐고 있었다. 얼굴은 보라색으로 변했고, 비트적거리며 숨을 쉬려고 몸부림치고 있었다.

페퍼스푸크 교수가 앞으로 뛰어나가 박사의 등을 탁탁 때렸고, 누군가가 끔찍한 비명을 내질렀다. 비명을 지른 사람이 마드 백작이라고 세스가 생각하고 있을 때, 샐로미어스 박사가 두 팔을 허공에 휘젓는가 싶더니 카펫에 쿵 쓰러졌다.

사람들이 어리둥절해하며 소리쳤다.

"숨이 막힌 거야?"

"먹은 음식 때문이야!"

"우리가 할 수 있는 일이 틀림없이 있을 거야!"

몇 초 뒤, 샐로미어스 박사 옆에 무릎을 꿇고 있던 페퍼스푸크 교수가 천천히 고개를 가로저었다.

"도와주기에는 너무 늦었어요. 우리가 할 수 있는 일이 없는 것 같아요."

"안 돼……. 이건 말도 안 돼!"

마드 백작이 울부짖었다.

"죄송하지만, 샐로미어스 박사님은 사망하셨어요. 독약 때문인 것 같아요."

페퍼스푸크 교수가 말했다.

헉 하고 놀라는 소리가 속삭임처럼 방 안에 번졌다.

세스는 가슴이 무너져 내리는 것 같은 느낌이 들었다.

킹피셔가 앞으로 나서더니 자신이 상황을 통제하겠다고 큰 소리로 말했지만, 흥분한 다른 사람들의 목소리에 묻혔다.

"글로리아, 보지 마. 너를 여기에서 데리고 나가야겠다. 네가 이걸 안 보면 좋겠어."

페퍼스푸크 교수가 글로리아를 잡고서 눈을 가리려고 애쓰며 황급히 자기 방으로 향했다.

던스터-던스터블은 디저트가 담겼던 유리그릇을 허공에 흔들다가 하마터면 안젤리크의 코를 칠 뻔했다. 그는 이렇게 외쳤다.

"디저트. 박사님께서 이걸 드시고 사망하신 거예요. 디저트 때문이에요."

페퍼스푸크 교수가 글로리아를 데리고 곡선형 계단을 총알처럼 올라가면서 새된 목소리로 말했다.

"샐로미어스 박사님만 드시라고 아주 또렷하게 쪽지까지 붙여 놨더라고요."

세스는 그 자리에 얼어붙었다. 번 씨와 티파니가 충격을 받은 눈빛을 주고받고 있었다. 곧이어 던스터-던스터블이 타파니에게 다가갔다. 티파니는 뒤로 한 발짝 물러섰다. 던스터-던스터블은 티파니보다 몸집이 훨씬 작았지만, 그가 가까이 다가와 디저트 유리그릇을 얼굴 앞에서 흔들자 티파니는 겁을 먹고 몸을 움츠렸다.

모든 사람이 동시에 움직이는 것 같았고, 그 틈을 타 세스는 샐로미어스 박사를 제대로 볼 수 있었다. 박사는 웅크린 자세로 미동도 하지 않고, 한 손은 여전히 긴 은수저를 쥐고 있었으며, 눈을 크게 뜨고 입은 쩍 벌린 모습이었다. 세스는 고개를 돌리고 싶었지만 두 눈이 끔찍한 장면에 붙박여 있는 것 같았다.

눈앞에 펼쳐진 모습은 다른 모든 혼란과 공포의 소리가 들리지 않을 정도로 참혹했다. 순간 세스에게 들리는 소리라고는 두 귀에서 심장이 쿵쿵거리는 소리뿐이었다. 그리고 바닥에 있는 악몽 같은 모습의 샐로미어스 박사의 시체. 그때 세스의 코에 희미한 냄새가 잡혔다. 쓴 아몬드 냄새 같았다.

'이상해.'

"내가 이 일을 처리하겠습니다."

한 목소리가 들렸다. 세스는 또다시 상황을 통제하려고 애쓰는 킹피셔의 목소리라고 생각했다.

"티파니 번, 우리는 이것이 너의 작품이라고 들었다. 저 디저트 말이야! 안에 무엇을 넣은 거지?"

킹피셔가 티파니를 다그쳤다.

티파니는 겁에 질려 휘둥그레진 눈으로 주위를 응시하고는 몸을 움츠리며 식당 귀퉁이로 뒷걸음질하기 시작했다. 번 씨가 한 팔로 딸의 어깨를 감쌌다.

마드 백작이 두 손으로 머리를 움켜쥔 채 공기를 찢을 듯이 큰 소리로 울부짖었다.

"나의 벗. 나의 벗이 죽었어."

그는 큰 머리를 좌우로 흔들었다. 그리고 이제 방 귀퉁이 끝까지 물러서서 잔뜩 움츠리고 있는 티파니를 향해 다가갔다.

"왜 이런 짓을 한 거야?"

벽에 바싹 붙은 티파니의 얼굴에서 색이 쏙 빠지고 크게 뜬 두 눈에는 경계심이 가득했다.

잠시 뒤, 티파니는 자신감을 회복한 듯 보였고, 번 씨를 어깨로 밀쳐 냈다.

"저랑은 상관없어요!"

티파니는 허리를 곧게 펴고 방을 훑어보기 시작했다. 눈길이 세스에게 꽂혔다. 세스는 여전히 일어난 일을 제대로 받아들일 수가 없어서 굳은 몸으로 식당 문 바로 앞에서 서성대고 있었다.

티파니의 얼굴에 분노가 서렸다. 티파니는 날쌘 동작으로 움직여 안젤리크를 옆으로 밀고, 이어 아직도 유리그릇을 높이 흔들고 있는 던스터-던스터블을 밀쳤다. 그리고 거침없이 앞으로 나아갔다.

모두들 앞으로 돌진하는 티파니를 피해 옆으로 비켜섰다.

티파니가 세스의 옷깃을 잡아끌었다. 세스는 비틀거리며 사람들 앞으로 나아갔다.

세스는 놀라고 힐난하는 수많은 시선을 마주해야 했다. 티파니는 억센 손아귀 힘으로 세스의 요리사복 뒷덜미를 움켜잡았다. 벗어날 길은 없었다. 숨을 곳도 없었다.

"그 디저트는 저하고 아무 상관이 없어요."

티파니가 딱 부러지게 말했다.

"모두 세스가 한 거예요. 다 세스 잘못이에요."

수군거리는 소리가 방 전체에서 일더니 점점 더 커졌다.

"저를 보지 마세요. 제가 아니에요. 여기에서 누군가를 독살한 사람이 있다면, 그건 바로 세스예요!"

확신에 찬 티파니의 목소리가 울려 퍼졌다.

킹피셔가 몹시 화난 얼굴로 세스에게 다가갔다.

무슨 일이 벌어지고 있는지 이해할 틈도 없이 세스는 식당 밖으로 짐짝처럼 끌려 나와 청소 도구를 넣어 두는 벽장을 향해 등이 떠밀리고 있었다.

세스는 어둠 속으로 내던져졌고 문이 잠겼다.

# 제2부

## 12
## 치명적인 독약 찾기

세스는 좁고 어두운 공간을 손으로 더듬었다. 함께 있는 것이라고는 무척 낡은 자루걸레 한 자루와 양동이 하나 그리고 녹슨 연장들이 담겨 있는 통뿐이었다. 세스는 거꾸로 뒤집은 양동이를 의자 삼아서 주저앉아 두 손으로 헝클어진 머리칼을 움켜쥐었다. 방금 일어난 일을 받아들이기가 어려웠다. 친절한 샐로미어스 박사가 정말로 죽었다는 것이 믿기지가 않았다.

그리고 모두 박사의 죽음이 그가 만든 살구 디저트와 관련이 있다고 생각하는 것 같았다. 하지만 그게 어떻게 가능할까? 세스는 온몸이 힘이 쏙 빠지고 덜덜 떨렸다.

몇 시간 전만 해도, 세스는 오늘이 자신의 날이라고, 티파니와의 관계를 역전시키고 자기 삶을 바꿀 기회라고 믿고 있었다. 하지만 이제, 헨리가 반딧불이를 보았을 때 한 끔찍한 예언이 불행히도 현실이 되고 말았다. 라스트 찬스 호텔에 살인 사건이 일어난 것이다.

"그래서……."

잠긴 문밖에서 나지막한 목소리가 들려왔다.

"첫 번째 계획, 거기에 가만히 앉아서 상황이 저절로 정리되기를 바란다. 잘하면 사람들이 네가 완전히 결백하다는 것을 깨달을 수도 있겠지."

세스는 문 쪽으로 바짝 다가갔다. 누가 그를 풀어 주려고 온 것일까? 그런데 저렇게 낮고 가르랑거리는 목소리로 말하는 사람은 누구일까?

"그 보안 담당 친구가 진술을 듣기 위해 사람들을 모두 호텔 라운지로 불렀어. 지금이 바로 네가 모든 사람의 방을 수색하기에 가장 좋은 기회라는 뜻이야."

여자 목소리였다. 부드러운 말투였지만 억양이 이상했다.

"너는 누가 진범인지 찾아내야 해. 안 그러면 네가 죄를 뒤집어쓸 거야. 용기를 내, 세스. 어서 시작해."

세스는 용기는커녕 위축되고 겁만 났다.

"나는 잡힐 거고, 상황은 더욱더 나빠질 거야."

"사람들이 서로를 털끝만큼도 믿지 않는다는 듯이 바라보며 라운지에 영원히 앉아 있지는 않을 거야. 넌 지금 당장 그 일을 시작해야 해."

세스는 여전히 꿈쩍도 하지 않았다.

"그러고 보니 네가 자루걸레와 양동이와 함께 갇힌 것이 처음도 아니네. 맞지? 넌 지난 2년 동안 여기를 떠나는 것을 꿈꾸었어. 그러니 감옥이 뭐 나쁘기만 한 건 아닐 수도 있겠네. 적어도 이 호텔 정원을 그리워할 수는 있겠지. 그렇다면 이제 그만 안녕."

목소리의 주인은 조금 더 다급해진 말투로 말을 이었다.

"아니면…… 네가 연장 통이 어디에 있는지 기억하고 있을 수도 있겠지……."

목소리의 주인은 세스가 이 벽장 속에 여러 번 갇혔다는 사실을 어떻게 알고 있을까?

세스는 잠깐 더 가만히 앉아 있다가, 갑자기 주변을 뒤적이며 무언가를 찾았다. 연장 통은 늘 있던 곳에 있었고, 세스는 어둠 속에서 손을 더듬어 문의 경첩들을 떼어 낼 수 있는 드라이버를 찾아냈다. 경첩은 쉽게 떨어져 나왔다.

"너는 누구야?"

세스가 주위를 두리번거리며 은은한 빛에 휩싸인, 인적 없는 로비로 나오면서 물었다.

세스는 무언가가 다리 옆을 휙 지나가는 것을 느꼈지만, 보이는 것이라고는 나이트셰이드뿐이었다. 나이트셰이드는 헨리가 쉬는 시간에 조각한 조각품 중 하나로 훌쩍 뛰어올랐다.

"나는 이 물건들이 싫어."

나이트셰이드가 발톱으로 조각품을 긁으며 나지막한 목소리로 말했다.

세스는 고양이를 물끄러미 바라보았다.

"나이트셰이드……. 설마 지금 **네가** 말하고 있는 거야?"

"그런 것 같은데. 하지만 나한테 설명하라고 요구하지는 마."

"가만있어 봐. 그러니까……."

세스는 머리를 좌우로 세차게 흔들었다. 이것은 불가능한 일이었다.

"너한테 진실을 말해 줄게, 세스."

나이트셰이드가 가르랑거리는 목소리로 말을 이었다.

"나는 늘 내가 말을 할 줄 안다는 것을 알았어. 다만 지금까지는 내가 너를 도와야만 하는 상황이 없었기 때문에 굳이 말을 하지 않았던 거야."

나이트셰이드는 앞장서서 계단으로 쏜살같이 뛰어갔다.

"너는 꽤 심각한 곤경에 처해 있고 지금 움직여야 해. 마스터키, 세스!"

"우리가 지금 무얼 하고 있는 거야, 나이트셰이드?"

"맙소사, 그걸 꼭 말해 주어야 아니, 세스? 누군가가 이 호텔에 독약을 가져왔어. 그 사람한테 독약을 없앨 기회가 오기 전에 우리가 먼저 그걸 찾아내야 해."

다른 날이었다면, 세스는 적어도 잠시 멈추어 서서 고양이가 말을 하는 것이 어떻게 가능한지 골똘히 생각해 보았을 것이다. 하지만 다른 일들 때문에 이미 혼이 나간 데다, 당장이라도 누군가의 손이 자신의 어깨를 붙잡고 성난 목소리로 왜 이 아이가 갇혀 있지 않냐며 다그칠 것만 같아 정신이 없었다. 만약 정말로 몰래 탈출해 방들을 뒤져 독약을 찾을 생각이라면, 서둘러 그 일을 해야 했다.

세스는 긴장한 두 다리를 겨우겨우 움직여 호텔 라운지를 살금살금 지나갔다. 문이 닫힌 라운지 안에서 목청을 돋은 동요한 목소리들이 새어 나왔다. 세스는 안내 데스크 아래로 몸을 숙여 큰 마스터키를 잽싸게 낚아챈 다음, 계단을 조용조용 올라가고 있는 나이트세이드를 뒤따라갔다. 호흡이 가빠 오고 당장이라도 잡힐지 모른다는 두려움이 엄습했다.

"하지만 어떤 독약을 찾아야 하는지 모르잖아?"

세스가 힘없는 목소리로 묻자 나이트세이드가 대꾸했다.

"잘 생각해 봐. 넌 식당에 있었어. 틀림없이 독약 냄새를 맡았을 거야. 코를 써, 코를."

세스는 식당을 떠올렸다. 고통에 온몸이 뒤틀린 샐로미어스 박사를 보았던 공포를 생각할 것이 아니라 코에 집중해야 했다. 그렇다. 냄새가 있었다.

"무언가 있었어. 달콤하면서도 쌉쌀한 냄새였어. 쓴 아몬드 같은 냄새."

그것이 독약이었을까? 틀림없이 그랬을 것 같았다. 전에는 호텔에서 그 냄새를 맡아 본 적이 없었기 때문이다. 나이트세이드가 첫 번째 방문 앞에 서 있었다. 세스는 고양이의 조언에 따라 행동하고 있다는 것을 여전히 믿지 못한 채 열쇠로 문을 열었다.

"페퍼스푸크 교수님의 방이야."

나이트세이드가 세스의 다리 옆으로 휙 지나갔다.

"다린더가 샐로미어스 박사님이 여기에 계신다고 말했을 때 교수님은 완전히 흥분한 것 같았어. 교수님이 뭘 숨기고 있는지 한번 보자."

세스는 곧장 묵직한 띠가 달린 고급스러운 검은색 가죽 케이스가 있는 곳으로 갔다. 케이스는 활짝 열린 채로 책상 위에 놓여 있었다. 케이스 안에 병들이 들어 있었다. 세스는 자신의 행운을 믿을 수가 없었다. 작고 정교한 유리병이 두 줄로 죽 있었다. 총 여덟 개. 독약을 호텔로 가져오기에 완벽한 유리병이었다.

병마다 이름표가 붙어 있었다. '종달새 노래', '개똥지빠귀 경고', '울새 울음', '푸른박새 울음'. 이것들은 대체 무엇일까? 세스는 조심조심 병들 가까이에 코를 댔다. 하지만 아무 냄새도 나지 않았다.

"뚜껑을 열어 보아야겠어."

"서둘러."

나이트셰이드가 세스 바로 뒤에 와 있었다.

세스는 병 하나를 집어 뚜껑을 열었다.

곧바로 방이 새가 지저귀는 요란스러운 소리로 가득 찼다. 마치 방에 있는 화재경보기가 울린 것처럼 큰 소리였고, 새 떼가 바로 옆에 있는 것 같았다. 세스는 얼른 뚜껑을 닫았다. 그러자 소리가 뚝 그쳤다. 세스는 참았던 숨을 내쉬고는 재빨리 뒤를 돌아다보면서 시끄러운 소리를 듣고 계단을 올라오는 사람이 있는지 확인하기 위해 기다렸다.

"세스, 조금 조용하면 안 되겠니?"

세스와 나이트셰이드는 잠시 가만히 있었다. 아래에서 삐걱거리는 소리가 나는 것 같았다. 세스의 심장이 팔딱거렸다.

"아무래도 내가 직접 가서……."

나이트셰이드가 문밖으로 슬그머니 나가더니 잠시 후에 돌아와 아무도 없다고, 모두 여전히 라운지에 있다고 말했다.

"자, 일을 계속해. 원래 이렇게 느렸었나? 예전에는 훨씬 날쌔게 움직였던 것 같은데."

나이트셰이드가 으르렁거리듯이 말했다.

"끝내주네. 내가 키우는 고양이가 오래전부터 말을 할 줄 알았다고 하질 않나, 이제 나를 타박하기까지 하다니."

세스는 쿵쾅거리는 심장을 느끼고 두 눈을 좌우로 두리번거리면서 고양이를 따라 바로 옆 객실인 글로리아 트라우트빈의 방으로 갔다. 그리고 꺅 소리를 질러 사람을 내쫓을 것만 같은, 얼굴이 긴 여인의 초상화 아래에서 엄한 눈길을 느끼며 방을 수색했다.

나이트셰이드는 침대에 앉더니 느긋하게 앞발을 핥고 있었다.

세스가 초조하게 말했다.

"나이트셰이드, 제발 침대에서 내려오면 안 되겠니? 넌 객실 근처에 오면 안 된다는 것 알잖아. 만약 고양이 털이 한 올이라도 노리 번의 눈에 뜨이면, 나는 죽은 목숨이야."

고양이는 곧바로 침대에서 훌쩍 뛰어내렸다.

"있잖아, 세스, 내가 누가 오는지 살펴봐 줄게."

나이트셰이드가 다시 슬며시 밖으로 나갔고, 세스는 아주 기이하게 생긴 장화를 살펴보았다. 밑창이 특이할 정도로 두툼한 이상한 신발이었다. 세스는 신발을 들어 뒤집어 보며 중얼거렸다.

"이 사람들은 대체 뭐 하는 사람들일까? 하나같이 기이한 물건들을 가지고 있네."

세스는 몸을 낮추고 코를 킁킁거렸다. 방 어딘가에서 이상한 냄새가 났다. 과일 냄새 같았다. 배 같기도 하고…….

냄새를 쫓아 움직이던 세스가 침대에 다다랐다. 세스는 매트리스와 베개 밑을 더듬어 보았다. 아니나 다를까, 거기에 뭔가가 숨겨져 있었다. 종이 봉지였다. 세스는 설레는 마음으로 종이 봉지를 열어 보았다.

그리고 배가 우수수 떨어지는 모습을 가만히 지켜보았다. 배가 엄청 많이 떨어졌다.

세스의 희망이 잦아들었다.

밖에서 삐걱거리는 소리가 났고, 문을 앞발로 가볍게 두드려 경고하는 소리가 들렸다. 세스는 숨을 죽이고 귀를 쫑긋 세웠다.

만약 호텔 라운지에서의 심문이 끝났다면, 당장이라도 누군가 세스가 갇혀 있지 않다는 사실을 알게 될 판이었다. 세스는 아래층으로 돌아가야 했다.

"네 말을 듣지 말아야 했어, 나이트셰이드."

세스가 투덜거렸다.

할 수 있는 일이라고는 조용히 있으면서 트라우트빈이 오지 않기를 바라는 것뿐이었다.

잠시 뒤 앞발로 문을 두드리는 소리가 다시 들렸다. 세스는 나이트세이드가 '이상 없음' 신호를 보내는 것이기를 바라면서 방 밖으로 조용히 나갔다.

나이트세이드가 앞장서서 아래층으로 가는 계단을 내려갔다. 하지만 중간에 멈추어 서는 바람에 세스는 하마터면 넘어질 뻔했다. 나이트세이드가 급히 멈출 만한 이유가 있었다. 아래 로비에 누군가가 있었다.

세스는 숨을 몰아쉬며 기다렸다. 세스의 어깨 바로 옆에는 발톱을 뻗어 세스의 왼쪽 귀를 뜯고 싶어 하는 것처럼 보이는 호랑이 그림이 있었다. 세스는 아무도 없는 것이 확인되자마자 아래층으로 잽싸게 내려가서 기회가 보이면 바로 그 벽장 안으로 들어갈 자세를 취했다. 물론 들키는 경우에는 다시 계단을 후다닥 올라갈 수도 있는 자세였다.

여러 사람의 목소리가 들렸다. 세스가 갇혀 있어야 하는 벽장 바로 앞에서 나는 소리였다. 이제 당장이라도 누군가가 벽장문을 열어 세스가 없다는 것을 알게 될 상황이었다.

세스의 심장이 고통스러울 정도로 세게 망치질을 했다. 애초에 하지 말아야 할 일이었다. 2층으로 간 것은 어리석은 짓이었다. 이제 탈출한 것을 들키지 않고 벽장 안으로 몰래 들어갈 방법은 없었다.

이게 다 말을 할 줄 아는 고양이의 조언을 들은 탓이었다.

세스는 저주받은 운명이었다.

## 13
## 헤어스타일이 영화배우 같은 사람

"분별력 있게 행동하세요, 킹피셔 씨. 당신이 이렇게나 완고하다니 믿을 수가 없네요."

앙칼진 여자 목소리가 들렸다.

"나는 이곳의 보안을 책임지고 있어요, 안젤리크."

킹피셔가 아래층 로비를 서성대며 대꾸했다. 그는 어깨를 흔들고 옷매무새를 가다듬은 다음 한마디를 덧붙였다.

"그 점을 유념하세요."

잠시 침묵이 흐른 뒤, 체계적인 일 처리에 익숙한 것 같은 목소리로 안젤리크 스퀴가 말했다.

"그런데 당신은 기본적인 절차를 따르고 있나요? 모든 출입구와 통신 수단은 봉쇄했겠지요?"

킹피셔가 날카롭게 대꾸했다.

"요점이 뭐요? 나는 모든 사람으로부터 진술을 받았어요. 사람들은 모두 같은 음식을 먹었습니다. 그 디저트만 빼고. 이건 복잡할 것 없는 단순한 사건이에요."

종이를 팔락거리는 소리가 세스의 귀에 들렸다.

"범인은 무엇을 하고 있는지 아무도 볼 수 없도록 하려고 냉장고 속 깊은 곳에 있는 작은 공간에서 디저트를 몰래 꺼냈다."

킹피셔는 필기한 것을 큰 소리로 읽고 있는 듯했다.

"범인은 막바지에 그 음식을 만들었고, 샐로미어스 박사를 위한 음식이라는 것을 아주 분명하게 써서 붙여 놓았다. 디저트는 다른 사람은 먹지 못하도록 박사 바로 뒤에 놓여 있었다. 그 디저트가 들어오자마자 문이 잠겼다."

세스는 섬뜩한 공포심을 느끼면서 귀를 기울였다.

모든 것이 사실이었다. 실제로 정확히 일이 그렇게 진행되었다.

그 디저트는 맨 마지막으로 식당 안으로 들어간 음식이었고, 그 직후에 문이 잠겼다. 그리고 그때부터 사건이 일어날 때까지 사람들로 가득한 식당의 문은 열리지 않았다. 그렇다면 언제 독약을 넣었을까?

사람들이 가득한 방에서 샐로미어스 박사의 디저트에 뭔가를 몰래 넣는 큰 위험을 감수할 사람은 없을 것이라는 점은 확실했다. 범인이 설사 그런 대담한 시도를 했다 하더라도 다른 사람들에게 들키지 않을 수 있었을까?

이것은 가능성이 매우 낮았다. 그렇다면 어떻게 독약이 그 디저트 유리그릇에 들어갔을까?

"앞뒤가 맞아떨어지는 유일한 경우는 주방 보조 녀석에 의한 살해뿐입니다."

킹피셔가 자신 있게 말했다.

"어느 누가 모든 사람이 훤히 지켜보는 가운데 그 그릇에 무언가를 슬쩍 넣을 정도로 무모하겠어요? 더구나 다른 사람들에게 들키지 않고 그 일을 할 수 있다고? 명백하잖아요? 주방 보조 녀석 말고 누가 독약을 디저트 안에 넣을 수 있겠느냐고요? 한번 대답해 보세요. 그럼 내가 그 사람을 붙잡을 테니까."

세스는 의심을 받고 심지어 벽장 속에 갇혀 있는 동안에도 모든 사람이 자신의 결백을 알게 되리라는 희망의 끈을 놓지 않았었다. 하지만 사람들이 하는 이야기에 반박할 말이 없었기에, 세스는 온몸으로 오싹함을 느꼈다.

다른 사람이 그 일을 한다는 것은 불가능해 보였다.

정말로 독약이 어떻게 디저트 유리그릇에 들어간 것일까?

만약 이 문제의 답을 찾지 못한다면, 세스는 오늘 저녁이 지나기도 전에 불편한 자세로 경찰차를 타고 끌려가는 신세가 될 것이었다. 그리고 감옥 생활. 이제 세스는 어떻게 해야 할까?

"좋아요. 아주 명쾌해 보이네요."

안젤리크가 말했다. 하지만 그녀의 목소리에는 의문과 의심이 잔뜩 배어 있었다.

"그리고 나는 저녁 내내 그 디저트 앞에 앉아 있었고 누구도 그 탁자 가까이에 가는 것을 보지 못했으니, 식당 안에 있던 사람의 소행이 아니라는 점은 나도 확실하게 말할 수 있어요. 정말로 수수께끼 같은 사건이에요. 그리고 지금 우리가 어떤 분의 살해 사건을 다루고 있는지 유념하세요."

세스는 너무나 당황하고 걱정하고 있던 상태라 안젤리크가 다음에 한 말을 잘못 들은 줄 알았다.

"수석 마법사가 살해되었어요. 그레고리언, 당신이 틀렸을 수도 있다고 단 한순간만이라도 생각해 보세요. 그리고 당신이 지금 다른 모든 혐의자를 풀어 주었다고 상상해 보세요."

'마법사?'

세스는 머릿속이 다시 빙글빙글 도는 것 같았다. 안젤리크는 대체 무슨 이야기를 하고 있는 것일까?

"나는 처음부터 그 세피 녀석이 범인인 줄 알았어요. 내가 녀석을 자백하게 만들 수 있어요."

킹피셔의 목소리는 강철처럼 차가웠다.

"내가 사건을 매듭짓고, 우리는 모두 오늘 밤에 여기를 떠날 수 있어요."

실크가 살랑거리는 소리가 들리는가 싶더니 안젤리크 스쿼 모습이 세스의 시야에 들어왔다. 까만 이브닝드레스를 입고 빨간 망토를 두르고 있었으며, 은색 꼭지가 달린 빨간색 긴 지팡이를 들고 있었다. 그녀가 지팡이를 들어 킹피셔의 가슴을 가리키며 말했다.

"절차대로 하세요. 당장 매지콘을 부르세요. 그렇게 해야 한다는 건 당신도 알잖아요."

세스는 미동도 하지 않은 채 귀를 바짝 세우고 좀 더 많은 것을 알아내기 위해 필사적이었다. 세스 옆으로 나이트셰이드가 다가왔다.

킹피셔가 느릿느릿 힘주어 말했다.

"방해하지 마시오."

안젤리크가 머리칼을 뒤로 젖히고는 지팡이 끝으로 킹피셔를 쿡쿡 찔렀다.

"이 나라에서 가장 중요한 마법사가 살해되었어요. 그레고리언, 정말로 단독으로 수사 전체를 떠맡을 참인가요?"

킹피셔는 손으로 콧수염을 잡아당기며 대꾸했다.

"만약 매지콘이 시간 낭비를 하게 했다고 화를 내면, 나는 당신을 비난할 겁니다, 안젤리크. 내가 분명히 말하는데, 이보다 더 간단한 사건은 없습니다."

묵직한 발소리가 들려 세스는 놀랐다. 킹피셔가 움직였다. 세스는 곡선형 계단 가까이에 있는 중앙 벽에 다시 몸을 바싹 붙였다.

안젤리크가 큰 소리로 말했다.

"그리고 통신 수단을 모두 봉쇄하기 전에 모든 사람에 대한 철저한 신원 조사를 꼭 하세요. 매지콘에서 사람이 오면 그걸 물어볼 테니까. 절차대로 하세요!"

세스는 여전히 숨도 제대로 쉬지 못한 채 귀를 기울이며 안젤리크의 발소리가 들리기를 기다렸다. 세스의 심장이 빠르게 뛰었다. 지금 필요한 것은, 벽장으로 돌아갈 수 있는 기회 한 번이었다.

하지만 발소리는 더 이상 들리지 않고 안젤리크의 드레스가 스르륵거리는 소리만 들렸다. 그녀는 도대체 무엇을 하고 있는 것일까? 이제 그녀는 세스의 시야 밖에 있었다. 쫑긋 세운 세스의 귀에 정전기 불꽃처럼 지지직거리는 소리가 설핏 들렸다.

세스는 용기를 내서 계단을 조금 더 내려갔다.

세스가 좋아하는 그림 바로 옆에 안젤리크가 서 있었다. 세스가 밤이면 날아다니는 상상을 할 정도로 실물과 똑같은 올빼미 그림이었다. 안젤리크는 액자를 어루만지고 있었다. 긴 손가락으로 능숙하게 액자 모서리를 꼼꼼하게 더듬고 있었다.

곧이어 안젤리크는 한 발짝 물러서더니 지팡이를 높이 들었다. 세스는 지팡이로 그림을 내리칠 것이라고 생각했다.

세스는 움직였다. 본능적으로 그림을 보호하려고 했지만 지팡이를 잡을 시간적 여유는 없었다. 지팡이 끝에서 세스의 요리사복 색과 비슷한 밝은 파란색 불꽃이 지지직거리면서 맹렬하게 뿜어져 나오는 것을 지켜볼 수 있을 뿐이었다. 선명한 파란색 불꽃은 액자 둘레에서 잠시 타오르다가 사라졌다.

세스는 계단 끄트머리에 서서 숨을 몰아쉬었다.

방금 무슨 일이 일어난 것일까?

안젤리크 스퀴가 뒤를 돌아보지도 않은 채 말했다.

"좋아, 애야. 킹피셔는 없어. 혹시 네가 나를 감시했고, 또 무언가를 보았다면……. 나는 너한테 그것을 모두 잊어버리라고 단단히 충고하고 싶어. 너를 수갑 채워 데려가야 한다는 사람들의 말에 나까지 거들기를 바라지 않는다면."

# 14
# 연관성

세스는 침을 꿀꺽 삼키고는 로비로 내려섰다.

"아니에요, 아니에요. 감시하고 있던 게 아니에요. 그리고 저는 샐로미어스 박사님을 죽이지 않았어요."

세스는 다급하게 이렇게 덧붙였다.

"혹시 저를 도와주신다면……, 정말, 정말 고마울 거예요."

안젤리크는 광택이 나는 빨간색 가죽 수첩에 뭔가를 쓰고 있었다.

세스가 받은 안젤리크의 첫인상 중 특이하다고 느낀 점은, 화려한 옷과 화장과 손톱의 매니큐어에도 불구하고 자기보다 나이가 별로 많지 않은 것 같다는 사실이었다.

안젤리크가 세스를 '얘야'라고 부른 것은 좀 심했다.

"나는 재빨리 좀 둘러보아야 해. 다른 사람들은 호텔 라운지에 한 10분 정도 안전하게 있을 거야. 그리고 네가 도와줄 수 있을 것 같은 질문이 몇 개 있어."

안젤리크의 말에 세스는 이렇게 물었다.

"그 사람들을 가두어 놓은 거에요?"

세스는 사람들의 고함과 문을 쾅쾅 두드리는 소리가 들리기를 기대하며 고개를 돌렸다. 하지만 눈에 보이는 것이라고는 슬며시 자리를 뜨는 나이트셰이드뿐이었다.

"아니. 그렇게 하면 사람들이 화를 낼 것 같더라고."

안젤리크는 코를 찡긋했다.

"그래서 문에 망각 마법을 걸어 놓았어. 만약 사람들이 문을 만지게 되면, 애초에 문밖으로 나가려고 했던 이유를 잊어버리게 돼."

"어……."

세스는 어안이 벙벙했다.

"문에 망각 마법을 건 것은……, 잘한 것 같네요."

세스는 얼이 빠진 채, 다른 곳에 있고 싶어 하는 것처럼 보이는 말 두 마리 그림이 든 액자를 어루만지고 있는 안젤리크를 지켜보았다.

"샐로미어스 박사님을 수석 마법사라고 부르던데요. 마법사라니……. 정확히 무슨 뜻이에요?"

세스가 머뭇머뭇 물었다.

"우리를 이끄는 조직인 엘리제의 수장. 그래, 박사님은 마법계를 이끌고 계셔. 아니, 이끄셨지."

안젤리크는 잠시 침을 삼키고 얼굴을 찡그렸다. 그러고는 고개를 젖혀 머리를 뒤로 휙 넘겼다.

"한때는 마법 도구 발명가로 엄청 유명하셨지만, 몇 해 전에 자신의 연구소를 닫고 마법계 사람들에게 봉사하는 일들에 삶을 바치셨어. 그분은 늘 마법계를 생각하셨어. 마법이 선한 힘이 될 수 있도록 운동을 벌이셨지."

세스는 작은 키에 배가 나오고 눈이 반짝이던 친절한 백발의 신사를 떠올리며, 마법계의 수장이기는커녕 아예 VIP 고객처럼 보이지도 않았다고 생각했다. 그저 누구나 좋아하는 마음씨 좋은 할아버지처럼 보였었다.

"그런데 마법계가 뭐죠?"

안젤리크는 세스에게 못 믿겠다는 투의 눈길을 던졌다.

"마법의 세계가 예전과 같지 않다는 건 나도 알지만, 너는 엘리제를 아예 들어 보지도 못했단 말이야?"

"으음."

세스가 우물쭈물 말했다.

"나는 평생 여기에서 살았어요."

세스는 어깨를 한 번 으쓱하고는 말했다.

"여기는 외딴 곳이에요. 그래서 내가 들어 보지 못한 세상 이야기가 좀 많을 거예요."

세스는 평소에 마법은 마녀와 독이 든 사과, 밤에 구두장이를 도와주는 요정이 나오는 동화책에나 있는 것으로 생각했다는 말이 목까지 올라오는 것을 간신히 참았다.

안젤리크가 함께 가자는 뜻으로 좁은 곡선형 계단을 지팡이로 가리켰다. 그러고는 앞장서서 성큼성큼 걸어가더니 잠깐 멈춰 서서 호랑이 그림을 찬찬히 살펴보았다.

세스는 안젤리크를 따라가면서 중요한 일, 즉 자신이 샐로미어스 박사를 죽이지 않았다는 사실을 모두에게 납득시키는 일에 집중해야 한다고 되새겼다. 안젤리크가 도움이 될까? 안젤리크가 믿을 만한 사람일까? 지팡이로 무엇을 하고 있었을까? 안젤리크는 지팡이를 짚으며 걸었지만, 세스는 그것이 지팡이를 가지고 다니는 이유일 것이라고는 믿지 않았다.

객실 층 복도에 다다랐을 때, 안젤리크가 한숨을 쉬고는 말했다.

"마법을 하는 사람들이 흔했던 시절이 꽤 오래전이지. 자연의 힘으로 병을 치료하는 사람들, 우리가 어려울 때 기댔던 사람들. 한때는 모두가 마법을 선한 힘으로 알았어. 행복한 마법."

안젤리크는 긴 머리칼을 흔들고는 말을 이었다.

"자, 이 호텔에 대해 무슨 할 말 없니? 여기에 얼마나 오래 살았지?"

"평생이요."

"그럼 누구보다 이곳에 대해 잘 알겠구나. 어떤 문제든 답을 가지고 있을 것 같네."

안젤리크는 세스를 향해 기대감이 어린 미소를 지었다.

세스는 자신이 모든 문제의 답을 알고 있다고 생각하지 않았다. 그 대신에 아주 많은 질문 거리를 가지고 있는 것은 확실했다.

"번 씨 부부가 부모님이니?"

안젤리크가 볼품없는 꽃병 뒤를 살펴보며 물었다.

"아니요! 엄마는 내가 아주 어렸을 때 돌아가셨고, 아버지는 여기에서 주방장으로 일하셨어요."

"여기에서 일하셨다고? 지금은 어디에 계시는데?"

"매지콘이 뭐예요?"

세스는 받은 질문에 대꾸하지 않고 다른 질문을 했다.

"매지콘, 마법계의 경찰······. 음, 마법계에서 범죄를 수사하는 사람들이라고 할 수 있겠지?"

"킹피셔 씨는 왜 그 사람들 부르기를 그렇게 꺼리는 거예요?"

"들리는 말이, 그 사람들은 좀 무섭대."

안젤리크는 지팡이를 들더니 벽을 가볍게 톡톡 쳤다.

"마법을 하는 사람들한테 조사를 받으면 무서울 것 같긴 해."

"무섭다고요? 그런데 그 사람들이 이리 오고 있다는 거죠?"

세스는 무서운 마법의 심문이 어떤 것일지 궁금했다. 그리고 이제 곧 알게 되리라는 것을 깨닫고는 기어 들어가는 목소리로 말했다.

"난 정말로 하지 않았어요."

"나라면 걱정하지 않으려고 노력할 것 같아."

걱정하지 않는다고? 세스는 세상에 실제로 마법이라는 것이 존재한다는 새로운 사실에 빠르게 적응해 가고 있었다. 그것은 충분히 놀랄 만한 소식이었다. 또 이 나라의 수석 마법사의 살해 혐의를 받고 있다는 사실에도 적응해 가고 있었다. 그리고 이제 곧 마법 심문을 받게 될 신세였다. 이보다 더 나쁠 수가 있을까?

안젤리크가 뒤로 돌더니 캐러멜 빛 눈으로 세스를 빤히 쳐다보았다. 그리고 다시 지팡이를 들더니 이번에는 벽을 세게 내리쳤다.

세스가 무엇을 하고 있느냐고 미처 묻기도 전에 깜짝 놀랄 일이 벌어졌다. 마치 대답을 하듯이 벽에서 우르릉거리는 소리가 난 것이다. 천둥이 다가오는 것처럼 나지막한 소리였다. 처음에는 한쪽 벽에서만 나는 것 같더니 이내 복도의 모든 벽이 살짝 흔들렸다. 우르릉거리는 소리와 진동은 점점 커졌고, 벽에서 석회 부스러기가 세스의 어깨로 떨어지기 시작했다. 세스는 호텔이 무너질까 봐 겁이 나 주위를 두리번거렸다.

# 15
# 두 가지 문제

번개가 내리치는 것 같은 날카로운 소리가 나더니, 사람 목소리처럼 들리는 나지막한 소리가 윙윙거렸다. 세스가 도망쳐야 한다고 생각하는 찰나, 모든 것이 멈추었다.

"뭐죠? 방금 뭐였죠?"

세스가 어깨에 떨어진 석회 가루를 쓸어내리며 물었다.

안젤리크는 그저 코를 찡그리고만 있었다.

"벽이 우리에게 무언가를 말하려는 거야. 저런 소리 처음 들어 보니?"

"벽이 말하는 것처럼 윙윙거리는 소리요? 당연히 못 들어 보았지요. 들었다면 잊어버릴 리가 없겠죠."

안젤리크를 뒤따라가는 세스의 머릿속이 복잡했다. 아까 오후에 샐로미어스 박사가 벽을 만졌던 일이 떠올랐다. 그때에도 소리가 들렸다. 벽이 한숨을 쉬는 것 같은 소리. 그 소리는 무슨 뜻이었을까?

"살해된 분이……. 샐로미어스 박사님이 한때는 마법 도구 발명가라고 했잖아요? 음……. 구체적으로 어떤 물건들을 발명하는 거죠?"

"넌 늘 그렇게 질문이 많니?"

안젤리크는 한심하다는 듯이 세스를 바라보더니 조바심이 나는지 머리를 뒤로 휙 넘겼다.

"텔레포트 같은 것 있잖아. 순간 이동, 그러니까 순식간에 다른 공간으로 이동하는 마법. 또 텔레글로브 같은 것도 있지. 마법을 써서 통신을 하는 것."

안젤리크는 세스가 무슨 말인지 이해하지 못할 정도로 멍청한 것은 아닌지 확인이라도 하는 듯이 그를 가만히 살펴보았다.

"대부분의 마법사들은 평범한 방법으로 마법을 부려."

안젤리크가 고개를 돌리더니 또다시 머리를 뒤로 휙 넘겼다. 세스의 얼빠진 표정을 본 것이 틀림없었다.

"마법 도구를 쓰는 건 너도 알잖아. 또 사람들로 하여금 특정한 행동을 하게 만드는 물약도 있고."

무슨 이유 때문인지, 이 순간 세스는 자기 방에서 발견한 검은 책이 번쩍 생각났다. 그 책에는 조리법뿐만 아니라 갈겨쓴 기이한 글귀, 그림, 이해하기 어려운 아이디어 등 온갖 것들이 담겨 있었다. 세스가 한 번도 본 적이 없는 이상한 물건들. 빛에 휘감긴 작은 새장 그림.

"마법 발명품은 그러니까……."

세스는 생각을 정리하느라 말을 더듬거렸다.

"……반딧불이 새장, 또…….."

세스는 말을 끝맺을 수 없었다.

안젤리크가 뒤로 휙 돌더니 짧은 빨간색 망토를 휘날리며 성큼성큼 다가왔기 때문이다. 안젤리크는 지팡이를 높이 들더니 단검을 쓰듯이 지팡이 끝으로 세스의 목을 눌렀다.

"너는 마법계에 대해 들어 보지도 못했다고 그럴싸하게 말했어. 그런데 그걸 말해?"

안젤리크가 앙칼지게 쏘아붙이면서 지팡이로 목을 더 강하게 눌렀다.

세스는 옴짝달싹할 수 없었고, 두 눈동자만 간신히 움직여 지팡이 끝을 응시했다. 침을 삼킬 수는 있었겠지만, 감히 그렇게 하지 못했다.

"반딧불이 새장에 대해 뭘 알고 있지?"

안젤리크의 눈이 이글거렸다.

"나는……, 나는……."

세스가 지금 이 순간 알고 있는 것이라고는 목을 짓누르고 있는 지팡이뿐이었다.

"그러니까……, 그러니까…… 손님 중 한 분의 이야기를 엿들었던 것 같아요. 그게 무엇인지는 전혀 몰라요."

세스는 눈을 질끈 감았다.

"반딧불이 새장을? 그건 가장 사악한 마법 중에서도 아주 위험한 마법이야, 세스. 내가 조언 하나 할게. 그것에 대해 절대로 아무한

태도 말하지 마."

안젤리크가 목청을 높이며 말을 이었다.

"마법에 대해 아무것도 알지 못한다는 것이 너의 방어 논리라면 절대로."

안젤리크는 눈을 위협적으로 번뜩이며 지팡이를 세스의 목에 2~3분 더 대고 있다가 숨을 쉴 수 있을 정도로만 뒤로 뺐다.

"그런 게 아니에요."

세스가 목을 문지르며 우물우물 말했다.

"나는 정말로 마법에 대해 아무것도 몰라요. 그나저나 그게 뭔데요?"

세스는 그것이 숲속에 사는 빛을 내는 아름다운 벌레와는 아무 상관이 없을 것 같다고 추측했다. 안젤리크는 정말로 겁에 질린 것처럼 보였으니 말이다.

안젤리크는 온몸에 전율을 느끼면서 지팡이의 꼭지를 딸깍 닫았다.

"아예 모르는 게 나을 거야. 마법은 가끔······."

안젤리크는 적당한 말을 찾느라 애쓰는 표정을 지었다.

"······어떤 마법은 무시무시하거든."

아주 짧은 순간 동안, 마법이 실제로 존재한다는 사실을 알게 된 것은 경이롭고 환상적인 발견이었다. 하지만 이제 세스는 확신하지 못하고 있었다.

"네가 돌아다니다가 킹피셔에게 발견되면 너의 변호에 도움이 안 될 거야."

안젤리크가 지팡이로 벽장을 가리키며 말했다.

"혹시 벽장 안으로 돌아가는 데 도움이 필요하니?"

"그건 나 혼자서도 할 수 있거든요."

어쨌든 안젤리크는 세스를 따라 다시 아래층으로 내려갔다. 이번에는 다행히 로비가 텅 비어 있었고, 세스는 어두운 곳을 향해 천천히 움직였다. 몇 시간 전만 해도, 세스의 삶은 티파니의 사악한 계략에 대처하느라 힘든 것 같았다. 이제 그는 단순히 살인이 아니라 나라에서 가장 중요한 마법사를 살해한 혐의를 받고 있었다.

친절하기만 했던 샐로미어스 박사를 살해했다고 믿고 있는 사람들에게 끌려가는 것보다는 여기에 남아 티파니의 사악한 손에 고생하는 편이 나을 것이다.

하지만 세스가 무엇을 할 수 있겠는가? 세스는 빠져나올 수 없는 깊은 수렁에 빠져 있었다.

"그나저나 반딧불이 새장에 대해 말한 손님이 누구야?"

세스가 캄캄한 벽장 안으로 다시 들어가 문을 닫기 전에 안젤리크가 물었다.

별 뜻 없다는 듯이 들리도록 애쓴 질문이었지만, 세스는 안젤리크가 대답에 관심이 무척 많다는 것을 알 수 있었다.

"미안하지만, 기억이 안 나요."

"있잖아, 세스, 지금의 곤경에서 벗어나고 싶으면 앞으로는 물어보는 말에 제대로 대답을 하려고 좀 노력해 봐. 한 가지 조언을 하자면, 누가 어떻게 문이 잠긴 식당 안으로 들어와서 디저트에 독약을 넣을 수 있는지 알아내. 그게 핵심이야. 그래야 네 자신을 구할 수 있어."

세스의 귀에 안젤리크의 한숨 소리가 들렸다.

"하지만 지금 당장은 나한테 두 가지 문제가 있어."

세스는 자신은 두 가지보다 훨씬 더 많은 문제들을 직면하고 있다고 대꾸하고 싶었다. 안젤리크가 무슨 목적으로 그 위험한 지팡이로 뭐든지 쿡쿡 찔러 보고 벽이 우르릉거리도록 만들었는지, 세스로서는 도무지 알 도리가 없었다. 세스는 안젤리크를 전혀 신뢰하지 않았다.

"좋아요. 내가 도울 일이 뭐 있을까요?"

세스가 쭈뼛쭈뼛 말했다.

"어, 세스……, 너는 평생 여기에서 살았어. 그래서 내가 아주 난처한 상황에 처하게 됐어."

"그 말을 들으니 미안하네요."

세스가 우물우물 대꾸했다.

"왜냐하면 네가 여기에서 나를 도와줄 수 있는 유일한 사람이지만, 나는 킹피셔의 의견에 동의할 수밖에 없었기 때문이야. 세스, 너는 누가 보아도 가장 유력한 샐로미어스 박사님의 살해 용의자야."

이 말을 끝으로 안젤리크는 벽장문을 닫았고, 세스는 다시 혼자가 되었다.

# 16
## 그는 준비되지 않았다

느낌으로는 몇 초쯤 지난 것 같았다. 자물쇠에 열쇠를 꽂는 소리가 들리더니 안젤리크가 캄캄한 벽장 안을 들여다보았다.

"내가 너를 데리러 올 거라고 했지? 매지콘에서 온 사람이 도착했어. 너의 심문이 곧 시작될 거야."

"벌써요?"

세스는 침을 꿀꺽 삼키고는 고개만 간신히 끄덕일 수 있었다. 가슴이 블라망제(우유에 과일 향을 넣고 젤리처럼 만들어 차게 먹는 디저트)처럼 떨리는 것을 멈출 수가 없었다.

세스는 발을 질질 끌며 뒤따라가면서 두려움을 감추고 용감한 표정을 지으려고 애썼다. 그는 아직 심문을 받을 준비가 되어 있지 않았다. 샐로미어스 박사의 살해에 대해 추궁할 때 말할 무엇인가를 찾아내야 했다. 그게 무엇이든지 간에 찾아내야 했다.

"제발."

식당에 붙어 있는 작은 방의 문 앞에 다다랐을 때 세스가 작은 목소리로 말했다.

"샐로미어스 박사님을 죽이고 싶어 할 만한 사람 없을까요? 아무나."

문손잡이를 잡은 안젤리크가 고개를 돌렸다. 그녀의 갈색 눈이 번뜩였다. 완전히 예상 밖의 대답이 나왔다.

"글쎄, 아주 많은 것 같은데."

"아주 많다고요?"

세스가 반문했다. 산타클로스를 떠올리게 하는 인상에 금화를 주었던 그 작고 친절한 노인한테?

"정말로요? 예를 들자면요?"

"엘리제의 수장인 박사님은 엘리제를 급진적으로 개혁하고 계셨거든. 그래서 적이 많이 생겼어."

"적이라고요?"

세스는 뜻밖에 찾아온 이 작은 희망의 끈에 너무 큰 기대를 갖지 않으려고 애쓰고 있었다.

"구체적으로 어떤 사람이요?"

작고 친절한 박사를 적이 많은 사람으로 생각하기는 어려웠다. 그 적들 가운데 하나가 바로 지금 호텔에 있는 것은 아닐까?

"레드 발레리언이라는 사람이 최근에 말썽을 아주 많이 부렸어. 바로 지난주만 해도 마법사 두 명이 사망했는데, '그 사건'의 배후로 의심받고 있지. 게다가 그의 추종자들이 계속 늘어나고 있어. 세스,

그냥 사실대로 말해. 틀림없이 넌 괜찮을 거야."

안젤리크가 노크를 한 다음 문을 조금 열고는 안에 있는 사람들에게 세스가 기다리고 있다고 알렸다.

그런 다음 문을 빠끔히 열린 채로 놓아두었는데, 굳이 숨기는 기색도 없이 문틈에 귀를 갖다 대는 것으로 보아 일부러 그렇게 한 것이 틀림없었다. 세스 또한 문 안에 귀를 기울였다. 두 사람의 목소리가 들렸다.

한 사람이 말했다.

"그리고 당신이 샐로미어스 박사의 이번 방문의 보안을 책임지고 있기 때문에 내가 가장 궁금해하는 것에 대해 도와줄 수 있을 겁니다. 도대체 무엇 때문에 박사님이 이 외딴 곳에 있는 호텔까지 오시게 되었죠?"

"샐로미어스 박사님의 엘리제 신규 회원 모집 운동의 일환이었습니다."

설명을 하는 두 번째 목소리가 들렸다. 세스는 목소리의 주인이 킹피서라는 것을 바로 알 수 있었다.

"선발회를 위한 모임이었습니다. 엘리제의 공식 회원이 되기를 바라는 최종 후보들이 모두 이곳에 모였습니다."

엘리제의 신규 회원 모집 운동? 세스는 조금씩 이해가 되기 시작했다. 샐로미어스 박사의 방에 있었던 명단에 선발회가 언급되어 있었다. 그러니까 선발회가 비밀스러운 연회와 이상한 절차의 배경이었던 셈이다. 그리고 바로 선발회 때문에 모든 이상한 고객들이 여기 라스트 찬스 호텔까지 온 것이었다.

그들은 모두 마법 세계의 공식적인 일원이 되고 싶어 했고, 일종의 선발 과정을 거칠 예정이었다.

"하지만 이것은 타살입니다. 다행히 확실한 용의자가 있습니다. 굳이 고생하실 필요가 없습니다."

"나는 고생이라고 생각하지 않습니다만."

"주방 보조 소년에 의한 독살. 명명백백합니다."

"그 말을 들으니 마음이 놓이는군요. 당신이 제게 전화를 했을 때, 저는 안드레아스 피스트와 테니스 시합을 하는 중이었고 승부를 결정지을 세트가 한창 진행 중이었습니다. 말씀을 들어 보니, 제가 금방 돌아갈 수 있겠군요. 그러니까 이 주방 보조 소년이 치명적인 독약을 엘리제를 이끄는 수장의 디저트에 몰래 넣었고 이제 우리는 집으로 돌아갈 수 있겠다, 이런 말씀이군요. 제가 제대로 이해했습니까?"

"정확합니다. 그 녀석이 샐로미어스 박사님의 음식에 치명적인 독약을 넣을 기회가 있는 유일한 사람이라는 명백한 사실을 제가 입증했습니다."

킹피셔의 설명이 계속 이어졌다.

"그러니까 그 녀석이 틀림없습니다. 저한테 지금 당장 그 녀석을 체포하도록 허락해 주십시오. 그리고 돌아가셔서 다시 테니스 시합을 하시면 됩니다."

킹피셔가 자신만만하게 말했다.

"설마 이미 테니스 게임에서 진 것은 아니지요?"

"요즘에는 별일이 다 일어나니까요. 더구나 제가 서브를 넣는 세트였습니다. 아무튼 일 처리를 훌륭하게 하셨군요, 피시핑거 씨. 그걸 보고서에 기재하겠습니다. 다른 사람이 범인일 가능성은 없겠지요? 네? 정말 흥미로운 사건입니다. 아무래도 우리가 그 주방 보조 소년을 만나 보아야 할 것 같군요. 그렇죠? 살인자 소년 말입니다. 좋습니다. 나는 우리의 대단한 범죄자를 만날 준비가 됐습니다."

# 17
# 우리는 범죄자들을
# 사라지게 만든다

호텔에서 제일 작은 방으로 들어가는 문이 열렸다. 그레고리언 킹피셔가 세스를 끌고 들어가 의자에 앉혔다. 방에 하나뿐인 희미한 전등 밑 책상 둘레에 있는 의자 네 개 가운데 하나였다.

킹피셔는 세스 바로 옆 의자에 앉았다. 세스는 책상 너머 맞은편 어둑한 곳에 서 있는 남자를 잽싸게 살펴보았다. 그는 그렇지 않아도 작은 방이 더욱더 작게 느껴질 정도로 키가 컸다.

세스를 심문할 사람이었다.

세스의 목덜미로 땀이 흘러내렸다.

어둑한 곳이라 머리가 은회색이고 얼굴이 기다랗고 키가 무척 크다는 것 이외에는 남자의 모습을 파악하기가 불가능했다. 전등에서 나오는 약한 불빛이 남자의 작고 둥근 안경에 반사되었기 때문에 표정을 읽기는 더 어려웠다.

길고 불편한 침묵이 흐르는 동안 세스는 의자 팔걸이를 움켜잡

앉다. 키 큰 남자가 손가락으로 드럼을 치듯이 책상을 두드렸다.

몇 분처럼 느껴지는 시간이 째깍째깍 흐른 뒤, 세스는 아무도 굳이 자기에게 질문을 하지 않을지도 모른다는 두려운 생각이 들었다. 모두가 세스를 그냥 범인이라고 생각한다면? 매지콘에서 온 남자는 세스에게 설명할 기회조차 주지 않을 참인 듯했다.

잠시 후, 손가락 드럼이 멈추었다.

남자가 킹피셔를 보며 말했다.

"이 대단히 흥미로운 샐로미어스 박사의 관례적인 방문에 대해 좀 더 듣고 싶군요. 관례적? 아, 그렇지요. 살인 부분만 빼면. 내가 뭔가를 놓친 것이 아니라면, 보통 선발회에서는 살인이 일어나지 않겠지요. 보안 담당자는 이번 사건에 대해 무어라고 말하던가요? 참, 당신이 바로 보안 담당자이지요, 피시핑거 씨?"

"제 이름은 킹피셔입니다. 그레고리언 킹피셔."

"아, 그래요, 그래요. 그러니까 그 디저트는 주방에서 나와 곧바로 식당으로 옮겨졌지요?"

"그렇습니다. 음식이 모두 준비되면, 5분 후에 연회를 시작한다는 알림을 합니다. 정해진 절차대로 말입니다. 그러고는 문을 잠급니다."

"그리고 5분 후에 문이 다시 열립니까?"

"그 5분 동안은 누구도 식당 안에 들어갈 수 없습니다."

킹피셔가 힘주어 말했다.

"5분 후에 잠근 문을 열고 모두 자리에 앉아 식사를 시작합니다.

샐로미어스 박사님이 그 디저트를 먹기 직전까지 안젤리크 스쿼가 바로 옆에 앉아 있었습니다. 저는 모두를 심문했습니다. 안젤리크는 아무도 그 디저트에 손을 대지 않았다고 분명히 말했습니다."

"흐음, 흐음, 그렇다면 우리한테 두 가지 흥미로운 가능성이 남는 것 같군요. 어쩌면 세 가지일 수도 있고요."

키 큰 남자는 몸을 앞으로 숙이더니 별안간 세스의 손을 잡아 악수를 했다.

"매지콘 소속의 수사관 퓨터라고 하네. 매지콘은 해결이 필요한 모든 마법 관련 범죄를 담당하는 곳이지. 자네도 우리에 대해 당연히 들어 보았겠지. 하지만 소문들은 대부분 알고 보면 사실이 아니라는 점을 말하고 싶네."

"아닙니다. 수사관님."

세스가 기어 들어가는 목소리로 간신히 말하고는 땀에 젖은 두 손을 바지에 닦았다. 그러면서 순간 자신을 유력한 용의자라고 소개하고 싶은 마음을 억눌렀다.

킹피셔가 세스에게 득의양양한 눈빛을 날렸다. 세스는 자신의 미래가 사라지고 있는 것을 느낄 수 있었다. 이윽고 받게 될 심문을 위해 세스는 마음을 굳게 다잡았다. 목덜미에 소름이 돋았다.

퓨터가 조심스럽게 헛기침을 해서 목청을 가다듬었고, 세스는 드디어 질문을 받게 될 것이라고 짐작했다.

"자네, 테니스 할 줄 아나?"

퓨터의 질문이었다.

세스는 초조하게 고개를 가로저었다. 목소리가 나오지 않았다. 퓨터가 마법 세계의 경찰이고 진실을 끌어내기 위해 쓸 수 있는 특이하고 고약한 온갖 종류의 방법을 알고 있다는 사실에 주눅이 들었기 때문이다.

"그래, 테니스는 아예 모르는 게 낫지."

퓨터가 고개를 끄덕이며 말을 이었다.

"우스꽝스러운 게임이지. 그런데 묘하게 중독성이 있단 말이야."

퓨터는 깊은 한숨을 내쉬었다.

"자네는 시간이 지나면 나아질 것이라고 생각할지도 모르지만 말이야……."

"디저트가 식당으로 들어갈 때에는 그 안에 독약이 없었습니다."

세스가 다급하게 말했지만, 정작 입 밖으로는 속삭이는 소리만 나왔다.

"저는 박사님을 살해할 이유가 없습니다. 그분은 저에게 친절하게 대해 주셨어요."

"그분이 정말로 그러셨나?"

퓨터는 상반신을 책상 너머로 조금 숙였다. 그의 얼굴이 세스의 얼굴과 같은 높이가 되었다.

"이 모든 사달을 일으킨 사람치고는 조용하군. 방금 전에 자네는 '아닙니다, 수사관님'이라고 말했는데, 그 말이 매지콘에 대해 한 번도 들어 보지 못했다는 뜻인가, 아니면 소문들에 대해 들어 보지 못했다는 뜻인가?"

"어……. 둘 다입니다. 수사관님."

"그래, 그래. 자, 이제 가장 중요한 질문을 할 차례네."

퓨터는 주변을 둘러보았다. 그의 머리가 거의 천장을 긁다시피 했다.

"혹시 차를 한 잔 부탁해도 될까요?"

퓨터가 킹피셔를 보며 말했다.

"그리고 이 대단한 범죄자에게도 한 잔 주시겠다고요?"

"으음……."

킹피셔는 말을 잇지 못했다.

퓨터는 옷 주머니를 뒤져 흰색 명함을 꺼내 책상 위로 밀어 세스에게 건넸다. 세스는 명함에 적혀 있는 글귀를 읽었다. 원 모양으로 이렇게 쓰여 있었다. '매지콘-모든 마법 관련 범죄 해결사.'

글귀 옆에는 당장이라도 끔찍한 체벌을 내릴 것 같은 교장 선생님처럼 보이는 퓨터의 사진이 있었다.

"예전에는 이런 슬로건을 썼지. '우리는 범죄를 사라지게 만든다.' 혹시 들어 봤나? 한때는 꽤 유명했는데."

"아……. 아니요. 못 들어 봤습니다."

"아무튼 쓰레기 같은 슬로건이었네. 내 말은, 누구도 범죄를 사라지게 만들 수는 없다는 뜻이네. 가끔 범죄자들을 사라지게 만들기만 할 뿐이지."

퓨터의 얼굴이 풀어지며 미소를 띠었다.

"하지만 결국 그들은 또다시 범죄를 저지르지. 흠."

다시 얼굴에 미소가 사라졌다.

"대부분의 범죄자들이 그래."

세스는 해결사라는 말 뒤에 작은 별표가 있는 것을 보았다. 그리고 명함 하단에 작은 글씨로 \*보통의 사건인 경우라는 말이 쓰여 있었다.

"'보통의 사건인 경우'라는 말은 무슨 뜻이지요?"

세스가 얼굴을 찡그린 채 명함을 보며 물었다.

"아, 그건 신경 안 써도 되네."

퓨터가 명함을 돌려받아 양복 주머니에 쑤셔 넣으면서 말했다. 양복 속주머니에 줄지어 들어 있는 아주 작은 병들이 보였다.

"그 글귀는 늑대 인간과 피아노 연주자 사건 뒤에 지나치게 조심성 있는 법률 전문가들이 써 넣으라고 한 거네. 혹시 궁금해할까 봐 말하면, 늑대 인간은 사람들이 말하는 것처럼 그렇게 끝이 나쁘지 않았네."

문을 가볍게 두드리는 소리가 들렸고, 안젤리크가 들어와도 좋다는 말도 기다리지 않고 불쑥 들어왔다.

"안젤리크 스퀴입니다. 샐로미어스 박사님의 개인 조수였어요. 저는 선발회에서 기록을 맡았어요. 제가 도울 수 있는 일이 있을 것 같아서 왔습니다."

안젤리크는 책상 앞에 있는 의자에 앉았다.

"완벽한 타이밍이군요, 스퀴 양. 우리는 정확히 무슨 이유로 수석 마법사께서 몸소 라스트 찬스 호텔까지 오게 되었는지에 대해 이야기를 나누고 있었습니다. 당신은 샐로미어스 박사님이 뛰어난 후보들을 만나기 위해 직접 여기까지 왔다고 말할 것 같군요. 박사님이 마법계에 초대하고 싶어 했던 사람들, 마법적 재능을 보이는 사람들 말입니다."

안젤리크가 머리에서 빨간색으로 염색한 부분을 손가락으로 빙빙 돌리며 대꾸했다.

"꼭 그런 건 아니에요."

"꼭 그런 건 아니다, 알겠습니다."

세스는 의자 팔걸이를 계속 꼭 쥐고 있었다. 그러면서 자신이 체포된 것인지 아닌지를 누가 확실하게 말해 주기를 기다리는 동안 공황 상태에 빠지지 않으려고 애쓰고 있었다. 아주 작은 방에 네 사람이나 있다 보니 서로 코가 닿을 정도로 가까이 있었다. 그래서 방 안의 열기가 치솟고 있었다. 세스는 곧 여기를 빠져나가지 않으면, 기절하거나 잘못된 말을 불쑥 내뱉게 될 것만 같았다.

그때 신선한 공기가 방 안으로 훅 들어왔고, 그와 더불어 호텔의 대표 요리인 생선 머리 수프 냄새가 났다. 세스는 고개를 들어 주위를 살펴보았다. 퓨터가 문을 열고 코를 치켜들어 킁킁거리며 냄새를 맡고 있었다.

"이 맛있는 냄새가 뭘까?"

"수프입니다, 수사관님."

요리와 관련된 것이면 무엇이든지 더 자신 있게 말하는 세스가 대답했다.

"수프? 흠, 조금 전까지 나는 내 평생에서 가장 격렬한 테니스 경기를 하고 있었지요. 다른 사람들은 어떻게 생각할지 모르지만, 조금 더 넓은 곳으로 옮기는 게 어떨까요? 그리고 가능하다면, 우리의 유력한 살해 용의자도 이 수프가 있는 곳으로 우리를 안내해서 자신이 쓸모 있는 사람이라는 것을 보여 줄 수 있으면 좋겠습니다만."

세스는 감사하는 마음으로 숨 막히는 방을 빠져나가기 위해 자리에서 일어났다. 그때 어깨에 닿는 손이 느껴졌다. 세스가 고개를 들어서 보니, 퓨터가 심각한 얼굴로 위에서 내려다보고 있었다.

"만약 자네가 나한테 더 하고 싶은 말이 없다면 말이네, 세피 군."

퓨터가 얼굴을 더 가까이 들이밀자, 세스는 산뜻한 박하 향이 훅 끼치는 것을 느꼈다.

퓨터가 나지막한 목소리로 말했다.

"설마 나한테 저 수프를 먹지 말라고 경고하지는 않겠지? 안 그런가?"

"네, 네, 수사관님. 전혀요. 저 수프는 아주 맛있습니다, 수사관님. 제 아버지의 조리법으로 만든 것입니다."

"그리고 살구 디저트처럼 이 수프에 독약을 넣지 않은 게 100퍼센트 확실하지?"

세스는 침을 꿀떡 삼킨 다음 단호하게 말했다.

"수사관님, 저는 그 어떤 것에도 독약을 넣지 않았습니다."

세스는 겁에 질려 수사관의 얼굴을 빤히 쳐다보았다. 퓨터의 양쪽 눈꼬리에 잔주름이 지고 얼굴이 일그러지는가 싶더니 장난스럽게 미소 짓는 유령의 모습이 되는 것을 본 것 같은 느낌이 들었다.
　세스는 그 모습이 그저 자신이 상상한 모습일 수도 있겠다고 생각했다. 아무튼 세스는 감사하는 마음으로 의자에서 일어났고, 편안한 마음으로 수프가 있는 주방으로 가는 길을 안내했다.

# 18
# 곤경

잠시 후 주방. 세스가 퓨터 수사관에게 대접을 내밀고는 더듬거리며 수프가 안전하다고 장담하고 있었다. 이 수프는 저녁에 여러 손님이 먹었고 어떤 나쁜 일도 일어나지 않았다고 말하고 있을 때, 던스터-던스터블이 황급히 들어왔다. 그는 노골적인 호기심을 드러내며 세스를 빤히 쳐다보고는 종종걸음으로 안젤리크와 킹피셔에게 갔다.

"그래서 이제 어떻게 되는 거예요?"

던스터-던스터블은 나지막하게 말하면서 주머니에서 카드 한 벌을 꺼내서 섞기 시작했다.

"제 말은, 일이 좀 곤란하게 됐잖아요. 안 그래요? 우리를 심사할 샐로미어스 박사님께서 안 계시니……. 우리 모두 합격한 거예요? 우리는 엘리제에 들어갈 수 있는 거예요? 이제 우리는 어떻게 되는 거죠?"

던스터-던스터블은 계속해서 세스를 할긋할긋 쳐다보았다. 무시를 당하거나 일방적인 지시를 받는 것에만 익숙한 세스는 관심의 초점이 되는 것이 영 어색하기만 해서 가장 어둡고 제일 후미진 구석에 있는 의자에 앉았다.

안젤리크가 자리에서 일어나 던스터-던스터블을 내려다보며 말했다.

"샐로미어스 박사님이 돌아가셨어요. 살해당하셨어요. 지금은 다들 그 문제만 생각하고 있단 말이에요."

퓨터 수사관이 던스터-던스터블에게 다가가 따뜻하게 손을 잡으며 말했다.

"위대한 갠돌피니. 무대 마법의 달인. 여덟 살 때부터 마법 공연을 했다고 들었네. 나는 퓨터 수사관이네, 매지콘 소속. 당연히 우리에 대해 들어 보았겠지. 자, 지금 우리 앞에는 지독히 영리한 범죄가 있네. 어떻게 행해졌는지는 아무도 알지 못하네. 그래서 이 악동 같은 주방 보조 소년이 혐의를 받고 있지. 불가능한 범죄. 더할 나위 없이 흥미진진한 잠긴 방의 미스터리. 자네 전공 분야이지 않나. 틀림없이 뭔가 집히는 바가 있을 것 같은데?"

퓨터는 은빛 눈썹을 치켰다.

던스터-던스터블은 처음에는 칭찬에 흡족해하는 표정을 지었다가 금세 표정이 바뀌었다. 그는 어리둥절한 표정을 지으며 두 손을 가슴에 얹고 말했다.

"제가 관련이 있다고 생각하는 건 아니지요? 무엇 때문에 제가 박사님을 죽이겠어요? 드디어 그분께서 엘리제에서 저에게 합당한 자리를 주실 참이었는데."

안젤리크의 차분한 목소리가 주방 뒤쪽에서 들려왔다.

"그건 꼭 그렇지도 않지요. 그쪽은 선발회에 이번까지 벌써 세 번째 지원하는 셈이니 불만이 있었을 수도 있지요. 박사님이 그쪽을 또 탈락시킬 것이라고 생각했을 수도 있고."

킹피셔가 조롱하는 투로 말했다.

"샐로미어스 박사가 자네의 싸구려 속임수들을 간파할까 봐 걱정이 됐나? 위대한 갠돌피니라는 터무니없는 이름에 걸맞지 않게. 기껏 해 보았자 연기와 거울을 이용한 속임수일 뿐이겠지. 진정한 마법을 하는 것은 또 실패한 건가?"

던스터-던스터블이 킹피셔 쪽으로 고개를 획 돌리고는 말했다.

"그러니까 다들 이렇게 나오시겠다는 거죠? 모두 둘러앉아 서로를 의심해 볼까요?"

그의 얼굴에서는 웃음기가 싹 사라졌지만, 1초 만에 특유의 장난기 섞인 미소가 제자리로 돌아왔다.

"음, 이번 내 마법은 대단해요. 이번에는 내가 틀림없이 합격했을 거예요."

그는 고개를 갸우뚱하면서 내처 말했다.

"하지만 이건 꼭 말해야겠어요. 샐로미어스 박사님이 직접 선발회를 주관한다는 사실을 페퍼스푸크 교수가 알게 되었을 때 얼마나 흥분했는지 몰라요. 물론 글로리아의 할아버지인 윈터그린 트라우트빈과 샐로미어스 박사님은 사이가 엄청 나빠졌지요. 샐로미어스 박사와의 불화는 한두 해 일이 아니에요. 그런데 왜 당신은 페퍼스푸크 교수에게는 선발회에 대해 어떻게 생각하는지 묻지 않지요?"

킹피셔가 자리에서 벌떡 일어났다.

"불화?"

세스는 모든 말에 귀를 기울이고 있었지만 마음이 무거워지기만 했다. 앞으로도 계속 이런 식일 것 같았기 때문이다. 사람들은 그와는 어떤 상관도 없는 일들에 대해, 그가 하나도 알지 못하는 세계에 관한 무의미한 것들을 계속 이야기할 것 같았다.

"사람들이 윈터그린에 대해 들은 마지막 이야기는 그가 '엄청난 불상사' 때문에 생긴 '폭발공포실종자' 중 한 명이라는 것이에요. 여러분들은 모르셨어요?"

다린더는 그렇게 말하고는 특유의 장난스러운 미소를 지으며 방을 휙 나가 버렸다. 세스는 더욱더 어리둥절할 뿐이었다.

세스는 조용한 구석에 앉은 채, 자신이 더 많은 것을 알아낼 절박한 필요가 있다는 사실을 깨달았다. 퓨터와 킹피셔는 쪽지를 주고받으면서 낮은 목소리로 이야기를 나누고 있었고, 안젤리크는 차가식는 것도 신경 쓰지 않은 채 먼 곳을 멍하니 응시하고 있었다.

세스는 마법의 세계에 대해 가능한 한 모든 것을 알아낼 필요가 있었다. 결백을 증명할 유일한 기회는 진범이 누구인지 밝혀내는 것이었기 때문이다. 그리고 그렇게 하기 위해선 마법의 세계를 이해할 필요가 있었다. 최대한 조용히 있으면서 계속 이야기에 귀를 기울이는 것, 그리고 혹시 안젤리크한테서 더 많은 이야기를 직접 들을 수 있는지 보는 것, 이것이 세스에게 유일한 희망이었다.

방 밖에서 소란스러운 소리가 들렸다. 마치 개가 짖는 소리 같은 웃음소리였다. 세스는 바짝 긴장했다. 그 소리는 평소와 달리 자신이 아닌 다른 사람이 세스를 괴롭히는 것을 즐기고 있던 티파니가 이제 직접 난리를 피우기 위해 나타났다는 뜻이기 때문이었다.

티파니의 작은 발걸음 소리가 들렸다. 티파니는 특유의 매력적인 미소를 모든 사람에게 번갈아 날리면서 주방으로 걸어 들어왔다.

"이 비극적인 사건은 너무나 충격적이에요."

티파니가 숨소리가 섞인 낮은 목소리로 말을 시작했다.

"제가 뭐든 도울 수 있다면 더할 나위 없이 기쁠 것이라는 것을 여러분 모두가 알아주시면 좋겠어요."

세스는 등 뒤에서 티파니의 하얀 얼굴이 자기가 앉아 있는 의자 쪽으로 조금씩 다가오는 것을 느꼈다. 티파니는 언제부터 숨어서 이야기를 엿들었을까? 살해된 VIP 고객이 이 나라에서 가장 중요한 마법사라는 사실까지 들었을까?

티파니가 그 소식에 어떻게 반응할지, 그리고 이 호텔에 묵고 있는 사람들이 모두 마법계의 핵심으로 들어가기 위해 이곳에 왔다는 사실을 알면 어떤 행동을 할지, 세스는 상상을 할 엄두조차 나지 않았다.

세스는 티파니가 이런 사실들에 대해 전혀 모르고 있기만 간절히 바랐다. 마법의 힘을 가진 티파니, 그것은 상상할 수 있는 것 중 최악이었다. 수갑을 차고 끌려가는 것보다 더 나쁠 정도로 끔찍한 일이었다.

티파니는 파란 눈을 깜빡거리며 세스의 의자 바로 뒤에 섰다.

"저는 이 끔찍한 범죄의 해결을 돕고 싶어요."

퓨터가 대꾸했다.

"참으로 친절한 제안이군. 타이밍도 완벽하고. 자네는 한 가지 혼란스러운 점을 정리하는 것을 도와줄 수 있는 사람이네. 샐로미어스 박사만 먹도록 확실한 표시까지 한 이 유명한 디저트가 나한테는 정말 흥미로워."

"저는 박사님만을 위한 특별한 요리를 준비하라는 부탁을 받았습니다."

세스가 초조한 마음으로, 하지만 설명할 기회가 온 것에 기뻐하며 말했다.

"다른 디저트에는 박사님께 알레르기가 있는 재료가 들어갔거든요."

"옳거니, 저 녀석이 범죄 대상에 대한 사전 조사까지 했군!"

킹피셔가 성난 목소리로 말했다.

"어, 음……. 손님들에 대한 것들을 아는 것은 중요합니다."

세스가 더듬거리며 말했다.

"그리고 샐로미어스 박사는 디저트를 먹자마자 쓰러지셨지? 거의 즉사하셨지?"

퓨터의 질문에 세스는 고개를 끄덕였다.

"우리 어린 접시 닦이를 체포하실 거예요?"

티파니가 아리따운 얼굴에 걱정의 가면을 쓰고 말했지만, 세스는 그녀가 기뻐하고 있다는 것을 알아차릴 수 있었다.

"쟤를 정말로 데려가실 건가요? 저는 세스가 그렇게 대담한 일을, 그러니까 제 말은, 누군가를 죽이는 것처럼 그렇게 충격적인 일을 할 거라고는 상상도 할 수 없어요. 세스는 다시 쓰레기통을 치우고 빨래를 하는 일로 돌아가겠지요?"

티파니는 이제 세스의 의자 뒤에 바싹 다가와 있었다. 티파니가 몸을 앞으로 숙여 세스의 귀에 대고 말할 때, 세스는 귀를 간질이는 티파니의 숨결에서 기쁨의 냄새를 맡을 수 있었다.

티파니가 고개를 돌려 퓨터를 보면서 사근사근하게 말했다.

"그래서 제가 뭘 할 수 있을까요? 뭔가 제가 할 수 있는 일이 있을 텐데요."

"당연히 있네. 내가 처음부터 줄곧 들은 그 놀라운 파블로바를 만든 사람이 자네지? 그리고 살구 디저트도 자네의 작품이 틀림없고? 여기에 있는 접시 닦이의 작품이 아니라?"

티파니는 천천히 몸을 돌려 최면을 거는 듯한 눈으로 퓨터를 가만히 바라보며 말했다.

"아, 그건 모두 세스의 작품인 것 같네요. 세스는 배우는 게 더디고 별 쓸모가 없지만, 저는 시간이 날 때마다 세스에게 한두 가지씩 최선을 다해 가르쳤어요. 그리고 작은 성과들이 있었지요. 자백을 받기 위해 세스를 조금 더 압박하실 필요가 있겠네요. 그 일도 틀림없이 제가 도울 수 있을 거예요. 기쁜 마음으로요."

익숙하고 퀴퀴한 럼주 냄새가 번 부인의 도착을 알렸다. 자신의 딸처럼 세스를 괴롭히기 위해 온 것일까? 세스를 위해 나서서 샐로미어스 박사를 죽일 이유가 전혀 없다고 말해 줄 사람은 진정 한 명도 없는 것일까?

"세스를 충분히 오래 심문하신 것 같네요."

번 부인의 말에 세스는 순간 구원의 빛을 보았다고 생각했다.

"저 아이가 제때 하지 못한 일들이 좀 있어서요. 만약 오늘 밤에 저 아이를 체포해서 데려가실 생각이 아니라면, 호텔 라운지를 손님들이 사용할 수 있도록 청소하고 정돈하는 일을 시켰으면 합니다. 그리고 난롯불도 피우고, 세스."

# 19
# 천재 발명가

라운지에서 불빛이 약해지는 깜부기불을 나란히 두고 홀로 있는 사람이 있었다. 벽난로에서 가장 가까운 의자에 옹송그린 채 앉아 있는 마드 백작이었다.

세스가 살며시 들어와 깨진 유리 조각들을 모으고 푹신한 안락의자들 옆에 있는 낮은 탁자를 닦는 동안 마드 백작은 이날 밤의 불행한 장면들을 곱씹고 있었다. 불과 몇 시간 전만 해도 모두 여기에서 술을 마시고 농담을 주고받고 즐겁게 카드 게임을 했다. 세스가 칵테일 바를 조용히 청소하는 동안 볼도 마드 백작은 간신히 고개를 들어 세스가 온 것을 인지했다.

다른 사람들이 로비로 나와 편안한 의자들을 찾아서 앉고 번 부인이 바에서 마실 것을 권하기 시작했을 때에도 백작은 홀로 자기만의 생각에 빠져 있었다.

불을 새로 지피기 위해 벽난로로 간 세스는 뭔가를 골똘히 생각하는 마드 백작에게서 너무도 강렬한 기운을 느꼈고, 그래서 킹피서가 무겁게 흐르고 있던 정적을 깼을 때 오히려 기뻤다. 비록 킹피서의 말이 세스에게 생각해야 할 질문을 너무도 많이 주었지만 말이다.

"내가 한 신원 조사에 따르면, 그것은 틀림없는 사실입니다."

킹피서가 공식적인 선언을 하듯이 말했다.

"글로리아 트라우트빈의 할아버지인 윈터그린 트라우트빈은 실제로 모든 사람이 입에 담기조차 두려워하는 그 끔찍한 날에 발생한 폭발공포실종자로 공표된 마법사 중 한 명입니다."

"아, 맞소. 윈터그린은 '그 사건'의 희생자 가운데 한 명인 게 사실이오."

걸걸한 목소리로 으르렁거리듯이 나지막하게 말한 사람은 마드 백작이었다.

"그날 마법계에 끔찍한 인명 손실이 있었지. 비극이었소."

킹피서가 자신이 기록한 것을 계속 읽어 나갔다.

"그리고 윈터그린은 한때 샐로미어스 박사와 가까운 친구 사이였습니다. 두 분은 마법 도구 발명으로 유명했습니다."

"정말로 젊었을 때에는 천재적인 발명가였지. 사람들은 잊어버렸지만."

마드 백작이 한숨을 쉬고는 말을 이었다.

"하지만 나는 토퍼가 윈터그린 트라우트빈에 대해 나쁜 말을 하는 것을 들어 본 적이 없소. 둘 사이가 틀어진 것은 사실이오. 하지만 그건 아주 오래전 일이오."

"아, 그래요. 샐로미어스 박사는 아마도 적을 화나게 만드는 데 용서보다 더 좋은 게 없다는 것을 누구보다 잘 알았을 겁니다."

퓨터가 백작 옆에 있는 안락의자에 몸을 파묻으면서 말했다.

"볼도, 당신은 샐로미어스 박사의 절친한 친구였어요. 친구의 안타까운 죽음에 애도를 표합니다. 당신은 그날 오후 박사님과 함께 시간을 보냈어요. 혹시 박사님이 당신에게 한 말 중에 우리에게 도움이 될 만한 것이 있을까요?"

볼도 마드 백작은 천천히 고개를 가로저었다.

"토퍼는 오후 내내 기분이 좋았소. 우리는 차를 마시고 즐겁게 카드 게임을 했지. 토퍼는 우리 모두를 이기고 있었소. 던스터-던스터블이 오래된 속임수를 썼소. 그 젊은이는 카드를 가지고 다니는 악마 같았소이다."

"하지만 그 카드 게임에서 돈은 샐로미어스 박사님이 다 따고 있었잖아요."

킹피셔가 얼굴을 찡그리며 말했다.

마드 백작이 손바닥을 펼쳐 보이며 대꾸했다.

"그거야 당연하지. 그 젊은이는 일부러 샐로미어스 박사가 이기도록 만들었으니까. 뇌물을 주려는 어쭙잖은 시도였으니까! 그런다고 달라질 건 아무것도 없지만. 토퍼는 자신의 의무를 심각하게 받아들였소. 약화되고 죽어 가는 마법 세계를 구하는 것. 그것이 토퍼의 목표였소. 마법이 선한 힘이 되도록 싸우면서 평생을 보냈지."

마드 백작의 흉터 있는 얼굴이 불행한 모습으로 일그러졌다.

"퓨터, 당신은 마법을 믿겠지만 우리의 마법 세계는 너무도 약해져서 바깥세상에는 마법을 하는 사람들이 실제로 존재한다는 것을 믿지 않는 사람들이 있어요. 나의 좋은 친구 샐로미어스 박사는 이런 상황을 바꾸기로 결심한 거요. 암흑기가 한동안 이어져 왔으니까."

마드 백작은 여기까지 말하고는 울음을 터뜨렸다. 하지만 곧 마음을 다잡고 다시 말을 이었다.

"진정한 마법을 하는 사람들을 찾고 그들을 초대해 제자로 만들겠다는 생각. 그건 천재적인 아이디어요. 그리고 마법사 세계의 건강한 미래를 위해 필수적인 것이고. 그렇지 않소, 퓨터?"

"용감한 정책들이지요."

마드 백작은 퓨터가 내미는 커다란 바둑판무늬 손수건을 받아 닭똥 같은 눈물을 닦았다.

"토퍼는 그런 정책들을 펼치는 것을 두려워하지 않았지. 그의 방식이 성공으로 가는 길이라고 생각한 마법사들이 모여들었소."

"하지만……."

그레고리언 킹피셔가 끼어들었다.

"사람들은 그분의 정책 때문에 '그 사건'이 일어나 마법사 마흔두 명이 불행한 최후를 맞고, 이제 폭발공포실종자가 되었다고 비난하고 있습니다."

마드 백작은 순간 경악했지만, 이내 뭔가 곰곰이 생각하는 표정을 짓고는 말했다.

"당신은 레드 발레리언의 사악한 손길이 어떤 식으로든 이 외딴 숲까지 미쳤다고 믿는 거요? 그의 영향력이 커지고 있다는 사실은 나도 아오. 우리가 어떻게 하면 그 악당을 잡을 수 있겠소?"

킹피셔가 고개를 가로젓고는 세스를 째려보며 말했다.

"살인범은 우리 중에 있습니다."

세스가 웅크리고 앉아 벽난로에 장작을 하나 더 넣자 불길이 치솟았다. 어두운 돔 같은 마드 백작의 머리에 벽난로 불빛이 반사되었다. 백작은 또다시 눈물을 훔치고 있었다. 세스의 머릿속에서 작고 신뢰할 수 없는 목소리가 만약 백작이 샐로미어스 박사를 살해했다면, 참으로 대단한 연기를 하고 있는 것이라고 속삭였다.

세스는 그런 생각을 하는 자신이 미웠다.

마드 백작은 정말로 슬퍼했다. 그런 그가 무엇 때문에 살해를 하겠는가? 여러 이야기를 종합해 보면, 샐로미어스 박사는 멋진 사람이었던 것 같았다. 제자들에게 마법 세계의 문호를 개방하는 것은 너무도 멋진 일처럼 들렸다.

"퓨터 수사관님, 샐로미어스 박사님을 살해할 동기를 가진 사람들이 이 호텔에 가득하다고 말할 수도 있습니다."

킹피셔가 다시 한번 세스를 위협적으로 쏘아보며 말했다.

"하지만 그분에게 독약을 몰래 먹일 수 있는 사람은 딱 한 명뿐이라는 사실을 잊지 마십시오."

"수사 초기 단계에서는 종종 어떤 것이 올바른 단서인지 알기가 어렵다는 것을 보여 주는 또 하나의 사건인 것 같군요."

퓨터가 신중하게 말했다.

세스는 어깨에 따스한 손이 닿는 것을 느꼈다. 세스는 이제 곧 끌려가 청소 도구 벽장에 갇혀 불편한 밤을 보내야 한다는 생각에 몸을 움츠리며 퓨터를 올려다보았다.

"아까 보니, 자네는 수프를 하나도 안 먹더군. 배 안 고픈가?"

세스의 배에서 꼬르륵 소리가 났다.

"내가 평소에 가만 보면, 고용주들은 자기 사업장에서 곤란한 사망 사건이 일어나면 최대한 협조를 하더군. 그렇지 않으면 수사가 몇 주씩 계속될 수도 있고, 아주 부실한 수사가 될 수도 있으니까. 번 씨가 자네한테 수프 한 대접 정도는 허용해 줄 거라고 나는 확신하네."

퓨터는 세스를 다시 조용한 주방으로 데려갔다. 세스는 난장판이 된 주방 상태를 보고는 새삼 기겁했다. 바닥에는 소스가 웅덩이처럼 고여 있고, 쓰레기통들이 꽉 차서 넘치고, 음식이 들러붙은 냄비들이 싱크대 옆에 높이 쌓여 있었다. 어디에서부터 일을 시작해야 할지조차 알기 어려울 정도였다. 그때 퓨터가 세스를 의자로 데려가 앉혔고, 대접 하나를 세스 앞에 놓았다.

세스는 숟가락을 들고 수프를 먹기 시작했다. 하지만 퓨터가 뚫어지게 내려다보고 있어서 마음이 불편했다.

퓨터는 자신이 먹을 수프를 가지고 와서 세스가 있는 탁자에 함께 앉았다.

"이 수프는 자네 말이 맞았네. 자, 이제 자네는 한밤중에 이 숲을 쏜살같이 내달려 도망칠 참인가?"

세스는 머리를 가로저었다.

"저는 아무 데도 안 갑니다. 감옥에 갈지는 모르지만요. 킹피셔 씨가 하고 싶은 대로 하시면."

"킹피셔 씨의 바람은 잠시 제쳐 두게. 자네도 이 살인 사건에 대해 나름 어떤 생각들을 가지고 있을 것 같은데?"

세스는 수프를 한 입 더 삼켰다.

아직 희망이 보이는 것 같았다. 샐로미어스 박사가 죽기를 바라는 다른 사람들이 있을 수 있다는 가능성이 제기되었기 때문이다. 게다가 그들 중 일부는 바로 이 호텔에 와 있었다. 하지만 문제는 누구한테도 디저트에 독약을 넣을 기회가 없었다는 사실이다. 세스는 이 수수께끼를 도무지 풀 수 없었다.

세스는 자신이 무슨 생각을 하고 있는지를 퓨터가 알아주기를 바라면서 그를 쳐다보았다. 세스가 품을 수 있는 유일한 희망은, 마법 세계에 대해 아무것도 모르는 소년이 샐로미어스 박사의 가장 유력한 살해 혐의자라는 주장에는 의심의 여지가 있다는 점이었다.

"몇 가지 질문이 있습니다."

"어디 한번 물어보게나."

"제가 계속 궁금해했던 이상한 점이 하나 있는데요, 저는 여덟 명을 위한 식탁을 준비하라는 말을 들었습니다. 그런데 손님은 일곱 명뿐이었어요."

퓨터가 세스를 한참 바라보았다. 그 시간이 어찌나 길었던지 퓨터가 의식을 잃은 것은 아닌지 착각을 불러일으킬 정도였다. 세스가 무슨 말을 잘못한 것일까?

이윽고 퓨터가 말했다.

"선발회에 다른 손님이 한 명 더 올 예정이었을까? 우리가 아직 모르는 사람? 이 사건은 점점 더 복잡해지고 있다고 말할 수밖에 없네. 자, 이제 내가 자네한테 질문을 하나 하겠네."

세스는 자기도 모르는 사이에 한숨을 내쉬었다. 질문이 있으리라는 것은 알고 있었다. 퓨터는 세스가 잘못된 대답을 해서 쉽게 곤경에 처할 수밖에 없을 정도로 피곤해질 때까지 일부러 기다린 것일까?

"떠나고 싶은 적이 한 번이라도 있었나?"

"떠나고 싶은 적이요?"

세스는 또 하나의 뜻밖의 질문에 놀랐다. 그는 이곳이 아닌 다른 곳에 있는 자신의 모습을 상상해 보려고 애썼지만 결국 실패했다. 마음 한구석에는 라스트 호프 숲 너머에 있는 세상을 보고 싶은 욕구가 있었다. 적어도 세스 자신은 그렇게 생각했다. 하지만 숲은 광활한 곳이고 미지의 장소였다. 그 생각만 해도 그의 마음은 불타는 종이처럼 오므라들었다.

"저한테는 친구도, 친척도, 돈도 없습니다."

"그렇다면 일종의 용기가 필요했겠군. 그냥 여기 있는 것보다 훨씬 더 위험할 테니. 혹시…… 이 비극적인 사건의 해결에 서광을 비출 만한 어떤 결정적인 생각 같은 것은 없나?"

세스는 자신과 직접 연결되지 않으면서 사건을 설명할 수 있는 무엇인가가 생각나기를 바랐다.

"이것이 불가능한 범죄처럼 보인다는 건 저도 압니다, 수사관님."

세스가 자신 없는 목소리로 말했다.

"독약이 어떻게 그 디저트에 들어갔는지에 대해 아무도 설명하지 못합니다. 어떻게 그런 일이 일어났는지 저도 도무지 모르겠어요. 하지만 저는 하지 않았습니다. 제가 할 수 있는 유일한 생각은……, 살인범이…… 그러니까 누군가가 샐로미어스 박사님을 죽이기 위해 어떤 식으로든 마법을 사용했을 수도 있지 않을까 하는 것입니다. 그렇지 않다면 정말로 불가능한 일처럼 보이니까요. 하지만 그 일은 일어났고요."

퓨터는 또다시 세스를 한참 가만히 바라보았다. 세스는 그가 또 의식을 잃은 건 아닌가 하고 생각했다. 그러면서 자신이 아주 바보스러운 말을 했다고 느끼고 있었다.

"불가능한 것들을 제외하고 남게 되는 것은 그것이 무엇이든지, 아무리 사실 같아 보이지 않아도, 진실임에 틀림없다."

퓨터가 말했다.

"이 말 들어 봤나? 나보다 훨씬 더 유명한 탐정이 한 말인데."

"셜록 홈즈의 말이지요. 하지만 저는 그 말이 무슨 뜻인지는 모르겠어요. 정확히 무슨 뜻이지요?"

"내 생각에는 말이야, 자네 아버지는 예민한 코를 가졌고, 자네는 그런 코를 물려받았다는 뜻인 것 같네. 그러니까 내 말은…… 나는 내 코가 예민하다고 생각하네. 어떤 요리의 조리법이 언제 딱 맞는지는 잘 모르지만 말이야. 사람들은 내가 어려운 문제의 냄새를 잘 맡는다고 하더군. 그리고 거짓말과 얼버무리는 진술의 냄새도 잘 맡고."

"세 가지나 되네요."

"아, 그래. 하지만 내 코가 냄새를 잘 맡는 것으로 가장 유명한 것은 따로 있네. 그건 바로, 마법. 그리고 내 코가 나한테 말해 주고 있는 것이 하나 있다면, 그건 자네 말이 맞다는 거야. 마법이 있어. 불가능해 보이는 이 범죄의 핵심에는 마법이 있어."

## 20
## 어둠 속의 수색

세스는 뼈 마디마디가 쑤실 정도로 피곤했지만, 자신의 좁은 침대에서 쉽게 잠들지 못하고 이리저리 뒤척였다.

많은 일이 있었지만, 세스를 가장 잠 못 들게 하는 것은 전에는 고민할 것이라고 결코 생각해 보지 못한 문제였다.

마법이 실제로 존재한다는 것.

이것은 문을 열고 들어갔더니 전혀 예상하지 못한 아름다운 곳이 나오고, 거기에 어둡고 위험하고 알 수 없는 뭔가가 도사리고 있다는 말을 들은 것과 비슷했다. 세스가 반딧불이 새장을 언급했을 때, 안젤리크는 세스에게 두려움이 들게 하는 반응을 보였었다.

세스는 꼼지락거리다가 평소처럼 침대 끝에 웅크린 자세로 가만히 누워 있으려고 애쓰는 나이트셰이드의 날카로운 발톱에 찍혔다.

세스는 나이트셰이드의 부드러운 털을 쓰다듬고 싶었지만, 고양이를 깨우고 싶지는 않았다. 세스는 나이트셰이드가 말을 할 줄 아는 것을 솔직하게 밝히기로 결심해서 다행이라고 생각했다. 말을 할 수 있는 고양이와 함께 살고 있다니 얼마나 행운인가?

물론 지난 2년 동안 고양이가 말을 해왔다면 훨씬 좋았을 것이다. 외로웠던 시간이었으니까. 하지만 나이트셰이드는 늘 그의 곁에 있었다. 그리고 왜 지금까지 말할 줄 아는 것을 비밀로 했냐고 물으면, 나이트셰이드가 다시 입을 다물까 봐 세스는 두려웠다. 나이트셰이드는 성격이 꽤 까칠했다. 하지만 이 정도로 까칠할 줄은 세스도 예상하지 못했다.

세스는 정신을 집중해서 머릿속에서 맴돌고 있는 대화들을 이해하려고 애썼다. 일어난 일들을 어떻게 하면 설명할 수 있을지 조각들을 맞추어 보려고 애썼다.

어떻게 독약이 디저트에 들어갔을까? 퓨터의 말마따나 그것은 가장 불가능하고 대답할 수 없는 질문처럼 보였다. 하지만 그 일은 일어났다. 세스는 알아내야 했다. 누명을 벗을 수 있는 길은 그것밖에 없었다. 누가 샐로미어스 박사를 죽였을까? 이 질문에 대한 답을 찾아내는 것은 불가능할까?

안젤리크에게 샐로미어스 박사가 죽기를 바라는 사람들에 대해 물었을 때, 곧바로 레드 발레리언이라는 이름이 나왔다. 하지만 범인은 호텔 안에 있는 사람들 중 하나여야 한다.

세스는 일어난 일들을 부지런히 곱씹기를 멈추지 않았고, 진실을 밝혀야 한다는 간절함 때문에 계속 이리저리 뒤척였다.

다린더 던스터-던스터블이 풍선처럼 사뿐히 등장해 세스의 귀

뒤로 팔을 뻗어 아름다운 디저트 그릇을 높이 들고 흔든다.

안젤리크가 흐릿한 모습으로 다가와 지팡이 끝으로 목을 가리키며 말한다. '이건 불가능한 범죄야, 세스. 그리고 너는 가장 유력한 용의자야.'

퓨터가 큰 나무처럼 위에서 내려다보고 있다. 심지어 머리에 뿔처럼 나뭇가지가 뻗어 나와 있다.

세스는 캄캄한 곳에 갇힌 채로 쇠창살 사이를 내다보고 있다. 작은 새장 속에 절망한 채로 갇혀 있다. 세스는 나갈 희망 없이 여기에 평생 갇혀 있었던 것처럼 느낀다. 감옥 쇠창살을 흔들자, 무엇인가가 다리를 찌르고 머리카락을 고통스럽게 잡아당긴다.

세스는 눈을 번쩍 떴다. 그리고 깜빡였다.

"네가 비명을 지르고 있었어."

나이트셰이드가 말했다.

"내가? 미안. 잠든 줄도 몰랐어."

나이트셰이드가 한껏 기지개를 켜고는 까칠한 담요에 발톱을 박으며 물었다.

"말해 봐. 그들 중 누가 그런 짓을 했을까?"

"몰라. 내가 어떻게 알겠어?"

"힘내, 세스. 정신을 집중해. 위험한 지팡이를 들고 호텔을 돌아다니는 그 여자는 어때? 그 여자는 조금도 믿으면 안 돼. 아니면 귀가 뾰족하고 키가 작고 머리를 엄청 굴리는 소년은? 걔는 느닷없이 물건들을 나타나게 하는 걸 잘하잖아. 아니면 얼굴에 흉터가 있는 양반은? 그 사람이 라운지에 죽치고 있는 것을 내가 지켜봤어. 슬퍼하는 척하면서."

"진짜로 슬퍼하는 걸 거야. 마드 백작님은 속이려고 그러는 게 아니야. 확실해."

하지만 정말로 확실할까? 이곳에 있는 누군가는 거짓말을 하고 있었다. 세스는 모든 것을 곱씹어 보았다.

"그 사람들은 하나같이 뭔가 나쁜 것과 관련되어 있는 것 같아. 던스터-던스터블은 샐로미어스 박사님을 매수하려고 했어. 글로리아의 할아버지는 '그 사건'이라고 부르는 끔찍한 사건 후에 폭발 공포실종자가 된 것 같고. 윈터그린 트라우트빈과 샐로미어스 박사님은 마법과 관련된 과학 도구들을 발명했을 당시에 동료이자 친구 사이였는데 결국 사이가 벌어진 것 같아. 그리고 페퍼스푸크 교수님이 샐로미어스 박사님을 미워한다는 걸 나는 바로 알 수 있었어."

"이유에 대해서는 뭐 좀 알아냈니?"

"마법 세계에 다툼이 있기 때문인 것 같아."

세스는 신중하게 말을 이었다.

"안젤리크가 개혁에 대해 말했어. 샐로미어스 박사님이 마법 세계의 문을 연다고 했어. 새 지원자들에게 들어올 기회를 준다고."

"흠, 그건 참 좋은 일 것 같은데."

"그래, 나도 그렇게 생각해. 하지만 모든 사람이 찬성한 것은 아니고, 그것 때문에 많은 마법사가 죽은 큰 싸움이 벌어졌던 것 같아. 다들 그것을 '그 사건'이라고만 말하고, 실제로 누가 죽었는지에 대해서는 아무도 확실히 알지 못하는 것 같았어. 안젤리크는 샐로미어스 박사님한테 적이 많다고 했어."

"안 좋네."

"박사님이 그런 과감한 정책을 들고나온 것은 마법을 하는 사람들이 너무 적어져서 마법 세계가 사라질 위험에 처했기 때문이야."

세스는 잠시 자기만의 생각에 푹 빠져 이야기를 늘어놓고 있었다.

"불과 몇 시간 전만 해도 나는 마법 세계가 있는지도 몰랐어. 그런데 지금은 마법을 하는 사람들이 사라질지도 모른다는 생각을 하면 끔찍한 것 같아."

"세스, 너 또 혼자 옆길로 새고 있구나. 좋아. 또 어떤 것들을 알아냈어?"

"기본적으로, 그게 바로 모든 사람이 여기에 온 이유야. 엘리제에 공식적으로 초대받는 영광을 위해서. 마법에 번뜩이는 재능이 있다는 것을 증명하는 사람은 제자가 될 수 있어. 마법을 하는 가문 출신이라고 항상 그런 재능이 있는 건 아니야. 하지만 내 생각에 마법 재능을 증명하는 것은 어려운 일인 것 같아."

세스는 나이트셰이드의 턱 아래를 간질였다.

"그런데 박사는 어떻게 독약을 마시게 된 거야, 세스?"

"그게 큰 의문이야. 안젤리크는 내가 답을 알 거라고 했어. 하지만 그 말은 맞지 않아."

세스는 머리카락을 잡아당겼다.

"그래도 너한테 틀림없이 무슨 아이디어가 있을 거야, 세스."

나이트셰이드가 세스의 무릎 속으로 깊숙이 파고들며 말했다.

"나는 얼굴이 심술궂은 글로리아한테 돈을 걸겠어. 그녀의 가족과 샐로미어스 박사 사이의 오랜 원한이 박사를 죽일 충분한 이유가 되는 것 같아."

나이트셰이드는 느릿느릿 몸을 쭉 뻗어 스트레칭을 했다.

"그래서 그들 중 누가 범인이야? 말해 봐. 그럼 나는 다시 가서 잘 수 있을 것 같으니까."

세스는 나이트셰이드를 툭 쳐서 바닥으로 내려가게 했다.

"문제는 나도 모른다는 거야. 어쩌면 답이 우리를 빤히 쳐다보고 있을지도 몰라."

"아이고, 맙소사! 탁자마다 찾아가서 그 아래에서 이야기를 엿들었는데, 나도 통 모르겠어! 얼굴이 뚱한 그 소녀일까? 걔는 완벽하게 맛있는 푸딩을 그냥 보기만 해도 상하게 할 수 있을 것 같던데. 그리고 식탁에서 여덟 번째 자리는 어떻게 된 거야?"

나이트셰이드의 눈이 손전등과 재킷을 집어 드는 세스를 쫓았다.

"오, 안 돼. 밖으로 나가려고 한다는 말은 하지 마. 지금 바깥은 죽기에 딱 좋아. 서리를 맞으면 내 털이 어떻게 되는지 잘 알잖아. 해가 뜰 때까지 기다리면 안 돼?"

"안 돼. 기다릴 상황이 아니야. 샐로미어스 박사님을 죽일 수 있었던 사람은 사실 딱 한 명뿐이야."

"그럼 그 사람을 잡자. 누구야?"

"문제는, 나이트셰이드, 그게 나라면 어떡할래?"

# 21
# 아몬드 냄새

"이런."

나이트셰이드가 그르렁거리듯이 말했다.

"당연히 너는 아니지. 너한테 불리한 증거를 찾으러 나가겠다는 거야? 정말 천재적인 생각이네. 난 안 가도 되지?"

하지만 나이트셰이드는 침대 위에 있는 따뜻한 잠자리로 뛰어오르는 대신 결국 세스 옆에서 살금살금 걸어가고 있었다.

둘은 금방이라도 무너질 것 같은 계단을 내려가다가 2층 복도에 잠깐 멈춰 서서 누군가 깨지는 않았는지 확인했다. 번 부인이 코를 골고 있는 소리가 들렸다. 나이트셰이드가 앞장서서 속도를 냈다. 어둠이 나이트셰이드를 집어삼켰지만 나이트셰이드한테는 아무 방해가 되지 않았다. 세스는 신경을 써서 위에서 세 번째 계단을 밟지 않고 내려가 1층에 무사히 도착했다.

홀에 있는 괘종시계의 똑딱거리는 소리를 빼면 호텔은 정적이 흐르고 있었다. 괘종시계는 이미 아침이 거의 다 되었다는 것을 보여 주고 있었다.

나이트셰이드가 말했다.

"라운지에서 정원으로 나가는 문이 제일 조용히 열려. 모두 잠들었지만, 아무도 없는지 내가 한 번 더 확인해 볼게."

나이트셰이드는 세스의 두 다리 사이로 쏜살같이 뛰어갔다. 2초 뒤, 나이트셰이드가 돌아왔다.

"있잖아……. 문이 이미 열려 있어. 번 씨는 밤마다 모든 문을 꼭꼭 잠그는 철저한 사람인데 말이야. 조심조심 가는 게 좋겠어. 살인범이 돌아다닐 수 있는 상황이잖아."

"고마워, 나이트셰이드."

세스는 밤에 자기들보다 먼저 나와서 배회할 수 있는 사람이 누구인지 알아낼 단서가 혹시 공기 중에 있나 싶어서 코를 킁킁거렸다. 나이트셰이드는 마치 물 흐르듯이 어둠 속으로 뛰어들었다. 세스가 밖으로 나오자, 손전등 불빛이 잉크처럼 까만 어둠을 힘겹게 뚫었다.

세스와 나이트셰이드는 캐노피처럼 드리워진 나무 아래로 잽싸게 갔다. 나무는 도움이 될 법한 반짝이는 별빛과 무력한 달빛 조각마저 완전히 가렸다. 세스는 손전등 빛의 도움만 받으며 발걸음을 재촉해 '풀벌레 숲'으로 향했다. 그 숲 너머로는 고리 모양의 강이 호텔의 대지를 에워싸며 거세게 흐르고 있었다. 호텔을 호위하는 것은 강만이 아니었다. 북쪽은 폭포가 가로막고 있었다.

"나는 킹피셔 씨한테서 지시받은 대로 모든 일을 했어."

세스가 속삭였다.

"그 디저트를 만들었고, 그걸 아무도 손대지 못하게 하고, 식당으로 재빨리 가져갔어. 그다음 식당 문이 잠겼지. 디저트에 독약을 탈 수 있는 사람은 없었어."

"그러니까 누군가 마법을 써서 식당 안으로 들어간 거야."

세스가 성큼성큼 걸어가며 말했다.

"나는 피곤했고, 서두르고 있었어."

세스가 침울한 목소리로 말을 이었다.

"그 디저트를 만든 사람은 나야. 만약 내가 실수로 어떤 재료를 잘못 골랐다면? 벨라도나 같은 독초. 그런 게 다른 재료들과 섞였을 수도 있잖아."

"가능은 하지만 그럴 확률은 적어. 독약 냄새가 벨라도나랑 비슷했어?"

세스는 식당 일을 떠올렸다.

"아몬드 냄새 같았어."

"흠, 그렇다면, 그건 아주 큰 단서야. 음식 재료에 대해 너보다 더 많이 아는 사람은 없어. 자, 내가 장담하는데, 네가 디저트를 식당 안으로 가져갈 때에는 그 냄새가 안 났을걸."

"하지만 뭐든 확실하지 않으면 소용없어."

세스가 단호하게 말했다.

"자책하지 마, 세스. 너는 범인이 아니잖아."

이 호텔을 찾는 손님들은 거의 호텔 문 앞까지 진격한 축축하고 바람이 몰아치는 숲이 으스스하다고 투덜거리곤 했다. 나무줄기를 보고 사람 얼굴로 착각하기란 쉬웠다. 눈빛이 없는 눈이나 쩍 벌린 입과 마주쳤다가 담쟁이덩굴에 뒤덮이고 노란 이끼가 군데군데 자란 오래된 조각상임을 깨닫는 일도 종종 일어났다.

세스는 살구를 찾으러 갔던 길을 정확히 기억하고 있었다. 살구가 자라는 곳을 정확히 알지는 못했지만, 숲속에 살구가 틀림없이 있을 것이라고 굳게 믿었다. 이상한 일이지만, 이 정원은 원래 그랬다. 계절에 상관없이, 어떤 요리 재료가 필요하면, 복숭아든 호박이든 뭐든 간에, 정원에 들어가 보면 결국 필요한 것을 찾을 수 있었다. 세스는 어렸을 때 이 정원이 마법의 장소라고 믿곤 했다.

서리가 내려앉은 땅을 걸어가는 나이트세이드의 조심스러운 발걸음마다 분노가 서려 있었다. 발이 땅에 거의 닿지 않는 것처럼 움직이고 있었다. 둘은 한때는 거대한 온실이었지만 이제는 깨진 창문들이 흉터처럼 남아 있는 곳을 지났다. 그곳 안에는 자유를 갈구하며 필사적으로 감옥 밖으로 손을 뻗고 있는 죄수의 손톱처럼 길게 자란 나뭇가지들이 깨진 유리 밖으로 삐죽삐죽 나온 거대한 나무 한 그루가 있었다.

"어둠 속에서 움직이는 것은 그렇게 영리한 생각이 아니었어."

나이트세이드가 툴툴거렸다.

"죽여주네. 다들 잘난 평가론들이라니까. 너는 꼭 따라올 필요는 없었어."

세스의 말에 나이트셰이드는 혼잣말로 꿍얼거렸다.

발에 밟히는 잔가지와 낙엽이 부서지는 소리, 이슬에 젖은 땅의 냄새, 얼음처럼 차고 신선한 이른 아침 공기의 날카롭게 톡 쏘는 듯한 느낌뿐, 사방이 고요하고 잠잠했다.

세스가 나무뿌리에 걸려 넘어지는 바람에 발목을 삐었다. 하지만 절뚝거리며 계속 갔다.

"빨리 와. 거의 다 왔어."

나이트셰이드가 세스의 다리를 스치듯이 지나 어둠 속을 향해 훌쩍 뛰어들었다.

세스는 숨을 깊이 들이마시고는 비트적거리며 앞으로 나갔고, 마침내 그 장소에 도착했다. 그곳은 어둠에 휩싸여 있었지만 기억하고 있는 모습 그대로였다. 살구들이 있었다.

나이트셰이드가 허공에 코를 쳐들고 말했다.

"세스, 빨리빨리 움직여. 나 죽을 것 같단 말이야."

"만약 내가 정말로 끔찍한 실수를 저질렀다면, 나는 그냥 사실대로 자백할 것 같아."

세스는 손전등을 꽉 쥐며 말했다.

세스를 올려다보는 나이트셰이드의 커다란 두 눈에 희미한 달빛이 반사되었다.

"그렇게 하면 우리 둘 다 저주받은 운명이 되겠지."

"아주 고맙다, 나이트셰이드. 네가 있어서 아주 큰 위안이 되네."

세스는 나이트셰이드의 말투에 익숙해질 수 있을지 확신이 서지 않았다.

잎들을 옆으로 치우는 세스의 가슴이 망치질을 했다. 살구에 위험한 풀이 엉켜 있거나 자리를 잘못 잡은 짙은 색깔의 치명적인 산딸기 같은 것이 발견되어 자신을 곤경에 빠뜨릴 것이라고 예상했기 때문이다.

지평선을 화사한 분홍빛으로 물들이며 새벽을 여는 유령 같은 첫 햇빛이 세스의 수색에 도움이 되었다.

"독초나 뭐 그런 것은 하나도 없어, 나이트세이드."

세스가 숨을 몰아쉬며 말했다.

"살구들뿐이야."

세스는 마음이 가벼워지는 것을 느꼈다.

"좋아. 제법 탐정 일을 하는 것처럼 들리네. 하지만 나는 디저트에 독약을 넣은 장소가 부엌일 리는 없다는 것을 처음부터 알아."

세스는 마음이 크게 놓여 호텔로 돌아가는 발걸음이 가벼웠다.

"고마워, 나이트세이드. 네 말이 무조건 맞아. 이제 나도 확실히 알겠어."

"너는 내 말을 귀담아들어야 해. 세스, 생각 안 나지? 너는 가장 중요한 단서를 놓쳤어. 모든 훌륭한 요리사들이 그렇듯이, 너는 그 디저트가 식당 안으로 들어가기 전에 맛을 봤을 거야."

세스가 발걸음을 뚝 멈추었다.

"맞아! 내가 맛을 봤어."

"만약 독약이 들었다면 넌 죽었을 거야. 이 정도면 너를 위한 충분한 증거가 되지? 너는 아직도 헤매고 있어. 탐정 일을 하려면 좀 제대로 해 봐. 그렇게 중요한 단서를 놓치면 안 되지."

세스가 힐난하는 투로 대꾸했다.

"왜 진작 말하지 않았어?"

"네가 너무 열심히 자신을 책망하고 있더라고. 그래서 자기를 괴롭히는 일을 극복하기를 기다렸지, 뭐. 아무튼 이제 알았잖아? 자, 이제 우리는 진범이 누구든지 간에 그 사람의 흔적을 찾아내야 해. 가자! 식당으로 들어가는 방법을 누가 찾아냈는지 밝혀 보자."

## 22
## 새소리 채집

나이트셰이드가 대화 주제를 아침 식사로 바꾸었다. 자기 아침 식사만을 위한 것은 아니었다. 나이트셰이드는 세스가 할 일을 하지 않아 번 부부에게 된통 혼날까 봐 걱정이 되었다. 그래서 세스에게 혐의자 명단에서 빠지더라도 여전히 번 부부를 기쁘게 하는 일을 계속해야 한다는 점을 상기시켜 주었다.

둘은 호텔로 돌아가는 길에 즐겁게 티격태격했다. 나이트셰이드는 맛있는 아침 식사를 떠올리게 하는, 수풀 속에서 작게 바스락거리는 소리를 날쌔게 뒤쫓고 싶은 마음을 간신히 억눌렀다. 호텔에 거의 다 왔을 때, 나이트셰이드가 코를 높이 들며 멈춰 섰다.

세스는 조심스럽게 주위를 살피다 나이트셰이드가 보고 있는 쪽을 쳐다보았다. 낮은 수풀 속에 사람이 있었다. 일찍 일어난 사람이 둘 말고도 또 있었던 것이다. 그리고 그 사람은 아주 이상한 일을 하고 있었다.

세스는 위험을 무릅쓰고 슬며시 다가가 보았다. 지평선에 우중 충하게 모여 있는 청회색의 구름들 틈새로 비추는 작은 햇빛 덕분에 앞을 제대로 볼 수 있었다. 과할 정도로 화려한 옷을 입고 있는 페퍼스푸크 교수가 보였다. 교수는 조용히 움직이면서 장미 정원을 느긋하게 걷고 있었다. 하지만 뭔가에 몰래 접근하고 있는 사람처럼 얼굴에는 결연한 표정이 어려 있었다. 그리고 새 둥지처럼 거대하고 복잡한 머리를 부드럽게 까닥거리며 걷고 있는 교수의 손에 이상한 물건이 쥐어져 있었다. 잠자리채였다.

"교수님이 마법을 부리고 있는 것일까?"

세스가 속삭여 물었다.

나이트셰이드는 마법보다는 아침 식사에 더 관심이 있다고 하면서 무어라고 꿍얼거리고는 아무 낌새도 못 채고 있을 작은 숲속 동물을 쫓아가기 위해 뛰어갔다.

놀란 새 한 마리의 외침이 날카로운 아침 공기를 가르며 울렸다. 페퍼스푸크 교수가 뾰족한 코를 들고는 소리가 나는 쪽으로 재빠르고 단호하게 움직였다. 이어 잠자리채를 휙 휘두르더니, 세스가 교수의 방에서 보았던 크리스털 병 중 하나를 열었다. 그러고는 뭔가를 그 안에 집어넣었다.

다른 새 한 마리가 울자, 교수의 머리가 다시 들렸고 잠자리채가 공기를 갈랐다. 교수는 부리가 있는 새처럼 생긴 얼굴에 결연한 표정을 지으며 새를 쫓아갔다.

세스는 호텔로 돌아가고 싶었고 다른 사람에게 말을 걸기가 불안했지만, 교수가 무엇을 하고 있는지 알아내기로 마음먹었다.

"안녕히 주무셨어요, 페퍼스푸크 교수님?"

교수는 잠자리채로 세스의 목을 벨 것처럼 뒤로 획 돌았다. 하지만 세스인 것을 보고는 미소를 지었다.

"멋진 숲이야. 몇 킬로미터에 걸쳐 온통 나무뿐이야."

교수는 고개를 뒤로 젖히며 신선한 공기를 깊이 들이마셨다.

"사실 대부분의 사람들은 숲에 대해 불평을 해요."

"놀랍네."

분홍색 햇빛이 지평선 위로 퍼지기 시작하자 새들이 나지막하게 지저귀는 소리가 점점 더 커졌다.

"새소리를 잡는 것 좀 도와줄래? 운이 좋으면 새벽 합창단을 만들 수도 있을 것 같은데. 대단해."

"제가요?"

세스는 깜짝 놀라서 반문했다.

"저는……. 저도 그러고 싶어요. 제가 할 수만 있다면."

"얼른 와 봐. 바로 여기를 잡으면 돼. 잘 듣고 있다가 획 휘둘러. 획!"

잠자리채는 크기에 비해 놀라울 정도로 가벼웠다.

놀란 개똥지빠귀 한 마리가 세스를 향해 고함을 질렀다.

"아니, 작은 송사리들을 잡는 것처럼 휘두르지 말고, 저녁으로 먹을 거대한 물고기를 쫓고 있는 것처럼 해 봐. 옳지! 잘하네! 바로 그거야!"

세스는 최선을 다했다. 주변에 있는 새들이 한꺼번에 소리를 내지르고 있는 것 같았다. 울음소리를 구분하는 것은 불가능했다. 누가 오케스트라를 지휘하고 있는 것 같았고, 페퍼스푸크 교수는 계속해 잠자리채를 휘두르라고 세스를 부추겼다. 잠시 후, 페퍼스푸크 교수는 세스한테서 잠자리채를 가져가더니 커다란 코를 그물주머니 속에 처박았다.

"네가 하나를 잡은 것 같구나."

세스는 교수가 그물주머니 끝을 병 속으로 밀어 넣는 것을 지켜보았다.

"제가 정말로 뭘 잡았나요?"

"그래. 네가 잡았어, 세스."

"우아."

세스는 교수의 방에서 아주 작은 병의 뚜껑을 열었을 때 새 울음소리가 밖으로 흘러나왔던 일을 떠올렸다. 방금 세스가 정말로 그런 소리를 잡은 것일까?

"마법이⋯⋯. 어, 정말 대단하네요."

"내 마법이 매우 제한적이고 아주 드물고 특이한 종류라는 건 나도 알아."

교수는 겸손하게 어깨를 으쓱였다.

"그런데 애석하게도 어떤 사람들은 나의 일생의 작품을 아주 쉽게 무시하지."

"제가 보기에는 멋진 것 같아요. 어떤 것이 진정한 마법인지 구별

하는 것이 그렇게 어렵나요?"

킹피셔는 던스터-던스터블의 환영이 진정한 마법이 아니라고 비웃었었다. 그리고 여기에 온 사람들은 모두 자신의 마법을 증명할 일종의 시험을 치를 예정이었다.

페퍼스푸크 교수가 아래턱을 씰룩거리며 조용히 웃었다.

"음, 나는 방 안으로 걸어 들어가서 빈손으로 불덩이를 만들지는 못해. 몇몇 사람들이 하는 것처럼은 못하지. 심지어 방 안으로 걸어 들어가서 의자를 두꺼비로 만들지도 못해."

"그런 것들을 진짜로 하는 사람들이 있어요?"

세스가 휘둥그레진 눈으로 물었다.

"마법은 사람들에게 저마다 다른 모습으로 오는 경향이 있어."

"트라우트빈 양 같은 사람이 제자가 될 수 있다는 건 멋진 것 같아요."

페퍼스푸크 교수의 얼굴에서 미소가 싹 사라졌다.

"그건 끔찍한 모독이야."

"그……, 그……, 그래요? 전국을 뒤져서 마법에 재능이 있는 사람들을 모집하려고 하는 것이요? 저……, 저는 샐로미어스 박사님의 아이디어가 굉장한 것 같은데요."

"굉장해?"

페퍼스푸크 교수의 친절한 태도는 이제 온데간데없었다. 심지어 잠자리채의 그물주머니도 아래로 축 늘어진 것 같았다.

"사기꾼들과 기회주의자들에게 문을 열어 주는 것. 과연 그 끝은 어떨까? 최악은 뭐냐 하면, 그것이 샐로미어스 박사가 하고 있는 일의 전부가 아니었다는 거야."

"마드 백작님은 박사님이 마법 세계를 구하려고 애쓰셨다고 하던데요."

세스가 당황하며 말했다.

페퍼스푸크 교수는 탑처럼 높은 여러 색깔의 머리를 까닥거리며 세스에게 한 발짝 다가갔다.

"마드 백작은 속은 거야."

그때 딱따구리가 나무를 두드리는 소리가 들려 페퍼스푸크 교수의 주의를 끌었다. 교수는 잠자리채를 휙 휘둘렀고, 당황하며 그물 주머니 안을 들여다보았다. 그러고는 새의 부리 같은 코를 세스의 얼굴에 바싹 대며 말했다.

"마드 백작은 끔찍한 사람이야."

"무슨 말씀이에요?"

페퍼스푸크 교수는 뭔가를 잡기보다는 분을 삭이려는 듯이 잠자리채를 마구잡이로 휘두르고는 말을 이었다.

"공정, 백작은 그렇게 말하지. 모독, 나는 이렇게 말해. 나의 단짝 친구의 사랑스러운 딸에게 그런 시험을 보게 하다니, 말도 안 돼. 글로리아의 마법 능력을 의심하다니. 당연히 줘야 할 엘리제의 한 자리를 위해 무엇을 증명하라고 하는 건 불쾌한 정도를 넘어선 거야. 나는 마법 세계에서 나름 명성이 있고, 글로리아가 당연히 차지해야 할 자리를 확실히 차지하도록 하기 위해 내가 할 수 있는 모든 것을 할 작정이야."

세스는 이제 어렴풋한 수준을 넘어서 뭐가 뭔지 이해가 되기 시작한다는 느낌이 들었다. 마법사들이 샐로미어스 박사의 개혁을 그리 반기지 않은 여러 이유가 있다는 것이 이해가 되기 시작했다.

"교수님하고 마드 백작님, 두 분께서도 마법 능력을 증명하기 위해 선발회에 참가하러 오신 거군요?"

"내 마법은 섬세해. 마법사들조차 제대로 이해하기가 힘들지. 그런데 나와서 내 마법을 증명하라니!"

교수는 욕을 내뱉고는 잠자리채를 꼼꼼히 살펴보았다. 그러고는 이슬이 맺힌 크고 끈적끈적한 거미집들이 엄청나게 많이 있는 수풀로 몸을 숙였다. 그리고 거미집 하나를 조심스럽게 떼어 내서 잠자리채에 붙였다. 그제야 세스는 잠자리채의 그물주머니 전체가 거미줄로 만들어졌다는 사실을 알아차렸다.

페퍼스푸크 교수는 잎이 지기 시작한 커다란 참나무가 있는 쪽으로 성큼성큼 걸어가면서 읊조리듯이 말했다.

"나는 그 끔찍한 인간은 물론이고 그 누구도 이 새벽 합창단을 모으는 것을 방해하도록 내버려 두지 않을 거야. 방금 방해만 하는 딱따구리 한 마리가 도망쳤어. 더 많이 지저귀도록 동고비들을 설득할 수 있으면 참 좋을 텐데."

페퍼스푸크 교수는 몸을 돌려 여전히 얼이 빠진 채 따라오고 있는 세스를 바라보았다. 그리고 세스의 손바닥 위에 무언가를 놓더니 손을 오므려 주었다.

"이것을 놓아둘 더 좋은 장소를 생각해 보렴."

세스의 손바닥 안에서 거칠고 울퉁불퉁한 물체가 느껴졌다. 세스는 그것이 새소리가 담긴 작은 캡슐 선물이기를 바랐다. 정말로 그랬다면 세스는 무척 좋아했을 것이다. 하지만 교수가 잠자리채를 높이 들고 자리를 떴을 때 세스가 살펴보니, 그것은 특이하게 생긴 나뭇조각이었다. 아니, 좀 더 찬찬히 살펴보니, 나뭇조각이 아니라 크고 겉이 울퉁불퉁한, 매우 신기하게 생긴 견과였다.

이 견과가 어떤 나무의 열매인지는 알 길이 없었지만, 이렇게 생긴 것을 세스는 난생처음 보았다. 이것이 어디에서 왔을까?

세스는 교수를 뒤쫓아갔다.

"내가 라운지 문 밖으로 걸어 나오는데 위에서 떨어졌어."

교수가 뒤돌아보며 말했다.

"그것이 뭔지 깨닫는 데 시간이 좀 걸렸지. 내 추측에는 누군가가……."

교수는 세스에게 윙크를 하고는 말을 이었다.

"그것을 없애 버리고 싶었던 것 같아. 그런데 나무에 걸린 거지."

세스는 무슨 말인지 이해가 되지 않아 호텔을 되돌아보았다. 호텔 외벽에 딱 붙은 등나무 한 그루가 서 있고, 그 덩굴이 외벽을 타고 이리저리 뻗어 자라고 있었다. 하지만 커다란 견과가 어떻게 등나무 덩굴에 있었던 것일까? 등나무에서 자란 열매가 아닌 것은 확실했다. 그렇다면 누가 창문 밖으로 던졌다는 말인가?

라운지 바로 위 3층에는 번 씨가 쓰는 방과 헨리가 쓰는 방이 있었다. 그리고 2층에는 안젤리크 스퀴와 킹피셔의 방이 있었다. 그 옆에는 빈방이 두 개 있었다. 세스는 다시 견과를 살펴보았다.

"네가 그 일을 어떻게 했는지는 모르겠지만, 아무튼 잘했다. 그리고 나는 이것에 대해 입도 뻥긋하지 않을 거야. 나를 믿어도 돼."

교수는 다시 한번 윙크를 하고는 내처 말했다.

"나는 한 마디도 말하지 않을 거야."

교수는 자신의 코를 톡톡 두드리고는 계속 배시시 웃으면서 새소리가 가장 크게 나는 곳을 향해 움직였다.

페퍼스푸크 교수가 왜 견과를 세스에게 주었을까?

그리고 윙크의 의미는 무엇일까? 세스는 무척 궁금했다.

## 23
## 물망초의 영롱한 색조

세스는 고개를 들어 주변을 둘러보고는, 나무들 위로 이른 새벽의 장미 빛깔 햇살이 부서지는, 그 완벽한 순간이 곧 오리라는 것을 알았다. 이제 곧 하늘 전체가 순식간에 가장 아름다운 색조인 선홍색이 가미되면서 오렌지 색깔에 닿았다가, 딸기 같은 색깔로 강렬해지면서 불타는 것처럼 생기가 넘칠 것이다.

세스는 가을날의 하루 중 이때를 무척 좋아했다. 이때는 공기에서 익어 가는 과일의 향기가 났다. 휙 지나가는 몇 분 사이에, 졸린 듯한 안개가 서서히 걷히며 숲이 깨어나고 여름의 녹색과는 완전히 다른 옷을 차려입은 나뭇잎들이 모습을 드러내면 숲은 전혀 다른 장소처럼 느껴졌다. 숲의 아름다움이란 바로 이런 것이었다. 세스는 날마다 숲에서 뭔가 새로운 것을 발견했다. 그것들은 시시각각으로 모습이 변하면서도 늘 같은 것으로 남아 있었다.

근래에 라스트 찬스 호텔은 너무도 조용했다. 이따금 '라스트 호프 숲'에서 완전히 길을 잃고 헤매던 사람들만이 아늑한 침대가 있고 늦은 밤 코코아 한 잔을 마실 수 있는 장소를 우연히 발견하고는 이 호텔을 좋아했을 뿐이었다.

하지만 세스는 이 숲을 사랑했다. 예전부터 늘 이 숲을 사랑했다. 숲속 정적에 익숙해지면, 나무들이 소곤거리는 소리가 들리고 이어 새가 지저귀는 소리가 들렸다. 그리고 마지막으로 이빨과 발톱을 써먹을 일을 찾아 총총걸음을 치는 야생동물들의 날카로운 울음소리와 탁탁거리는 움직임 소리가 들렸다. 아마도 숲속에서는, 설사 아무 소리도 나지 않는 경우라도, 야만적인 사냥이 벌어지고 있었으리라.

세스는 천천히 앞으로 움직였다. 발아래의 땅은 이미 낙엽을 담요 삼아 푹신해지기 시작했다. 세스는 허리를 숙여 밤사이에 자란 버섯들을 땄다. 지금은 버섯이 자라기에 완벽한 시기였다. 만약 호텔이 평소처럼 조용했다면 세스는 버섯들을 찾아 돌아다니고 버섯으로 만들 각종 요리들을 공상하면서 남은 하루를 보냈을 것이다.

세스가 넉넉하게 모은 버섯들을 옷 주머니에 넣으려는 순간, 호텔 벽 가까이에서 몸을 숙이고 있는 어둑한 사람 형체가 눈에 뜨였다. 일찍 일어나서 돌아다니는 사람이 세스와 페퍼스푸크 교수만이 아니었던 것이다.

그런데 샐로미어스 박사의 개인 조수가 무엇 때문에 이른 시간에 밖에 나왔을까? 그리고 도대체 무엇을 하고 있는 것일까? 세스는 알아낼 수 있는 기회를 놓치지 않기로 마음먹었다.

몸을 웅크리고 있던 안젤리크가 자세를 전혀 바꾸지 않은 채 지팡이만 높이 들었다. 지팡이가 자신을 겨눈 것이라고 생각한 세스가 잽싸게 몸을 피하는 찰나, 안젤리크가 파란색 불꽃을 쏘았다.

불꽃은 창문을 때렸다. 밝은 파란색 불꽃이 폭포수처럼 쏟아져 내렸다. 세스는 유리창이 산산조각 났을 것이라고 생각해 몸을 움찔했다. 하지만 불꽃은 창문 둘레에서 물 흐르듯이 빛나고 있었고, 유리창은 아침 공기를 맞은 물망초의 영롱한 색조로 바뀌었다.

안젤리크는 어젯밤에 입은 살랑거리는 실크 드레스도, 빨간색 망토도 입고 있지 않았다. 그 대신에 짙은 색 양복과 빨간 셔츠를 입고, 지금처럼 진흙에 웅크리고 있기에는 별로 적합하지 않은 구두를 신고 있었다. 세스는 안젤리크가 한 손에 계속 지팡이를 쥔 채로 연필처럼 가는 손전등을 빨간 핸드백 안으로 넣는 모습을 지켜보았다. 그러니까 안젤리크는 날이 밝기 전부터 밖에 나와 있었던 것이다.

세스가 좀 더 자세히 살펴보기 위해 움직이자, 발아래에서 잔가지가 부러지는 소리가 맑고 찬 공기를 가르는 총소리처럼 요란하게 울렸다.

하지만 안젤리크는 빨간 핸드백에서 수첩을 꺼내더니 얼굴을 찡그리며 무언가를 적고 있을 뿐이었다.

세스는 안도의 한숨을 쉬었지만, 자기가 들키지 않았다고 믿을 수는 없었다. 안젤리크가 계속 수첩에 뭔가를 적는 모습을 보면서, 세스는 무엇을 쓰고 있는지 볼 수 있을 정도로 가까이 가 볼까 하는 생각을 하고 있었다.

"사람들을 훔쳐보는 것이 네 버릇이니?"

안젤리크가 날카로운 갈색 눈을 치켜뜨더니 세스의 눈을 뚫어지게 처다보았다.

"으음."

세스가 더듬거리며 말했다.

"어, 뭘 하고 있어요?"

안젤리크가 수첩을 치우면서 대꾸했다.

"내가 먼저 물었어."

안젤리크는 이렇게 말하고는 휘어진 자기 코를 내려다보면서 웅크린 자세에서 일어났다.

"일찍부터 나와서 돌아다니네?"

힐난하는 투였다.

세스는 재빨리 대꾸했다.

"아주 멋진 정원이에요. 무엇이든 필요한 게 있으면 여기에서 찾을 수 있어요. 이건 대단한 거예요. 사과하고 딸기는 제철이 다르니까."

안젤리크는 지팡이의 은색 꼭지를 딸깍 열더니, 수레국화 색깔 같은 파란색 불꽃을 차가운 아침 하늘을 향해 날렸다. 세스는 몸을 획 움직여 불꽃을 피했다. 눈을 멀게 하는 불꽃은 동상에 걸린 것 같은 공기 중에 1초 동안 머무른 다음, 세스 앞에 있는 벽으로 날아갔다. 그리고 점점 작아지더니 결국 사라졌다.

세스는 푸른색 크리스털처럼 은은한 빛이 공기 중에 1초 동안만 머물다 녹듯이 사라지는 모습을 넋 놓고 지켜보았다. 안젤리크는 지팡이의 끝을 보며 얼굴을 찡그렸다.

호텔 벽이 대답이라도 하는 듯이 한숨을 푹 내쉬었다.

안젤리크는 지팡이의 꼭지를 딸깍 닫았다.

"나한테 정원을 보여 줘."

둘은 발걸음을 맞추어 걸었다. 해가 빠르게 뜨고 있었다. 나무들의 어둑한 윤곽 뒤로 따스한 분홍색 햇볕이 퍼지자 정원 너머에 있는 숲이 불타는 것처럼 보였다. 안젤리크는 지팡이를 짚으며 울퉁불퉁한 땅을 걸어갔다.

"그 지팡이에 측정기 같은 것이 있어요? 혹시…… 마법을 부리고 있는 거예요?"

세스가 기어들어 가는 목소리로 물었다.

세스는 지팡이가 정말로 필요한 것인지 아니면 지팡이를 가지고 다닐 구실이 필요한 것인지 아직 알아내지 못했다.

"그게 그렇게 궁금해? 지팡이는 발목을 물렸기 때문이야."

안젤리크가 쌀쌀하게 대답했다.

세스는 안젤리크의 다리를 보면서, 발목을 물렸다고 지팡이를 짚고 다닐 정도면, 괴물이나 지난주에 지팡이 불꽃 세례를 받은 사람한테 물렸다는 말인가, 하고 생각했다. 그러다 다리를 너무 빤히 보고 있는 것을 깨닫고는 얼굴이 빨개졌다.

"안됐네요. 그러니까 그 빨간 지팡이는 마법 발명품이에요?"

"그게 궁금해? 이건 '디바이노스코프'라는 거야. 아주 예민해."

"좀 봐도 될까요?"

세스가 호기심을 보이며 물었다.

안젤리크는 지팡이를 뒤로 휙 뺐다.

"아주 예민하다고 했잖아."

세스는 안젤리크의 퉁명스러운 태도에 한 방 맞은 것 같은 느낌이 들었지만, 온실을 지나서 되돌아가는 길을 안내해 주었다. 그러면서 두 사람이 평생 매일 그랬던 것처럼 태연하게 정원을 거닐고 있다는 사실이 잘 믿기지가 않았다. 또한 세상에서 가장 자연스러운 일인 것처럼 둘이 이야기를 나누고 있는 것도 마찬가지였다.

"디바이노스코프라는 게 정확히 뭐예요?"

"이건 모든 마법의 파동을 감지할 수 있어. 심지어 아주 오래전에 실행한 마법의 파동까지."

세스는 오래전에 실행한 마법의 파동을 어떻게 감지한다는 것인지 묻고 싶었지만, 그 대신에 이렇게 말했다.

"마법을 쓰면 기분이 어때요? 태어날 때부터 마법을 쓸 줄 알았어요?"

"마법은 복잡한 거야."

안젤리크는 날씬한 어깨를 한 번 으쓱해 보였다.

"요리랑 조금 비슷해, 세스."

안젤리크는 이 말을 바보한테 하고 있는 것처럼 환한 미소를 지으며 말했다.

"조리법을 정확히 따라 하는데도 맛있는 음식을 만들지 못하는 사람들이 있지. 그 이유에 대해 어떤 사람들은 마법의 불꽃, 다시 말하면 선천적인 능력을 타고날 필요가 있기 때문이라고 생각해. 그리고 어떤 마법 능력을 타고나는지도 사람마다 다를 수 있어. 어쨌든 아무리 간단한 마법도 완벽하게 구사하기 위해서는 오랫동안 공부하고 연습해야 해. 마법은 힘든 노동이야."

힘든 노동. 마법을 매우 흥미진진한 것으로만 여기고 있던 세스는 힘든 노동이라는 말을 믿기가 어려웠다.

"그러니까 이 선발회는…… 아, 혹시 내가 이런 질문들을 하는 게 싫어요?"

안젤리크의 대답은 피곤한 기색이 역력하게 느껴지는 큰 한숨이었다.

안젤리크는 어디를 가든 가지고 다니는 밝은 빨간색 핸드백 속을 뒤졌다. 그리고 무언가를 꺼내서 쫙 편 손바닥에 올리더니 세스의 코 밑으로 내밀었다.

"이게 너를 도와줄 거야."

"이게 뭔데요?"

"선발회에서 인정받은 사람이 받는 거야. 진정한 마법의 불꽃을 가진 것을 증명해서 엘리제에 들어가게 되면 받는 것. 우선 너는 내 것을 빌려 쓰면 돼."

세스는 심장이 쿵쾅거리는 것을 느꼈다. 안젤리크가 핸드백에서 뭔가 기막히게 멋있는 물건, 뭔가 마법적인 물건을 꺼내기를 기대하면서 앞쪽을 유심히 바라보았다.

안젤리크가 꺼낸 물건은 매끈하고 납작한 직사각형에 광택이 있는 게 꼭 빨간색 신용카드처럼 보였다.

"어……. 이게 정확히 뭐예요?"

"이거? 이건 마법으로 가는 문이야."

# 24
# 책의 마천루

세스는 안젤리크의 손바닥에 놓여 있는 광택이 나는 카드를 멍하니 바라보고 있을 수밖에 없었다. 카드라니, 조금 실망스러웠다.

그런데 안젤리크가 카드를 앞으로 내밀자, 그것이 커지기 시작했다. 그러면서 카드에 영상이 나타났다. 처음에는 뭔가가 일그러진 모습이었지만 점점 또렷한 모습으로 변했고, 결국 축소판으로 줄인 방의 모습이 보였다.

"세스, 이건 마법사들에게 가장 소중한 물건이야. 아무리 천부적인 마법 재능이 있어도, 아무리 실력이 뛰어나도, 마법사는 공부를 멈추면 안 돼. 공부를 하지도 않고, 또 자신이 뭘 하고 있는지도 모르는 사람의 손에 있는 마법, 그건 아주 위험한 거야. 이건 도서관 카드야."

"진짜로요?"

세스는 웃고 싶었다.

"도서관 카드라고요? 사람들이 도서관 카드를 얻겠다고 선발회에 참가한다고요?"

안젤리크는 짜증이 나는지, 쯧 하고 혀를 차고는 머리를 뒤로 휙 젖혔다.

"엘리제 도서관 카드를 갖게 되는 것은 대단히 영광스러운 일이야. 마법과 관련된 책들이 있는 비밀스러운 엘리제 도서관을 들어갈 수 있는 출입증! 어떻게 넌 흥분하지 않을 수 있지? 책에서 발견할 경이로움만큼 멋지고 놀라운 것은 없어."

세스는 다시 카드를 내려다보았다. 카드가 다시 커지고 있었다. 끝이 없는 것처럼 광대하고 오래됐지만 아름다운 방 영상이 보였다. 천장은 아치 모양이었고, 오래된 지도와 지구본 들을 비추는 햇살이 가득했다. 하지만 무엇보다도 눈에 띄는 것은 책이었다. 마치 책으로 쌓은 마천루처럼 책장이 높이 솟아 있었다.

세스는 안젤리크가 보여 주고 있는 움직이는 영상에 얼굴을 바싹 대 보았다. 도서관으로 당장 들어갈 수 있을 것 같은 기분이 들었다.

이른 아침인데도 책장 사이를 오가며 책을 꺼내고 책을 들여다보고 긴 나무 탁자에 앉아 책을 읽는 사람들이 보였다. 마법을 배우고 있는 사람들이었다.

"이것도 마법 도구예요? 샐로미어스 박사님이 이런 물건들을 발명하셨던 거예요?"

세스가 감탄하며 물었다.

"샐로미어스 박사님이 이것을 발명하시지는 않았지만, 이게 마법의 물건인 건 맞아."

안젤리크가 손가락을 이리저리 움직이자 영상이 바뀌었다. 먼저 높이 솟아 있는 책장 두 개 사이의 좁은 공간을 걸을 때 볼 수 있는 모습이 떴다. 이어 책장 하나가 보였다. 세스의 눈길이 책등이 녹색인 책에 꽂혔다. 『계몽의 전쟁―42명의 희생자를 낳은 사건까지의 축약된 마법 세계의 역사』.

세스는 더 이상 참지 못하고 손가락으로 책을 만져 보았다. 그러자 책이 책장에서 저절로 내려와 표지가 보이도록 방향을 튼 다음, 미끄러지듯이 세스 쪽으로 다가왔다. 책은 점점 더 세스의 손가락 가까이 다가왔고, 점점 더 커졌다. 점점 더……

안젤리크가 세스의 손가락을 찰싹 때려서 치웠다. 영상이 사라졌다.

안젤리크는 세스한테 안 보이도록 하면서 무언가를 한 다음 카드를 다시 핸드백에 넣었다. 그리고는 세스에게 물건을 하나 건넸다. 바로 그 책이었다.

세스는 어안이 벙벙한 채 책을 받아 들었다. 책을 손에 쥐자, 책의 무게와 녹색 표지의 꺼칠한 감촉이 느껴졌다. 그리고 친구들과 함께 편안하게 쉬고 있다가 지금 막 책장에서 내려왔다는 것을 말해 주는 종이 냄새까지 맡을 수 있었다.

방금 세스가 보고 있던 바로 그 책이 맞았다. 하지만 그것은 카드 속 영상이 아니었던가?

"진짜 책처럼 느껴져요."

"맞아, 세스. 진짜 책이야. 하지만 동시에······. 아, 그냥 뒤표지까지 죽 넘겨 봐."

세스가 책장을 넘겨 뒤표지가 나오는 곳까지 가자, 오돌토돌한 작은 돌 하나가 있었다. 돌은 짙은 회색이고, 책 뒤표지 안쪽에 아늑하게 자리 잡고 있었다.

"책 속에 왜 회색 돌이 있는 거죠?"

세스가 돌로 손을 뻗으며 물었다.

"그냥 평범한 회색 돌이 아니기 때문이지. 이건 '워드스톤'이라는 거야. 말의 돌이라는 뜻이지. 또 하나의 마법 발명품이야. 워드스톤이 있으면 책을 더 쉽고 빠르게 읽을 수 있어."

세스는 돌을 집었다. 전혀 마법 도구처럼 보이지 않았다. 세스의 손길이 닿자마자, 돌이 마치 스위치를 켠 것처럼 빛나기 시작했다.

세스는 돌이 납작하고 매끈하게 변하는 것을 느꼈다. 이어 그의 눈앞에서 끝이 뾰족하게 변하는가 싶더니 지금 당장이라도 무기로 쓰거나 채소를 써는 데 쓸 수 있을 정도로 날카롭게 변했다. 색깔은 아름답고 선명한 에메랄드 빛깔로 바뀌었다. 그 색깔을 보자 세스는 고사리 이파리가 떠올랐다.

세스는 손에서 빛을 내고 있는 녹색 돌에 감탄하며 일어섰다. 그때 새로운 소리가 들렸고, 세스는 위를 올려다보았다. 거대한 코끼리가 천둥 같은 소리를 내며 다가오는 것 같은 쿵쾅거리는 소리였다.

무언가가 나무들을 헤치며 빠르게 다가오고 있었다. 곧장 둘을 향해! 세스는 햇빛을 가리면서 앞에 있는 어둑한 숲을 바라보았다. 근처에 있는 나무들이 휘어지고 나뭇가지들이 쪼개지는 것이 보였다. 거대한 무언가가, 끔찍하고 위험한 무언가가 다가오고 있었다.

세스는 안젤리크를 보면서 입을 떼서 경고를 하려고 했다. 숲은 어두웠고, 세스가 한 번도 본 적이 없는 여러 동물이 살고 있었다. 하지만 이렇게 거대하고, 이렇게 큰 소리를 내는 동물은 처음이었다. 그것이 점점 다가오고 있었다.

으르렁거리는 소리가 들리더니, 가까이에 있는 나무들 우듬지 위로 기다란 목에 달린 머리통이 쑥 올라와 분노에 찬 듯이 바들거렸다. 그리고 거대하고 섬뜩한 주황색 눈이 세스를 노려봤다.

세스는 겁에 질려 온몸이 굳어 버려 달리기는커녕 근육 하나도 움직일 수 없었다. 기이하게 생긴 동물은 나무들을 뭉개며 느릿느릿 앞으로 나오더니, 세스한테서 몇 발짝밖에 떨어지지 않은 곳에 있는 빈터에 멈춰 섰다. 이어 입을 쩍 벌리고 무시무시한 불길을 기다랗게 내뿜었다. 마른 잎들이 곧바로 활활 타오르는 횃불의 행렬로 변했다. 곧이어 녀석의 머리통이 세스 쪽으로 향했다.

# 25
## 마법 발명품 중 하나

"용이에요."

세스가 겨우 목소리를 되찾았지만 여전히 약하게 꺽꺽거리는 듯한 소리 정도였다.

세스는 안젤리크를 잡으려고 했지만, 아침 햇빛에 번뜩이는 괴물의 빨간색과 황금색 비늘에서 눈을 뗄 수가 없었다. 용은 머리통을 낮추고는 곧장 세스를 겨누어 입을 쩍 벌렸다. 두 줄로 늘어선 날카로운 이빨이 번뜩였다. 다시 불길이 뿜어졌다.

세스가 무언가가 자기 손을 당기는 것을 느끼는 찰나, 용이 사라졌다. 온데간데없이 사라졌다. 세스는 눈을 두 번 끔뻑거렸다.

안젤리크가 세스의 얼굴 앞에서 워드스톤을 흔들며 서 있었다.

"세스, 이 책은 마법 세계의 축약된 역사야. 너 왜 그렇게 겁에 질린 표정을 하고 있니?"

"용 때문에요."

세스가 간신히 말을 내뱉으며 한 팔을 들어 방금 전까지 용이 서 있던, 안젤리크 뒤에 있는 나무들을 가리켰다.

안젤리크는 그쪽을 보며 한숨을 쉬었다.

"진짜 용이 아니야."

그러고는 세스를 깔보듯이 머리를 뒤로 젖혔다.

"네가 역사의 초창기로 바로 갔나 봐. 아마 고대로 갔을 거야. 그때에는 사람들이 용이 가지고 있는 마법에 접근할 수 있었어. 지금은 그런 식으로 마법사가 될 수는 없지만."

"왜요?"

"그거야 용이 몇 백 년 전에 멸종했기 때문이겠지?"

안젤리크는 눈알을 굴렸다.

"아무리 두메산골에 살아도, 용이 더 이상 존재하지 않는다는 것쯤은 너도 알아야 하는 것 아냐? 자, 이제 책이나 얼른 읽어 봐. 그 장은 그냥 건너뛰어도 될 거야."

안젤리크는 특유의 짜증 섞인 찡그린 표정을 지었지만, 세스는 안젤리크의 조급함을 받아들이는 것이 어느새 더 쉬워졌다. 점점 익숙해져 가고 있었다.

"그나저나 너는 워드스톤 쓰는 법을 꽤 빨리 습득하네."

안젤리크가 놀라움이 배인 목소리로 말하고는 워드스톤을 세스에게 건넸다. 세스는 머뭇거리며 돌을 만졌다. 안젤리크는 세스를 보며 호기심 어린 표정을 지었다.

"대부분의 사람은 처음 워드스톤을 쓸 때 머릿속에 말만 들어오는데."

"그런데 소리를 줄이려면 어떻게 해야 하죠?"

세스는 돌을 뒤집어 보았다.

"소리 줄이는 건 찾을 필요 없어. 마음으로 조정해야 하니까."

"가상 현실 같은 거예요?"

"아니야, 세스. 가상 현실이 아니야. 마법이야, 마법. 질문을 하나 생각해 봐. 그 책에서 정말로 얻고 싶은 대답에 대한 질문을 생각해. 한번 해 봐."

세스는 망설이며 워드스톤을 움켜쥐고는 안젤리크가 제안한 대로 책에서 얻기 바라는 것을 생각해 보았다.

'용 생각은 하지 말아야지.'

하지만 세스가 생각할 수 있는 것은 자신이 이제 곧 마법을 부릴 것이라는 흥분뿐이었다. 세스는 마음을 진정시키려고 애썼다.

둘은 계속 걸었고, 살구가 풍성하게 자란 숲에 다다랐다. 안젤리크가 지팡이를 들어 수풀 위로 불꽃 세례를 날리느라 정신이 없는 동안 세스는 선발회와 마법 세계에 대한 자신의 이해가 천천히 늘어나고 있는 점을 생각해 보았다.

아직도 모르는 것이 많다는 것을 알았지만, 누가 범인인지 밝혀내 누명을 벗으려면 마법을 이해해야 한다는 것도 알았다.

샐로미어스 박사의 개혁은 '그 사건'을 초래했다. 어쩌면 그것이 이 호텔에 있는 사람들 중 한 명의 살해 동기에 대한 답일 수도 있었다.

세스는 돌을 꼭 움켜쥐고는 눈을 감았다.

세스는 무언가 왼쪽 팔꿈치 옆에 나타나는 게 느껴져 고개를 돌렸다. 눈을 떠 보니, 바로 옆에 작은 사람의 형체가 서 있었다. 세스는 그 형체의 정체를 곧바로 알아차렸다.

샐로미어스 박사였다.

# 26
## 인기보다 더 중요한 것

세스는 화들짝 놀라 돌을 떨어뜨렸다.

박사의 모습이 곧바로 희미해졌다. 안젤리크가 이번에는 살펴보고 있는 수풀에서 아예 고개도 돌리지 않은 채 말했다.

"용이 또 나타났니?"

"아…… 아니요. 샐로미어스 박사님이에요."

세스가 더듬더듬 말했다.

세스는 진짜 샐로미어스 박사가 나타난 것은 아니라고 생각했지만, 박사의 통통한 얼굴을 보았을 때 슬픔과 두려움이 동시에 느껴졌다.

"아, 그래. 박사님이 책 속에 묶여 계신가 보네. 그분에 대해 뭐 좀 물어봤어?"

세스는 고개를 끄덕이며 멋진 마법 도서관과 치솟은 책의 마천루를 생각했다.

"그러니까 샐로미어스 박사님이 책 속에 계시면……, 우리가 그분하고 이야기를 나눌 수 있는 거에요? 살인범이 누구인지 물을 수도 있어요?"

안젤리크는 다시 한번 한숨을 푹 내쉬었다.

"세스, 그 돌은 아주 편하게 책을 읽을 수 있도록 도와주는 마법 도구야. 그 책을 통해 너는 압축된 마법계의 역사를 배울 수 있어. 바로 '그 사건'까지의 역사. 하지만 그 책에 쓰여 있는 것만 얻을 수 있어."

안젤리크는 특유의 참을성 없는 숨을 내뱉고는 계속 말했다.

"그렇게 하는 게 내가 직접 말로 해 주는 것보다 더 편할 거라고 생각했어. 책이나 계속 보지 그래?"

세스는 허리를 숙여 돌을 줍고 손으로 살며시 쥐었다. 이번에는 돌을 쥐면서 마음의 준비를 단단히 했다. 샐로미어스 박사가 다시 보였다. 세스는 단지 영상일 뿐이라고, 실제가 아니라고 스스로에게 되뇌었다. 영상화된 책일 뿐. 세스는 돌을 힘껏 쥐었다.

\* \* \*

숲이 사라지면서 큰 창문들이 있는 작은 방이 나타났다. 그 방에서 샐로미어스 박사가 책상으로 가서 의자에 앉았다.

세스는 방 귀퉁이에서 박사를 지켜보고 있었다. 나무, 수풀, 안젤리크 등 모든 것이 점점 희미해지더니 결국 사라졌고, 세스만 남아 생각에 잠긴 듯 두 손바닥을 꼭 붙이고 있는 샐로미어스 박사를 물끄러미 바라보고 있었다.

샐로미어스 박사가 말했다.

"점점 약화되고 있는 우리 마법 세계에 절대적으로 필요한 것은 열심히 훈련하고 열심히 일할 젊고 신선하고 열정적인 사람들이야."

샐로미어스 박사는 세스를 전혀 인지하지 못하는 것 같았다. 박사는 얼굴을 찡그리며 커다란 서류를 내려다보더니 빛나는 보라색 펜을 집고는 시선을 세스의 오른쪽으로 돌렸다.

"모두 그걸 알고 있지만, 아무도 그것을 할 용기가 없어."

박사의 반짝이던 눈빛은 어디로 사라졌을까? 그는 훨씬 더 심각해 보였다.

"나는 회원 모집 운동을 시작할 생각이네."

"엘리제의 문호를 개방할 생각은 아니지?"

세스는 자기 오른쪽에서 목소리가 들려와 화들짝 놀랐다. 그 사람이 눈에 보이지는 않았지만, 목소리의 주인이 마드 백작이라는 것을 알 수 있었다.

샐로미어스 박사가 말했다.

"바로 그거야! 예전에는 마법을 하는 사람들이 사방에 있었지. 하지만 지금은 마법을 하는 사람이 너무나 귀해져서 사람들이 우리가 존재한다는 것조차 잊어버리기 시작했을 정도이네. 이제 사람들은 더 이상 마법을 믿지도 않아."

샐로미어스 박사는 슬프게 고개를 가로저었다.

"우리가 행동에 나서야 해. 우리가 전국을 뒤져 가장 훌륭하고 가장 전도유망한 새 회원들을 찾지 않으면…… 결국 어떻게 되겠나? 우리한테는 열정과 재능이 있는 신입 회원이 필요해. 우리는 진정한 마법 재능을 가지고 있는 사람이라면 누구든 찾아내서 올바른 방향으로 양성해야 해."

박사는 자기 말에 대한 반응을 기다리고 있는 것처럼 보였고, 이윽고 다른 목소리가 대꾸했다.

"자네는 가장 영향력 있는 마법 가문 중 일부를 적으로 만들기만 할지도 모르네."

샐로미어스 박사는 공허하게 웃음을 짓고는 펜을 들었지만, 손은 여전히 두툼한 서류 위에서 머뭇거렸다.

"나의 제안이 사람들을 화나게 할 수도 있다는 건 나도 아네. 하지만 마법이 완전히 사멸할지도 모르는 진정한 위기 상황에서 우리가 달리 무엇을 선택할 수 있겠는가? 누군가는 용기를 내서 행동에 나서야 해. 하지만 내가 제안하고자 하는 것은…… 음, 최소한 누구도 우리를 비난할 수 없고, 우리가 신입 회원을 모집하는 방식이 공정하지 않다고는 말하지 못할 걸세. 기회는 누구한테나 공평해야 하네."

"나는 이해를 못 하겠네. 정확히 무엇을 할 작정인가?"

샐로미어스 박사는 자리에서 일어나더니 뒷짐을 지고는 머리를 앞으로 내민 채로 작은 방을 서성거리기 시작했다. 세스는 혹시 박사와 부딪치면 영상이 사라질까 봐 뒷걸음질을 쳤다.

"우리는 엘리제 가입 규칙을 바꿔야 하네. 마법에 진짜 재능이 있고 성공을 위해 전력을 다할 마음이 있는 사람들이 들어올 수 있도록 말일세. 그런 사람들한테 기회가 주어져야 해. 어떤 배경을 가지고 있는지와 상관없이. 마법이 자손에게 전해질 수 있다는 것에만 의존하는 것은 결점이 너무 많네. 마법은 그것보다 훨씬 더 복잡해. 마법은 자기가 원하는 곳을 스스로 찾아가는 속성이 있네."

"자네가 제안하고 있는 것을 내가 제대로 이해했다면……, 그건…… 환영받지 못할걸세."

"나는 마법 세계에 들어올 자격을 검증받을 기회가 누구한테나 주어지는 절차를 제안하고 있는 거네. 누구나 같은 규칙에 따라 평가받게 될 것이고, 누구나 그 절차를 따라야 하네. 그리고 검증을 통과한 사람만이 공식적으로 마법계의 일원으로 초대받게 되고. 이 절차의 명칭을 '선발회'라고 할 생각이네."

짧은 침묵이 흘렀다.

"모든 사람에게 그 선발회를 거치게 할 작정인가? 자신이 마땅히 한자리를 차지할 자격이 있다고 생각하는 사람들까지? 마법계의 오래된 일원이었던 사람들까지?"

차분한 목소리로 말이 이어졌다.

"엄청난 반대가 있을걸세. 어쩌면 위험할 수도 있어."

"다행스럽게도, 나한테는 마법 세계를 구하는 것이 인기보다 더 중요하다네."

샐로미어스 박사는 발걸음을 멈추고는 경고의 말을 한 사람 쪽을 바라보았다.

박사는 엄지손가락을 세우더니 서류 더미를 향해 내렸다. 손가락에서 황금 불꽃이 쏟아졌고, 박사는 맨 위 서류에 점점이 남아 있는 까만 재를 쓸어서 치웠다.

"우리는 엘리제가 마법 가문들만을 위한 폐쇄적인 모임이 되는 것을 중단시켜야 하네. 마법이 죽어 가고 있어. 다른 방법이 없네. 선발회냐, 마법의 종말이냐, 둘 중 하나일 뿐."

박사는 주먹으로 책상을 내리쳤다.

"이것은 지난 30년 동안 내가 들어본 것 중 가장 과감한 정책이네."

샐로미어스 박사는 엄숙한 미소를 짓고는 의자로 돌아가 펜을 들어 단호하게 서명을 했다.

"고맙네. 이것이 최선이라는 것을 결국에는 다른 사람들도 모두 알게 될 것이라고 나는 확신하네. 모든 일이 틀림없이 잘될 거야."

\* \* \*

영상이 희미해지며 사라졌다. 세스는 돌을 옷 주머니에 넣고는 잠시 낯익은 나무들을 감상했다. 안젤리크가 앞에 서서 기다리고 있었다.

"샐로미어스 박사님은 스스로 힘든 일을 선택하셨네요. 맞지요?

그래서 레드 발레리언 같은 사람들이 박사님을 반대한 거고요? 박사님이 신입 회원을 찾는 선발회를 시작했기 때문이라기보다는 유서 깊은 마법 가문 사람들에게 자신들의 가치를 검증받으라고 했기 때문에 그런 거죠?"

안젤리크는 세스가 불편하게 느낄 정도로 한참 동안 그를 쳐다보았다.

"우리의 수석 마법사는 용감한 분이셨어."

"그분은 마법계의 일부 사람들이 얼마나 분노할지 제대로 깨닫지 못하셨어요. 그렇죠?"

안젤리크는 몸을 돌려 다시 호텔로 향했고, 세스는 뒤따라가면서 샐로미어스 박사가 그 모든 용기와 공정함에도 불구하고 결국 죽게 되었다는 사실에 전보다 훨씬 더 큰 슬픔을 느꼈다.

둘은 말없이 걸었다. 톱니 모양으로 특이하게 생긴 녹색 나뭇잎들이 세스의 눈에 띄었다. 세스가 전부터 찾고 있던 허브였고, 지금 꼭 필요한 것이었다. 세스는 가던 길에서 홱 벗어나 무릎을 꿇고 그 허브를 조금 땄다. 그리고 어디를 가든 가지고 다니는 주머니 중 하나를 옷 주머니에서 꺼내서 그 안에 잎사귀들을 넣었다.

"넌 이런 행동을 자주 하니?"

"어, 그래요."

세스는 안젤리크가 계속 응시하는 것을 느끼면서 대답했다.

"한동안 이것을 못 봤어요. 헨리 아저씨를 위한 특별한 차를 만들 때 쓰는 허브예요. 소화에 도움이 되거든요. 그런데 찾고 있던 건 찾았어요? 그 디바이노스코프로?"

"네가 아까 정원에서 자라고 있는 것은 뭐든 찾을 수 있다고 말했는데, 혹시 투구꽃도 찾은 적 있니?"

세스는 아버지한테서 배운 허브들을 떠올려 보았다.

"그건 몸에 좋은 허브가 아니에요. 조금 위험한 풀 아닌가요?"

다시 한번 세스의 모든 감각이 그에게 안젤리크를 믿지 말라고 상기시키는 것 같았다.

안젤리크는 지팡이로 무엇을 하려고 하는지에 대해서는 세스에게 한사코 말해 주지 않았다. 지팡이가 아주 오래전에 실행한 마법의 파동까지 감지한다고 말해 주었지만, 그 말이 무슨 뜻인지 세스는 도통 알 길이 없었다.

"나쁜 손에 들어갈 때나 위험하지. 세스, 아무튼 투구꽃을 좀 구할 수 있겠니?"

"아마도요."

"그럼 현삼은 어때?"

"굳이 찾으려면 찾을 수 있겠지만, 정말로……."

"그리고 해총은? 많이 필요한 건 아니고, 손가락으로 살짝 집을 정도만. 방금 말한 것들을 모두 구하는 데 시간이 얼마나 걸릴까?"

"정확하게 말할 수는 없어요. 그것들로 무엇을 하고 싶은데요?"

안젤리크의 갈색 눈이 세스의 눈을 피했다.

"내가 이 책을 계속 가지고 있어도 돼요?"

세스가 묻자, 안젤리크가 머뭇거리다 대답했다.

"아, 그래도 될 거야. 내 도서관 카드에만 있으면 되니까. 그러니까 늦게 돌려주거나 잃어버리면 안 돼. 망가뜨려도 안 되고. 책에 아무 짓도 하지 마. 알았지?"

"읽는 것은 괜찮지요? 그리고 만약 내가 그 풀들을 구해다 주면, 디바이노스코프로 무엇을 할 것인지에 대해 말해 줄 수 있나요? 그 풀들을 나쁜 일에 쓸 계획이 아니라면."

"나쁜 일? 내가?"

안젤리크는 코를 찡그렸다.

"도대체 무슨 뜻으로 그런 말을 하는 거야?"

잠시 후, 안젤리크는 재빨리 주위를 살폈다. 이제 호텔에 거의 다 왔다.

"세스, 너한테 할 말이 있어. 네가 나를 도와줄 수 있는 유일한 사람일지도 모른다고 내가 말했던 것 생각나지?"

"여기에 아주 오랫동안 살았으니까요."

안젤리크는 고개를 끄덕였다.

"나는 네가 모든 답을 가지고 있다고 확신해."

안젤리크는 총명해 보이는 갈색 눈동자로 아주 오랫동안 세스를 뚫어지게 바라보았다. 불편한 그 시간 동안, 세스는 안젤리크가 자신의 검은 책에 대해 모든 것을 알고 있는 것 같은 느낌이 들었다.

"나는 정말로 아무것도 몰라요."

"좋아, 말해 줄게. 내가 지금부터 말해 주는 것을 아무한테도 말하지 않겠다고 약속하면. 진짜 아무한테도. 반드시 약속을 지켜야 해. 그럼 내가 무엇을 하고 있는지 그리고 무엇을 하려고 하는지에 대해 말해 줄게. 왜냐하면 이곳에는 내가 이해할 수 없는 것이 너무나 많거든. 그래서 네가 나를 도와줄 수 있다는 거야, 세스. 사실 꼭 도와주어야만 해."

"좋아요, 좋아요. 알겠어요. 나를 믿어도 돼요, 안젤리크."

세스는 정말로 안젤리크를 믿을 수 있으면 좋겠다고 생각했다.

"나는 글을 좀 읽고 있었어. 마법에 관한 글."

세스는 그녀를 멍하니 바라보고 있을 수밖에 없었다.

"특히 마법이 최근에 사용된 적이 있는지에 대한 것. 마법은 공기 중에 흔적을 남겨. 대부분의 사람 눈에는 마법이 전혀 안 보여. 하지만 파동이 있지."

안젤리크는 머리칼 중에서 눈에 확 띄는 빨간색 부분을 귀 뒤로 넘기고는 내처 말했다.

"세스, 우리가 처음 이야기를 나누었을 때, 너는 마법에 대해 들어 본 적도 없다고 했어."

"그래요."

"그런데 세스……."

안젤리크는 지팡이의 끝에서 측정기의 값을 읽고는 주위를 두리번거렸다.

"이곳에는 사방팔방에 마법이 있어."

세스는 온몸이 완전히 굳은 채 휘둥그레진 눈으로 안젤리크를 보고 있을 수밖에 없었다.

"하지만 여기에는 마법을 하는 사람들이 있잖아요? 선발회를 위해 이곳에 온 사람들이요."

"내 말뜻은 그게 아니야. 내가 읽은 것에 따르면, 그게 아니야."

"디바이노스코프가 그런 말을 했다고요? 그럼 그 도구가 엉터리인 게 틀림없어요."

안젤리크는 모욕감을 느끼면서 벌떡 일어났다.

"엉터리? 이건 엉터리가 아니야. 너는 나를 도와줘야 해, 세스. 왜냐하면 무언가가 잘못되고 있거든. 마법이 여기에 있어. 게다가 아주 오래된 마법이 아니야. 나도 잘 모르는 마법이······."

안젤리크는 입술을 깨물었다가 혼잣말을 하듯이 말을 이었다.

"이건 기형적인 마법이야. 나는 그렇게밖에 묘사 못 하겠어. 이 호텔에서 누군가가 내가 전에 한 번도 접한 적이 없는 형태의 마법을 부리고 있는 것 같아."

## 27
## 우리의 후보들에 대한
## 몇 가지 뉴스

마법이? 여기에? 세스는 심장이 더 빠르게 팔딱대는 것을 느꼈다. 정말로 안젤리크의 말이 맞을까?

세스는 생각을 정리하거나 질문을 더 할 기회가 없었다. 신선한 커피 냄새가 아침 산들바람을 타고 날아왔기 때문이다. 바로 앞에 퓨터 수사관이 방금 전에 양복을 다리고 머리를 손질한 것처럼 산뜻하고 말쑥한 모습으로 서 있었다. 손에는 컵이 여러 개 놓여 있는 쟁반을 들고 있었다.

"내가 커피와 슬픈 소식을 가져왔어요."

퓨터가 큰 소리로 말하고는 호텔 라운지 앞 테라스에 있는 기다란 탁자 중 하나에 쟁반을 내려놓았다.

"오, 안 돼."

눈이 휘둥그레진 안젤리크가 손으로 입을 가리며 말했다.

"설마 다른 사람이 또……?"

"내가 어젯밤에 비스킷을 모두 먹어 치운 것 같다고 말할 수밖에 없게 돼서 유감이오. 일을 곧바로 시작하고 싶은 마음이 들게 하는데 산들바람이 부는 환한 아침보다 더 좋은 것은 없지요. 그리고 비스킷은 늘 도움이 되지요. 비스킷만 있으면 더 바랄 나위가 없겠는데."

"제가 가서 더 만들게요."

미처 하지 못한 여러 주방 일이 얼마나 쌓여 있을지를 생각하자 배가 뒤틀리는 것 같은 느낌이 든 세스가 잽싸게 퓨터를 지나쳐 가려고 했다.

퓨터가 팔을 잡아 세스를 제지했다.

"세피 군, 오늘은 자네가 나하고 함께 일할 수 있도록 내가 요청을 해 놓았네. 비록 우리는 비스킷 없이 용감하게 살아남아야 하지만 말이야."

세스는 축축하고 추운 아침에 밖에 있는 것보다 다 함께 안으로 들어가서 더 편안하게 있자고 제안하려고 했었다. 햇빛이 아직 어루만지지 않은 서리가 여전히 사방에 있었고, 테라스에 있는 긴 탁자는 한여름에만 사용하는 것이기 때문이었다.

하지만 세스가 자리에 앉았을 때, 의자가 따뜻했다. 심지어 뺨에 부드러운 여름 산들바람이 살랑거리는 것이 느껴지기까지 했다. 세스는 퓨터를 쳐다보았다. 그가 여기를 따뜻하게 만들었을까? 마법을 부린 것일까?

"세스 자네 때문에……."

퓨터가 말을 시작했다.

"내가 잠을 거의 한숨도 못 잤네. 자네가 지난밤에 했던 지극히 인상적인 질문 때문에 말이야."

"죄송합니다, 수사관님."

"스퀴 양!"

안젤리크 스퀴는 이미 정원 쪽으로 몸을 돌리고 있었다.

"당신이 살인 용의자 중 하나라는 사실을 우리가 잠깐 잊고 있어도 될까요? 여기에 있어 준다면 아주아주 감사할 것 같습니다만."

안젤리크가 퓨터에게 화난 표정을 지으며 말했다.

"그 정도는 해 드릴 수 있을 것 같네요. 저한테 원하시는 게 있나 봅니다. 도대체 뭐죠?"

안젤리크의 갈색 눈이 좁아졌다.

"스퀴 양은 모든 사람의 마법 실기 시험에 대해 메모해 놓은 것을 가지고 있다고 어제 말했어요. 선발회에서 선보인 각자의 능력이 정확히 무엇이었는지 알면 무척 흥미로울 것 같군요."

퓨터는 한 잔씩 마시라며 커피를 가득 따라서 건넸다. 세스는 커피 잔 하나를 안젤리크 쪽으로 살며시 밀었다. 안젤리크는 커피 잔을 빤히 내려다보면서 잠깐 망설이더니 아침 이슬 때문에 여전히 축축한 의자에 앉았다.

나이트셰이드가 아침 식사 사냥을 마치고 돌아와 탁자 아래로 슬그머니 들어가는 모습이 세스의 눈에 보였다. 나이트셰이드는 들을 준비가, 배울 준비가 되어 있었다. 세스도 마찬가지였다.

세스는 어제 자신이 말했다는 지극히 인상적인 질문이 무엇이었는지 머릿속을 뒤져 보았다. 하지만 오늘 안젤리크한테 들은 이야기들 때문에 머릿속이 너무 복잡했다.

샐로미어스 박사의 살해자가 마법의 세계에서 온 사람인 것은 분명했다. 선발회에 참가하기 위해 손님으로 여기에 온 사람들 중 한 명.

그런데 호텔에 예전부터 마법이 있었을 수도 있다는 것은 무슨 말일까?

그러고 보니 세스는 정원이 마법 같다고 자주 생각했었다. 물론 실제로 그렇게 믿은 것은 아니었지만……. 

"자네가 한 질문 말이네, 세스. 이 범죄가 마법을 사용했을 수도 있지 않을까요, 하고 물은 질문 말이네."

퓨터의 질문 때문에 세스는 더 이상 생각을 계속할 수 없었다.

"그 질문은 내가 혼자 품고 있던 의문과 거의 똑같네. 그렇지 않다면 이 범죄는 불가능해 보이기 때문이지. 그런데 사실, 세상에 불가능한 범죄라는 건 없네."

안젤리크가 커피를 홀짝 마시고는 생각에 잠긴 듯한 표정으로 고개를 살짝 가로저으며 말했다.

"하지만 범행을 저지를 수 있는 시간이 겨우 5분이었는데, 그 사이에 누군가가 문이 잠겨 있는 방으로 들어왔다고요? 그렇게 하려면 엄청나게 대단한 마법이 필요할 거예요."

문이 쾅 닫히는 소리가 났다. 킹피셔가 성큼성큼 걸어 나오더니 콧수염을 쓰다듬고 녹색 양복을 매만지고는 툴툴거렸다.

"왜 저 녀석이 갇혀 있지 않는 거죠?"

킹피셔는 세스와 안젤리크를 노려보았다.

"게다가 커피까지 마시고 있네요?"

"당신도 커피를 마시기에 너무 늦지 않았다는 것을 말하게 되어 기쁘군요."

퓨터가 대꾸했다.

킹피셔는 세스를 계속 노려보면서 자리에 앉아 커피를 받아 들었다.

퓨터가 말했다.

"자, 지금 우리는 서로 간의 차이점들은 모두 잠시 제쳐 놓자는 점에 동의하고 있습니다. 지금은 정보를 모으는 시간입니다. 먼저, 세세한 점 한두 가지를 살펴보고 싶습니다."

킹피셔가 끙 앓는 소리를 내고는 얼굴을 두 손에 파묻었다.

"자, 스퀴 양은 디저트 바로 옆에 있는 자리에 앉아 있었습니다. 디저트는 마지막 순간에 들어왔지요."

모두 고개를 끄덕였다.

안젤리크가 말했다.

"주요리를 먹은 후에 모두 자신의 마법을 보여 줄 기회를 가졌어요. 나는 그 시간 내내 움직이지 않았어요. 메모를 했지요. 그리고 죄송하지만, 분명히 누구도 나를 지나쳐 가거나 그 식탁 근처에 오지 않았어요. 그러다 디저트 시간이 되었고⋯⋯."

"누가 샐로미어스 박사에게 디저트를 건넸죠?"

퓨터가 물었다.

세스는 안젤리크가 속삭이는 듯한 목소리로 대답할 때 목이 살짝 떨리는 것을 놓치지 않고 보았다.

"저였던 것 같아요."

안젤리크는 머리카락을 흔들어 뒤로 젖히고는 긴 빨간색 손톱으로 탁자를 빠르게 타다닥 쳤다. 그러다 킹피셔에게 또렷하게 말했다.

"그레고리언, 음식이 들어온 후에 식당은 선발회가 열리기 전까지 공식적으로 봉쇄되었고, 그 5분 동안 텅 빈 채로 있었어요. 그때가 바로 독약을 넣은 때일 가능성을 배제할 수 있는지 제가 한번 확인해 봐도 될까요? 식당을 단순히 잠근 건가요, 아니면 마법을 써서 잠근 건가요? 안으로 들어가기가 얼마나 어려웠지요?"

"당연히 마법을 썼지요. 내가 반드시 준수해야 할 기본적인 규정도 잊어버렸다고 생각하는 거예요?"

킹피셔의 입술이 자기에게 질문을 할 권리가 있다고 생각하는 안젤리크를 향해 비죽거렸다.

"그 방은 봉쇄되었어요."

"방 전체에 마법을 걸었나요?"

안젤리크가 계속 다그쳤다.

킹피셔가 머뭇거리며 대답했다.

"아, 좋습니다. 방 전체는 아니었어요."

그는 으르렁거리듯이 말을 이었다.

"문의 잠금장치를 풀 수 없게만 조치했습니다. 자물쇠가 두 개 있었고, 나하고 번 씨가 열쇠를 하나씩 가졌어요. 우리는 모두 5분 후에 다시 들어갈 참이었잖아요. 이게 다 절차대로 한 겁니다. 사람들이 선발회에 자신의 마법을 증명하기 위해 가지고 올지도 모르는 어떤 물건들을 위한 조치입니다. 근처를 배회할 수도 있는 마법을 하지 않는 사람들의 호기심 어린 눈길을 차단해야 하니까요. 일부 마법사들은 자신들의 마법에 대해 또는 아예 마법을 할 줄 모른다는 사실에 대해 보안을 무척 신경 쓰지요. 나하고 번 씨가 문을 다시 열었을 때 잠금장치는 분명히 제대로 작동하고 있었어요."

퓨터가 조심스럽게 기침을 하고는 말했다.

"샐로미어스 박사가 강력한 적들을 가진 정치적인 인물이었다는 사실은 일단 잊어버립시다."

"잊어버리자고요?"

킹피셔가 퓨터의 말을 되풀이하고는 허탈한 웃음을 지었다.

"나는 정치적인 문제는 최대한 잊어버리려고 애쓰지요."

"범죄가 어떻게 저질러졌는지에 집중하는 것이 좋은 출발점이라는 것에 저도 동의해요."

안젤리크가 말하자, 킹피셔가 대꾸했다.

"하지만 오직 주방 보조 소년만이 그것을 저지를 수 있다는 사실을 우리는 잘 알고 있잖아요!"

뒤에서 부스럭거리는 소리가 나더니, 익숙한 냄새인 다림질한 시트와 럼주 냄새가 났다. 세스는 자신의 끔찍한 주인인 번 부인이

다가오고 있으며 자신이 치명적인 실수를 한 것에 대한 대가를 곧 치르게 될 것이라는 것을 직감했다. 난생처음으로 세스는 자신의 할 일을 완전히 손 놓고 있었다.

세스는 의자에서 일어나려고 했지만, 충분히 빠르지 못했다. 번 부인이 철제 덫처럼 의자 뒤를 꽉 붙잡았다. 하지만 손님들에게 말할 때의 목소리는 달콤한 시럽 같았다.

"세스의 태도에 대해 사과드리고 싶어요. 이 아이는 제대로 훈련받지 못한 데다 최근에 일어난 일 때문에 불안한 상태예요. 그래도 자기가 손님들과 한가하게 앉아 있을 처지가 아니라는 것쯤은 틀림없이 알고 있을 거예요."

세스는 번 부인의 앙상한 손가락이 의자 등받이를 잡는 것을 느꼈다. 그녀는 세스가 거의 날아갈 정도로 의자를 뒤로 세게 당겼다.

"도대체 여기서 뭘 하면서 노닥거리는 거야, 이 녀석아!"

번 부인이 럼주 냄새를 세스의 얼굴에 정통으로 풍기며 천둥처럼 소리쳤다.

"손님들이 주방 보조 소년이랑 앉아 있고 싶어 한다고 생각해?"

번 부인은 고개를 돌려 다른 사람들을 향해 딱딱하고 공손한 미소를 지었다.

세스는 또다시 일어나려고 했지만, 꼴사납게 비틀거리다 다시 주저앉고 말았다.

"친애하는 번 부인, 혹시 커피를 좀 더 마실 수 있을까요?"

퓨터가 빈 커피포트를 흔들면서 정중하게 물었다.

번 부인은 고개를 획 돌려 퓨터를 응시했다.

"세스한테 곧바로 가져오게 하겠습니다. 저기…… 사실은, 곧 손님들이 시장하시다고 아침 식사를 찾으실 텐데, 저 주방 보조 녀석이 어제부터 자기 일을 아예 손 놓고 있지 뭐예요. 저희가 조금 급하게 됐습니다."

번 부인은 이제 세스의 손목을 꽉 움켜잡았다. 어찌나 세게 움켜잡았던지 세스는 뼈가 부러질 것이라고 생각할 정도였다.

"그럼 큰 문제가 될 것 같군요, 번 부인. 부인께서 왜 그토록 세스를 주방으로 보내고 싶어 하는지 알겠습니다."

퓨터가 부드럽게 말했다.

번 부인이 세스를 질질 끌고 가기 시작했다.

"부인께서 주방 일꾼 중에 흉악범이 있는 것을 그리도 대수롭지 않게 받아들이는 모습에 저는 감명받았습니다."

번 부인은 세스가 자기 손에 불이라도 지른 듯이 황급하게 잡고 있던 손을 놓았다. 그러고는 겁에 질려 세스를 본 다음 퓨터에게 눈길을 돌렸다. 그의 날카로운 이목구비에 의구심이 번지고 있었다.

퓨터는 어마어마하게 큰 손목시계를 확인하고 있었다.

"세스가 독약을 먹였다고 확신하시는 건가요?"

번 부인이 새된 소리로 물었다.

"어제 수사관님께서 우리 딸에게도 혐의를 두려고 한다는 말을 들었거든요."

"조사가 진행 중입니다. 하지만 현재로서는 다른 사람을 의심할 이유가 전혀 없습니다."

"저는 정말로 주방에 가서 일을 도와야 해요."

세스가 말했다.

퓨터는 머리를 살짝 흔들고는 얼굴을 찡그렸다. 그러고는 킹피서에게 말했다.

"도움을 줄 만한 다른 분이 계시는 것 같은데요."

킹피서는 깜짝 놀란 표정을 지으며 손가락으로 자기 가슴을 가리켰다.

"제가요?"

"아, 참으로 친절하신 제안입니다. 번 부인, 피시핑거 씨께서 가서 도와주실 겁니다. 5분 정도만 기다려 주십시오."

세스는 번 부인이 그냥 총총히 떠나는 것을 보고는 믿을 수가 없었다. 그는 다시 의자에 앉았다. 안젤리크가 그를 보며 미소를 지었다. 그 미소를 보며 세스는 앞으로 닥칠 일이 두려워졌다.

"세스는 마법의 세계에 대해 열심히 공부하는 학생이에요. 세스, 지금이 네가 정신을 집중해 공부했다는 것을 보여 줄 좋은 기회야."

세스는 모두가 자기를 보며 기다리자 얼굴이 화끈거리는 것을 느꼈다.

세스는 작게 기침을 해서 목청을 가다듬고는 말을 시작했다.

"어, 마법은 희귀해요. 하기가 어렵고요. 어둡고 위험할 수도 있어요. 마법은 하나의 책무예요. 왜냐하면 여러 종류의 마법이 있고, 그중에는…… 끔찍한 마법도 있으니까요. 아마도 그런 이유 때문에 마법을 하는 사람이 그리 많지 않은 것 같아요. 제 생각에는."

세스는 머리를 긁적였다.

"나쁘지 않은데, 세스. 네가 정말로 정신을 집중해 공부했다는 것을 알게 돼서 기쁘다."

안젤리크가 말했다.

세스가 퓨터를 보며 말했다.

"수사관님이 품고 있던 의문과 거의 같은 질문을 제가 했다고 말하셨을 때, 수사관님은 마법을 통해 범죄가 저질러졌는지에 대해 생각하고 있었던 게 아니에요. 제 생각에, 수사관님이 생각하고 있었던 것은…… 누가 그것을 할 만큼 충분한 마법 실력을 가졌느냐 하는 문제예요."

퓨터가 활짝 웃었다.

"정확히 맞혔네. 그래서 제가 당신을 수사 선상에 올려놓고 있는 겁니다, 스퀴 양."

퓨터는 두 손을 비비며 말을 이었다.

"계속해 보겠습니다, 스퀴 양. 당신은 기록을 했습니다. 그리고 제 기억에 따르면, 당신은 샐로미어스 박사가 일단의 별로 유망하지 않은 후보들을 평가하기 위해 여기까지 왔다고 말했습니다. 그러니까…… 우리의 후보들에 대한 새로운 정보를 좀 부탁합니다. 그런 정보를 우리가 어떻게 써먹을 수 있는지 한번 봅시다."

안젤리크는 바로 대답하지 않았다. 잠시 빨간색 고급 펜으로 탁자를 탁탁 두드리다가 말했다.

"그들 중 하나가 우리를 속이고 있다고 생각하시는 거예요? 우리가 생각하고 있는 것보다 더 뛰어난 마법 능력을 숨기고? 누군가가 자신의 능력을 속이고 이 선발회에 참여했을 수도 있다고 생각하시는 거예요?"

"그것이 하나의 가능성이라고 말하고 싶군요. 완전 범죄라고 부를 수도 있겠지요. 하지만 다행스럽게도 나는 힘든 일에 도전하는 것을 좋아합니다."

퓨터가 말했다.

# 28
# 다른 방법?

안젤리크가 빨간색 수첩을 꺼내 책장을 펼쳤다.

"마드 백작은 간단한 행복 물약을 들고 나왔어요. '금작화'라고 부르는 무색의 액체를 작은 잔으로 몇 잔 마시면, 행복의 따스한 불빛을 얻고 주변의 모든 사람이 자신의 친구인 것처럼 느껴지기 시작해요."

퓨터가 말했다.

"환상적으로 들리는군요. 인기 좀 끌겠는걸요. 나도 좀 갖고 싶은데."

마드 백작이 다른 물건도 아니고 물약을 만드는 능력으로 실기 시험을 치렀다는 사실에 세스는 허리를 세우고 앉았다. 조짐이 좋은 것 같았다.

"흠……."

안젤리크가 말을 이었다.

"마법적인 능력을 살짝 보여 줬다고 말하고 싶네요. 하지만 마법을 평가하는 것은 믿을 수 없을 정도로 어려운 일이에요."

안젤리크는 한숨을 쉬고는 내쳐 말했다.

"샐로미어스 박사님은 그 일에 뛰어나셨지요."

"페퍼스푸크 교수는 새 전문가예요. 특히 새들과 이야기를 나눌 수 있는 능력이 있어요."

킹피셔가 의자에 앉은 채 앞뒤로 움직이면서 비웃었다.

"나는 당신이 그런 식으로 혐의자들을 하나하나 없앨 수 있을 것이라고 생각하지 않아요. 예를 들어, 세스는 마법을 하나도 할 줄 모르잖아요."

킹피셔는 세스를 향해 그 어느 때보다 적대적인 미소를 지었다.

세스는 우물쭈물하고 있다가 이 문제에 대해 의견을 한번 내 보기로 했다.

"제 생각에는, 번 씨가 예전에 새를 키웠던 것 같아요. 작은 새장을 가지고 계시거든요. 매우 엄격한 '애완동물 금지' 규칙을 가지고 있는 그분한테는 이상한 일이지요. 저는 오늘 아침에 새소리를 모으고 있는 페퍼스푸크 교수님을 도와주었어요. 환상적이었어요."

킹피셔가 오랫동안 뭔가를 탐색하는 표정으로 세스를 바라보다가 고개를 퓨터에게 돌려 거친 목소리로 말했다.

"내 짐작에 트라우트빈은 엉망이었을 같은데요?"

"하지만 트라우트빈 양의 할아버지가 유명한 마법사 아니셨나요?"

세스가 말하자, 안젤리크가 얼굴을 찌푸리며 말했다.

"트라우트빈 양은 중력을 거스르는 가루를 발명했다고 주장해요. 하지만 그것이 사실일 가능성은 거의 없어요."

"그게 뭐예요?"

세스가 물었다.

"중력을 거스르는 가루? 그건 일급 마법이야. 만약 트라우트빈 양이 지금 나이에 그 정도 수준의 마법을 발전시켰다면 믿을 수 없는 일이 될 거야. 마법을 완벽하게 구사하기 위해서는 공부와 노력이 필요해. 아까 너도 그것을 이해했다고 말했잖아."

안젤리크의 말에 세스가 다시 물었다.

"그러니까 마법 가문에서 태어난 사람들도 엘리제에 들어가기 위해 속임수를 쓰기도 한다는 뜻이에요?"

안젤리크는 고개를 가볍게 끄덕였다.

"난 부모가 마법을 한다고 자식이 무조건 마법을 물려받는 것은 아니라고 생각해."

"트라우트빈 양의 경우, 가족의 어떤 마법도 물려받지 못한 것 같다는 사실에 무척 분개하지."

킹피셔가 느릿느릿 말했다.

"그런데 중력을 거스르는 가루를 발명했다는 것을 어떻게 보여 줬지요?"

세스가 날카롭게 물었다.

"트라우트빈 양은 신발에 스프링을 달았어. 딱 봐도 알겠더군."

세스는 글로리아 트라우트빈의 방을 뒤지다가 밑창이 특이할 정도로 두툼한 신발을 발견한 일을 떠올렸다.

답을 찾을 수 있다는 일말의 희망이 스러지고 있는 것 같아 세스는 다시 뇌를 고문하며 골똘히 생각에 잠겼다. 손님들 중 누구도 이번 살인을 해낼 만한 마법적인 능력이 있는 것 같지 않아 보였기 때문이다. 그렇다면 살인은 과연 어떻게 이루어졌을까?

"스퀴 양, 당신은 진실을 밝히는 데 더없이 큰 도움을 주었습니다."

퓨터가 말했다.

"세스, 자네가 나한테 또 하나의 지극히 좋은 질문을 한 것을 잊어버리지 않았기를 바라네. 그리고 스퀴 양이 그 질문에 대한 답도 이제 곧 우리에게 줄 것이라고 믿네. 어젯밤에 선발회 식탁에서 의문의 여덟 번째 사람은 누구였지요?"

## 29
## 여덟 번째 자리

나지막한 수풀에서 부스럭거리는 소리가 들려와 모두의 주의를 끌었다.

세스는 슬그머니 돌아다니고, 이야기를 엿듣고, 자기를 곤경에 빠뜨릴 기회를 찾는 데 극도로 뛰어난 한 사람을 알고 있었다.

세스는 고개를 들어 티파니가 숨어 있는 것 같다고 말해야 하는 것인지 고민했지만, 몇 초 뒤 사방이 잠잠해졌다. 아마도 그냥 새였던 모양이다. 안젤리크가 힘주어 말한 다음 이야기에 세스는 깜짝 놀랐다.

"여덟 번째 자리는 손님을 위한 것이 아니었어요. 우리에게 이곳으로 와서 선발회 모임을 가지라고 초대하고 또 본인도 엘리제에 들어가기 위해 평가받고 싶다고 한 사람이 있었어요."

안젤리크의 말은 세스에게 충격적이었다.

"뭐라고요? 이 호텔에 있는 누군가가 마법을 검증받기를 원했다고요? 여기에 있는 사람이 마법 세계에 들어가기 위해 지원했다고요? 누구예요? 그게 누구예요?"

세스가 따지듯이 물었다.

"허레이쇼 번."

"번 씨? 번 씨가 마법을 할 줄 안다고요?"

이제 보니 번 씨가 그렇게 흥분한 것이 다 이유가 있었다. 그는 사실 만찬에 참석할 계획이었던 것이다. 그리고 마법을 하는 사람들이 여기 라스트 찬스 호텔로 오게 된 것도 바로 그 이유 때문이었다. 그리고 샐로미어스 박사가 독살되었을 때 맨 먼저 도와 달라고 외친 사람이 왜 번 씨였는지도 설명이 되었다. 번 씨는 식당 안에 계속 있었기 때문에 제일 먼저 현장에 모습을 드러낸 것이었다.

낮은 수풀에서 다시 부스럭거리는 소리가 났고, 모두 고개를 그쪽으로 돌렸다. 이번에는 확실했고, 킹피셔가 마지못해 그쪽을 살펴보러 갔다. 하지만 금세 고개를 내저으며 돌아왔다.

안젤리크가 다시 수첩을 보며 말했다.

"세스, 네 의견을 듣고 싶어. 너의 주인에 대해서. 번 씨 말이야."

세스는 번 씨에 대해 아주 많은 의견을 줄 수 있었지만, 그 양반이 얼마나 천박하고 게으른지는 안젤리크의 관심사가 아닌 것 같다고 생각했다.

"그 사람은 꽤 멋진 것을 보여 줬어."

안젤리크가 수첩의 책장을 뒤적이며 말했다.

세스는 귀를 기울여 이야기를 들으면서 점점 더 믿을 수 없다는 생각이 들었다. 번 씨는 속임수를 써서 엘리제에 들어가 도서관 카드를 손에 넣고 멋진 마법 관련 책들에 접근하고 훈련을 받아 마법사가 되기를 희망하는 또 한 명의 사기꾼이 틀림없어 보였다. 인상적인 가짜 마법을 할 방법을 하나 찾아낸 것이 확실한 것 같았다.

"뭘 했는데요?"

세스가 따져 물었다.

"벌레 조각품 두 개로 마법을 부렸어."

"헨리 아저씨의 작품."

세스가 중얼거리고는 말했다.

"그 아저씨는 쉬는 시간에 그런 것들을 조각해요. 번 씨가 그 조각품으로 어떤 마법을 했는데요?"

"소수의 사람만이 가지고 있는 기술을 보여 줬어."

안젤리크는 머리칼의 빨간색 부분에 집게손가락을 넣고 빙빙 돌렸다.

"믿을 수 없는 일이야."

안젤리크는 수첩을 찬찬히 읽어 보고는 얼굴을 잔뜩 찡그리며 말했다.

"그 사람이 어떻게 그것을 했는지는 나도 모르겠어. 만약 그것이 속임수였다면, 정말 대단한 속임수야. 정말로 제대로 된 마법처럼 보였거든."

"헨리 아저씨의 조각품들을 어떻게 했는데요?"

세스는 조각품들을 부수거나 불태웠다는 말을 기대했다. 사람들의 주의를 끌 만한 과격한 무엇인가를 상상했다.

"만약 선발회 직전에 킹피셔가 문에 건 마법을 깨고 식당으로 들어갈 수 있을 정도로 대단한 마법을 부릴 사람이 있다면, 내 생각에 그 사람은 바로 너의 주인이야."

세스는 더 이상 참을 수 없었다.

"정확히 뭘 했냐고요?"

"의인화 마법. 그 작은 조각품들을 움직이게 만들었어. 살아 있는 생물로 만들었다고."

## 30
## 윈터그린과의 원한

페퍼스푸크 교수가 라운지 문에서 나타났고, 그 두 발짝 뒤에서 글로리아가 카디건 소맷자락을 비비 꼬면서 내키지 않는 듯이 발을 질질 끌며 걸어왔다.

"아, 교수님이 우리하고 함께하게 되어 기쁩니다. 제가 커피를 한 잔 드려도 될까요?"

"우리만 빼놓고 언제부터 여기에 있었지요?"

페퍼스푸크 교수가 따졌지만, 퓨터는 이렇게 대꾸했다.

"아니면 혹시 차를 더 좋아하십니까? 그리고 비스킷이 없는 것에 대해 저의 심심한 사과를 받아 주시기 바랍니다. 전적으로 저의 책임입니다."

퓨터는 교수에게 커피를 건넸다.

페퍼스푸크 교수는 마뜩잖은 듯이 가슴을 쭉 내밀었지만, 커피 잔을 받아 들었다.

"우리만 빼고 여기에 있으면 안 되지요."

"살인 사건이 일어났기 때문에 우리는 그렇게 해도 된다고 생각합니다만."

퓨터가 나지막하게 대꾸했다.

세스는 두 사람의 대화를 거의 듣고 있지 않았다. 세상에, 번 씨가 마법을 하다니?

교수는 계속 쌀쌀하게 말했다.

"우리 모두가 용의자인가요?"

교수는 대답을 기다리지 않았다.

"그렇다면 나는 당신이 스스로를 마법사라고 부르는 그 땅꼬마 마술사를 심각하게 살펴보았기를 바랍니다. 다른 사람들이 모두 카드 게임 후에 옷을 갈아입으러 갔을 때, 그는 곧장 샐로미어스 박사를 방까지 따라갔거든요. 두 사람이 말다툼을 벌이는 소리를 내가 들었어요."

"말다툼이요? 무엇 때문에요?"

킹피셔가 못 믿겠다는 투로 물었다.

"내 생각에는 두 사람이 말다툼을 벌일 일이 아주 많은 것 같은데요. 그는 딱 봐도 마법 세계를 등쳐먹을 기회주의자예요. 엘리제의 문이 활짝 열린 마법 세계를 말입니다. 그게 다 샐로미어스 박사와 그 우스꽝스러운 신입 회원 모집 운동 덕분이지요."

"교수님은 샐로미어스 박사님이 엘리제에 가져온 변화의 옹호자 아니신가요?"

안젤리크가 빨간색 수첩을 탁 닫으면서 물었다.

"마법은 마법을 할 줄 아는 사람들의 것이에요."

페퍼스푸크 교수가 가슴을 한껏 내밀며 고압적으로 말했다. 마치 깃털 속에 교수가 살고 있는 것처럼 교수의 옷이 한껏 부풀어 올랐다.

"제대로 훈련도 받지 않고 벼락출세한 사람들로 마법계를 어지럽히다니. 젊었을 때의 토퍼 샐로미어스 박사는 상당히 다른 견해를 가지고 있었지요. 그와 윈터그린 트라우트빈은 더할 나위 없이 가까웠어요. 둘이서 끝도 없이 신나게 장난을 쳤지요. 사람들의 몸을 몇 센티미터나 부풀게 해서 들어왔던 길로 빠져나가지 못하게 했던 그 유명한 도둑 경보 장치도 발명하고. 그래, 당신은 그 건방진 소년을 제대로 조사하고 있나요? 그 아이는 디저트 그릇에 독약을 쉽게 넣을 수 있었을 거예요. 그 아이는 바로 그런 종류의 속임수에 뛰어나니까. 어리고 키가 작다고 우리가 그를 용의자 명단에서 빼 주기를 바라시나요?"

"독약의 경우……."

킹피셔가 느릿느릿 말했다.

"나이와 몸 크기는 별 상관이 없지요."

페퍼스푸크 교수는 몸을 쫙 펴고 결연하게 일어섰다. 그 바람에 그녀의 요란하고 알록달록한 머리카락이 흔들렸다.

"지금 그 말은 글로리아를 염두에 두고……."

세스는 지금이 몰래 빠져나가 주방으로 갈 좋은 때라고 생각했다. 퓨터가 다들 배가 고플 테니 편안한 호텔 라운지로 가서 아침 식사를 기다리자고 제안하는 소리가 들렸기 때문이다.

번 씨가 엘리제에서 한자리를 차지하려고 사람들을 속인 것일까? 아니면 정말로 마법을 부릴 수 있는 것일까?

세스는 번 씨를 찾아서 감시해야만 했다. 자기 주인의 꿍꿍이속을 알아내야 했다.

세스는 아침 식사에는 전혀 관심이 없었기 때문에 주방문으로 슬그머니 다가가서 귀를 기울였다.

"그냥 달걀을 휘저으면 돼, 우리 딸."

번 부인이 말하고 있었다.

"너도 달걀을 휘저을 줄은 알잖아."

"아빠랑 헨리는 왜 도와줄 수 없지요?"

티파니가 툴툴댔다.

"문제는 그 녀석이 어디에 있냐는 거야! 자기만 생각하는 녀석. 도대체 어디에 있는 거야? 살인 혐의로 체포? 그건 개한테 일을 하지 않아도 되는 구실에 불과해."

뭔가 타는 냄새가 났다.

"심지어 세스도 달걀을 휘젓는 건 할 수 있을 거야, 우리 딸. 그 비싼 학교에서 도대체 뭘 배웠니?"

화난 목소리였다.

세스는 주방 문 근처에서 얼쩡거리다 번 부인에게 들켜 일하게 되기 전에 얼른 자리를 떴다. 아무튼 번 씨는 주방에 없었다. 그렇다면 어디에 있을까? 번 씨의 꿍꿍이는 무엇일까?

세스는 손님들이 모여 있는 라운지를 잽싸게 살펴보았다. 모두 서로를 정중하게 대하려고 애쓰는 소리가 들렸다. 하지만 번 씨는 보이지 않았다.

세스는 조용히 그리고 재빨리 자신의 다락방으로 갔다. 나이트셰이드가 마치 시커먼 물웅덩이처럼 몸을 쭉 편 채 잠깐 눈을 붙이고 있었다.

안젤리크는 이 호텔에 마법이 있다고 말했다. 일종의 기형적인 마법. 도대체 번 씨가 어떻게 마법을 부릴 수 있게 되었을까?

세스는 침대 끝에 털썩 앉아 생각에 잠겼다. 그러다 꾸짖듯이 다리를 찌르는 발톱을 느꼈다.

"나 안 자. 수사 중이야."

나이트셰이드가 졸린 목소리로 중얼거렸다.

세스는 나이트셰이드의 보드라운 털을 쓰다듬었다.

그러면서 강렬한 파란 불꽃을 여기저기에 발사하는 안젤리크를 생각했다. 호텔 벽이 위협적으로 우르릉거리는 소리를 내며 반응하는 것 같았던 일도 떠올렸다.

나이트셰이드가 말했다.

"평소처럼 아침 식사를 대접에 놔 줘."

세스는 방에서 가장 긴 벽 쪽으로 팔을 천천히 뻗었다. 그리고 거칠게 금이 간 석회 쪽으로 머뭇머뭇 손가락을 폈다. 여기에 마법이 있을 수 있다는 것이 가능할까? 벽에 진짜로?

세스는 초조하게 손가락을 꼼지락거렸다. 하지만 벽을 만지면 그 목소리가 다시 날 것만 같아 벽에 손을 댈 엄두가 나지 않았다.

"그만 좀 꼼지락거려."

나이트셰이드가 세스의 다리에 다시 잽을 날리면서 쏘아붙였다.

세스는 황급히 손가락들을 뒤로 뺐다.

"넌 집중력을 잃고 있어, 세스. 킹피셔는 여전히 너를 체포하고 싶어 해. 네가 납득시켜야 할 사람이 바로 그 사람이야. 그러려면 다른 사람들 중 한 명에 대해 뭔가를 알아내야 했어. 그 사람들 모두 샐로미어스 박사가 없어졌으면 하고 바랄 만한 이유가 있는 것 같아. 과연 그들 중 누구일까, 세스?"

세스가 나이트셰이드를 쓰다듬으며 말했다.

"번 씨는 어때?"

"늙은 번 씨? 나는 탁자 아래에 있었어. 그가 마법을 한다는 이야기도 들었어. 네가 꼽는 가장 유력한 용의자가 번 씨야?"

"번 씨가 정말로 마법을 하는 것 같아."

세스는 검은 책을 꺼내 다시 책장을 뒤적였다. 그러다 랜턴 같기도 하고 스스로 뿜어내는 강렬하고 아름다운 불에 휩싸여 있는 새장처럼 보이기도 하는 그림을 보고 눈을 반짝였다. 반딧불이 새장. 세스는 이 새장이 아름답다고 생각했었지만, 안젤리크한테서 이것이 무엇인지 알고 싶어 하지도 않을 것이라는 말을 들은 후라 이제는 낯설고 무섭게 느껴졌다. 이 책에 왜 이 그림이 있을까?

"그나저나 번 씨가 어떻게 그것을 했을까?"

나이트셰이드가 준 유일한 대답은 코 고는 소리와 정확히 똑같게 들리는, 깔보는 듯이 그르렁거리는 소리였다.

"이따금 나는 팔을 뻗으면 만질 수 있을 정도로 답들이 아주 가까이에 있다는 느낌이 들어."

세스가 나이트셰이드를 쿡 찌르며 말했다.

"나이트셰이드? 너한테 부탁할 일이 하나 있어. 만약 번 부인의 눈에 띄면 나는 번 씨를 감시할 기회를 잃게 돼."

세스는 아무 생각 없이 책을 침대에 떨어뜨렸다. 이런저런 가능성을 생각하느라 마음이 복잡했다.

"너는 쉽게 번 씨를 감시할 수 있고, 들키지도 않을 거야. 그가 마법을 부릴 수 있는지 알아봐."

"번 씨가 마법을 부리는지 감시하라고."

나이트셰이드가 졸린 목소리로 중얼거렸다.

"좋아."

설사 번 씨가 정말로 선발회에서 마법을 했다고 하더라도, 독약이 어떻게 디저트에 들어갔는지에 대한 답을 알 수 있는 것은 아니었다. 세스는 다시 번 씨를 찾으러 나섰다. 머릿속이 윙윙거렸다. 아직 갈 길이 멀었다.

# 31
# 환상적인 콤비

그러나 세스가 번 씨를 감시하려는 계획을 실행에 옮기기 전에, 퓨터 수사관이 다가와 말을 걸더니 샐로미어스 박사가 묵었던 방으로 그를 데려갔다.

문이 끽 소리를 내며 열렸고, 생기가 없게 느껴지는 방이 모습을 드러냈다. 샐로미어스 박사가 세스의 손에 금화를 쥐어 준 후로 이 방은 적막하고 아무도 손을 대지 않은 상태였다.

세스는 바로 어제 여기에 서 있었을 때 샐로미어스 박사가 보여 준 친절을 기억하고 있었다. 목에서 덩어리가 올라오는 느낌이 들었다. 차 냄새가 희미하게 남아 있었다. 찻잔 두 개가 오랜 친구 둘이 이야기를 나누었던 작고 반들반들한 탁자 위에 여전히 놓여 있었다.

퓨터는 주머니를 뒤져 어마어마하게 큰 돋보기를 꺼내서 문을 검사했다.

"지문을 확인하시는 거예요?"

세스가 기둥이 네 개 있는 커다란 침대로 가는 퓨터에게 물었다. 침대 옆에는 단정하게 닫혀 있는 샐로미어스 박사의 가방이 놓여 있었다.

"아, 지문."

퓨터는 고개를 내저었다.

"들어는 봤지. 아주 기발한 것 같더군. 나는 괜히 골치만 아픈 것이라고 생각하네만."

세스는 방을 가로질러 가서 찻잔에 남아 있는 찌꺼기들의 냄새를 맡아 보았다. 샐로미어스 박사가 죽은 채 누워 있던 식당에서 맡았던 잊을 수 없는 자극적인 냄새가 나기를 기대했던 것이다. 하지만 찻잔 중 하나에는 차가 조금 남아 있었고 다른 찻잔에서는 스피어민트로 추정되는 허브 냄새만 났다.

퓨터는 침대에 몸을 쭉 뻗고 누워 보았다. 큼지막한 침대였지만 키가 180센티미터가 넘는 퓨터의 두 다리가 침대 끝으로 나와 대롱거렸다. 그는 침대 옆 탁자에 놓여 있던 책을 들어 책장을 이리저리 넘겼다.

세스는 그 책이 엘리제 도서관에서 빌린 마법의 책일 수도 있다고 기대했지만, 애거사 크리스티의 추리 소설이었다. 추리 소설은 번 부인이 가끔 다 읽고 세스에게 주곤 해서 세스도 좀 읽어 보았다. 『스타일스 저택의 괴사건』. 어떤 사람이 살해된 후, 서로를 보면서 다음에는 누가 살해될 것인지 궁금해하는, 뭐 그런 이야기였다.

"제 도움이 필요하다고 하셨지요?"

"그래, 꼭 필요하네. 우리는 단서들을 찾고 있네. 구체적으로, 샐로미어스 박사가 여기에서 실제로 무엇을 했는지에 대한 단서를 우리에게 남겨 놓았기를 바라고 있네."

"박사님은 선발회에서 심사를 할 계획이었지 않나요?"

"그 일을 하려고 여기에 왔다고 말했지."

퓨터가 말했다.

"하지만 사람들이 언제나 진실을 말하는 건 아니지. 안 그런가?"

퓨터는 세스를 가만히 바라보았고, 세스는 죄진 것처럼 보이지 않으려고 무척 애쓰면서 퓨터를 쳐다보았다. 세스는 온갖 것을 물어보고 싶었다. 예를 들면, 번 씨가 마법을 하는 것에 대해 퓨터가 어떻게 생각하는지 같은 것. 하지만 안젤리크나 말을 하는 벽처럼 비밀로 해야 할 것들을 말하지 않고서는 그런 질문들을 하기가 어려웠다. 안젤리크는 디바이노스코프로 호텔에 있는 마법을 조사하고 있다는 것이 일급비밀이라고 했었다.

"자네는 스퀴 양하고 꽤 친한 것 같더군."

퓨터가 불쑥 뱉은 말에 세스의 생각이 끊겼다. 세스는 방금 자기가 안젤리크를 생각하고 있었던 것을 퓨터가 꼭 아는 것 같아서 깜짝 놀랐다.

"스퀴 양이 여기에서 무엇을 하고 있는지 자네한테 사실대로 털어놓던가?"

"사실대로요?"

세스는 안젤리크와 그녀의 지팡이를 떠올렸다. 안젤리크가 무슨 말을 했던가? 파동에 대해 세스가 이해하지 못하는 말들을 했었다. 그리고는 입도 뻥긋하지 말 것을 약속하라고 했고, 이 호텔에서 마법을 발견했다고 했다. 하지만 안젤리크는 아무것도 설명해 주지 않았다. 그것은 샐로미어스 박사의 조수로서는 매우 이상한 행동이었다. 왜 마법을 찾고 있었던 것일까? 그리고 전에 한 번도 본 적이 없는 마법이라는 말은 또 무슨 뜻이었을까?

세스는 퓨터의 옅은 파란색 눈을 빤히 보면서 자기도 모르는 사이에 침을 꿀꺽 삼키면서 자신이 여전히 혐의를 받고 있다는 사실을 새삼 깨달았다. 퓨터의 반짝이는 파란색 눈이 조금 어두워지는 것이 보였다. 세스는 그런 눈빛의 변화를 보면서 자신의 모든 생각을, 자신이 감추려고 노심초사하는 모든 것을 퓨터는 읽을 수 있다는 느낌이 들었다.

지팡이를 들고 여기저기 부지런히 돌아다니고, 파란 불꽃을 내뿜고, 세스에게 침묵을 약속하게 한 안젤리크. 그녀는 또한 세스가 반딧불이 새장에 대해 들어본 적이 있다고 무심결에 말했을 때 그를 거의 없애 버릴 뻔했다. 세스는 사악한 마법 도구들에 대해 알고 있다는 것을 털어놓아서는 안 될 것 같았다.

"자네는 안젤리크 양이 자네한테 말해 준 것을 모두 믿지? 안 그런가?"

세스는 잠시 생각해 보았다.

세스는 안젤리크를 전혀 신뢰할 수 없다는 사실을 떠올렸다.

세스는 너무 오랫동안 대답을 하지 않음으로써 벌써 답을 준 것이나 다름없게 되었다. 퓨터는 높다란 창문을 통해 조각조각 보이는 하늘처럼 환한 옅은 파란색 눈으로 세스를 빤히 보고 있었다.

"스퀴 양이 저한테 레드 발레리언에 대해 말해 줬어요, 수사관님. 만약 그 사람이 잘 알려진 샐로미어스 박사님의 적이라면, 그냥 체포하시면 되지 않나요?"

"안젤리크가 자네한테 그 말을 했군. 맞아, 레드 발레리언을 잡아들이는 것이 좋은 계획일 수 있지. 그는 매지콘에게 골칫거리였던 사람이지. 사실, 골칫거리인 정도가 아니지. 추종자들을 모아 가장 많은 사망자를 낳은 불미스러운 일을 초래한 사람이니까."

퓨터는 세스가 불편하게 몇 초 동안 가만히 바라보았다.

"하지만 그를 잡아들이는 데 큰 장애가 하나 있네. 그의 정체에 대한 단서가 하나도 없네. 심지어 어떤 사람들은 그가 실제로 존재하는 사람이 아니라고 믿고 있어. 말하자면 아이들을 겁주기 위해 만들어 낸 이름 같은 것이라는 거지."

퓨터는 샐로미어스 박사의 가방 옆에 쪼그리고 앉아 잠금장치를 연 다음 안을 조심스럽게 살펴보았다.

"자네가 마법의 역사에 대해 아주 잘 배우고 있는 것에 나는 감동했네, 세스. 나는 자네의 생각에 관심이 많아."

"제 생각이요?"

세스는 무슨 말을 해야 할지 열심히 생각했다. 도움이 될 만한 말을 찾아야 했다.

"샐로미어스 박사님의 정책······, 그것 때문에 일종의 전쟁이 일어났어요. '그 사건'이라고 부르는 사건, 맞지요? 그 일 때문에 마흔두 명의 마법사가 폭발공포실종자가 되었고요?"

"맞네, 슬프게도 그게 사실이네."

세스는 발바리 그림이 있는 액자를 들어 뒤를 살펴보는 퓨터를 지켜보았다. 그러면서 퓨터가 훌륭한 탐정이 맞는지 궁금했다. 이런 의문이 든 것은 처음이 아니었다. 세스는 여기에서 나가 번 씨를 지켜보면서 자기 말고는 퓨터만이 존재한다고 믿고 있는 것으로 보이는 단서들을 찾고 싶어 몸이 근질거렸다.

"샐로미어스 박사님은 도제가 될 자격이 있는 사람들을 찾고 있었어요."

세스가 조심스럽게 말을 이었다.

"그런데 누구나 반드시 선발회를 거치도록 했어요. 심지어 엘리제의 일원이 될 자격이 있다고 생각하는 마법 가문 출신 사람들까지도요. 그분한테는 적이 많았어요."

"맞는 말이야. 샐로미어스 박사 때문에 숟가락을 구부리는 정도만 간신히 할 줄 아는 괴짜들에게 마법 세계의 문이 활짝 열리게 되었다고 평가하는 말들이 나왔지. 지금 마법사들의 세계는 암흑기야. 자, 나의 수색 작업 좀 도와주게."

세스는 주위를 둘러보았다.

"문제는, 수사관님, 호텔 객실에는 물건을 숨길 만한 곳이 별로 없다는 것입니다."

"문제는……."

퓨터가 베개들을 들어서 살펴보고 침대 아래를 들여다보면서 말했다.

"지난밤에 내가 여기를 수색하고 나서 모두 자러 갔을 때 누군가가 여기에 있었다는 거네."

세스는 주변을 유심히 살펴보고는 이어 퓨터를 보았다.

"그 사람이 나보다 찾는 일을 더 잘하지 않기만 바랄 수밖에. 좋아, 세스. 이제 나는 자네만 믿네. 내가 빠뜨리고 안 본 곳이 어디지?"

세스는 다시 주변을 둘러보았다. 방은 전혀 손대지 않은 것처럼 보였고, 어디에서부터 시작해야 할지 알 수 없었다.

"음……, 누군가가 이 방에 왔었다는 것을 어떻게 확신하시죠?"

"내가 어제 밤늦게까지 수색한 후에 설치해 놓았던 마법의 물건 때문이겠지?"

퓨터는 돋보기를 꺼내 카펫을 살펴보았다.

"그런데 누군가가 그것을 무사히 통과했더군."

"그걸 어떻게 아시죠?"

"지문은 내 능력 밖이지만, 나도 나만의 작은 방법들이 있다네."

퓨터는 또다시 돋보기로 뭔가를 보고 있었지만, 세스는 그 모습을 지켜보면서 자신이 돋보기라고 생각한 그것이 정말로 물건을 확대해서 보는 돋보기인지 의심이 들었다. 퓨터는 돋보기를 뭔가 다른 용도로 쓰는 것 같았다.

"그것 역시 마법 도구인가요? 샐로미어스 박사님이 발명하셨을 법한 물건 말이에요."

"이게 마법의 물건일 수도 있지만, 여전히 누가 이 방에 왔었는지는 나한테 말해 주지 못하고 있어."

퓨터의 목소리가 커지더니 뜻밖에도 화가 난 것처럼 들렸다.

"자, 지금 우리가 여기에서 얻은 것은 누군가가 마법 물건을 통과할 아주 기발한 방법을 찾아냈다는 증거야. 누군가가 호텔을 상당히 자유롭게 돌아다니면서 원하는 것을 뭐든 하고 가지 말아야 할 장소에 들어가고 있어. 그리고 내가 아주 싫어하는 것이 하나 있다면, 그것은 바로 나의 적수가 나보다 한발 앞서 있는 거야. 그가 찾고 있는 물건을 손에 넣기 전에 우리가 먼저 찾아내야 해."

세스는 퓨터가 침대부터 가방까지 샅샅이 수색하는 모습을 지켜보았다. 퓨터는 심지어 그림들 뒤까지 살펴보았다. 도대체 무엇을 찾을 수 있을까? 도대체 무엇을 찾고 있는 것일까?

세스는 자신이 이 방에 있는 샐로미어스 박사인 것처럼 상상하면서 정신을 집중했다. 만약 퓨터의 말이 맞는다면, 박사는 급하게 숨길 필요가 있는 뭔가를 가지고 있었다. 그것이 아직도 발견되지 않았다는 것은, 작은 물건이라는 뜻이었다. 도대체 어떤 물건일까?

"옷장 위를 살펴보지 않으셨어요, 수사관님."

"아니, 살펴봤네."

"하지만 이 옷장은 꼭대기에 홈 같은 것이 파여 있어요. 제가 여기 먼지 청소를 해 보아서 알아요. 가끔 거기에 물건들이 박혀 있더라고요."

퓨터는 펄쩍 뛰듯이 옷장으로 가서 꼭대기의 한쪽 끝에서 다른 쪽 끝까지 꼼꼼하게 손으로 더듬어 보았다. 이내 그가 소리쳤다.

"아!"

퓨터의 손가락에 무언가가 닿았다. 한 손에 쏙 들어갈 정도로 작은 물건이었다.

세스는 코가 퓨터의 손바닥에 거의 닿을 정도로 고개를 앞으로 내밀었다. 퓨터가 주먹을 펼쳤고, 둘은 함께 손바닥에 놓여 있는 물건을 가만히 내려다보았다. 작고, 짧고, 가늘고, 약간 울퉁불퉁하고, 긁힌 자국이 조금 있고, 색깔이 옅은 물건이었다.

이게 무엇일까?

"작은 동물의…… 뼈 같은데요."

맨 먼저 떠오른 생각은 갓난아기의 손가락뼈였지만, 세스는 굳이 그것을 말하고 싶지는 않았다.

"평소에 여기에 있는 물건인가?"

세스가 고개를 가로저으며 대답했다.

"절대 아니죠. 제가 청소를 하는데, 노리 번 부인은 청소에 대한 기준이 무척 엄격해요. 더구나 VIP 고객에 대해서는 거의 난리를 피우서서, 뭐든 먼지를 두 번씩 떨게 하고, 심지어 문 위까지 청소를 시켜요. 이것은 분명히 샐로미어스 박사님이 오시기 전까지는 여기에 없었어요. 박사님이 거기에 둔 게 확실해요. 그런데 이게 뭐죠? 중요한 물건인가요? 겉모습만 봐서는 전혀 중요한 것 같지 않은데요. 색깔도 옅고 조금 울퉁불퉁한 게, 나뭇가지나 뼈 같은데요."

"이게 틀림없어. 샐로미어스 박사가 숨긴 물건이. 다른 누군가가 찾고 있었던 물건이."

"이거라고요?"

"샐로미어스 박사가 라스트 찬스 호텔에 온 것도 바로 이것 때문이야."

두 사람은 작고 색깔이 옅은 나뭇가지 같은 물건을 가만히 들여다보았다.

조금 더 자세히 보니, 긁힌 자국처럼 보이는 것이 사실은 정성스럽게 조각한 상징이나 문양인 듯도 했다. 하지만 그것이 물건의 정체를 아는 데에 도움이 되지는 않았다.

퓨터가 목청을 가다듬고 말했다.

"내 생각에는 열쇠 같네."

"열쇠요?"

퓨터는 깊은 생각에 잠긴 표정으로 말을 이었다.

"샐로미어스 박사가 여기에 온 진짜 목적은 뭔가를 잠그려고 했다는 뜻이야. 아니면 뭔가를 열거나……."

퓨터는 왼쪽 귀를 긁적였다.

"무슨 아이디어 없나, 세스?"

세스가 뭐라고 대답을 하기 전에 귀를 찢을 듯한 비명이 공기를 반으로 갈랐다.

## 32
## 방에 나타난 유령

세스와 퓨터는 비명이 들려오는 곳으로 쏜살같이 뛰어갔다. 던스터-던스터블과 마드 백작이 뒤따라왔다. 2층 복도에 다다랐을 때 둘은 거의 나란히 뛰고 있었다. 네 사람이 모두 글로리아 트라우트빈의 방에 도착했을 때, 페퍼스푸크 교수가 글로리아를 진정시키려고 애쓰고 있었다.

"놀라운 뉴스가 있어요."

페퍼스푸크 교수가 목소리를 낮추고 나지막이 말했다.

"우리는 샐로미어스 박사님으로부터 연락을 받는 특별 대접을 받았어요."

"무슨 뜻이오? 연락이라니?"

마드 백작이 물었다.

킹피셔가 사람들을 밀치고 앞으로 나아갔다.

"교수님께 편지를 썼나요? 왜 살해됐는지에 관해서? 저한테 보여 주십시오. 편지를 보여 주세요."

페퍼스푸크 교수는 손을 머리 위로 올려 손사래를 쳤다.

"그런 종류의 연락이 아니에요."

교수는 옆으로 비켜서더니 팔꿈치로 겁먹은 글로리아를 밀어 앞으로 내보냈다.

"말해 드리렴, 글로리아."

사람들이 자기 쪽을 몰려오자, 글로리아는 흰 양말을 위로 당기고는 똑바로 일어섰다.

"박사님이 떠나신 후에 보내온 연락이에요."

글로리아가 놀라울 정도로 자랑스러운 목소리로 말했다. 달덩이 같은 얼굴은 홍조를 띠고 있었다.

"제 방 귀퉁이에서 어슴푸레한 형체를 봤어요."

"잠깐만."

킹피셔가 눈을 가늘게 뜨며 말했다.

"이 중요한 연락이 유령으로부터 온 것이라고?"

페퍼스푸크 교수가 슬픈 표정을 짓고 고개를 끄덕이며 말했다.

"박사님은 해결하지 못한 문제가 있어서 유령으로 떠돌고 있는 게 분명해요."

"지금 해결하지 못한 문제를 갖고 있는 것은 그분이 아닌데."

킹피셔가 중얼거렸다.

글로리아 트라우트빈이 몸을 곧추세우고는 말했다.

"제 방에 영혼이 나타났어요. 혼령, 나는 그것을 본 거예요."

글로리아 얼굴이 보기 싫은 진홍색을 띠었다.

"그리고 너한테 말을 걸었고?"

킹피셔가 도저히 못 믿겠다는 듯이 말했다.

잠시 침묵이 흐른 후 글로리아가 말했다.

"정확히 그런 것은 아니에요."

"그것이 샐로미어스 박사님이었다고 어떻게 확신할 수 있지?"

어디에선가 나타난 안젤리크가 물었다.

"분명히 그분을 봤니?"

"아, 여기에서 떠돌고 있는 혼령이 그분이 아니면 누구겠어요?"

"그러니까 그 유령이……, 그것이 무슨 말을 했니?"

킹피셔가 또다시 조롱하는 투로 말했다.

페퍼스푸크 교수의 옷의 깃털이 곤두섰다.

"그분은 글로리아를 찾아온 거예요. 우리가 다시 한번 시도해서 그분이 말씀하시고 싶은 것이 무엇인지 알아내야 해요."

"그분이 말씀하시고 싶은 것이 뭔지 저는 이미 알고 있는 것 같아요."

글로리아가 말했다.

"자신의 살해범을 밝히는 것?"

던스터-던스터블이 흥분한 표정으로 물었다.

글로리아는 고개를 저었다.

"그것보다 더 중요한 거예요."

킹피셔가 마드 백작을 보며 말했다.

"이 모든 일에 대해 어떻게 생각하십니까?"

마드 백작은 지금까지 이 작은 방에서 다른 사람들 뒤에 조용히 있었다. 그는 잠시 생각에 잠긴 듯한 표정을 짓더니, 사람들을 뚫고 앞으로 나아가 얼굴이 빨갛게 상기된 글로리아 앞에 섰다.

마드 백작이 글로리아의 손을 잡았다.

"나는 이것이 엄청난 뉴스라고 생각해. 중요한 돌파구라고. 그분이 정말로 뭔가 말을 하려고 했니?"

"그냥 어슴푸레한 형체만 보였어요. 그러고는 곧바로 사라졌어요."

"그런데 확실히 샐로미어스 박사였다는 거지? 키 작은 노인."

킹피서가 조롱하는 투로 말했다.

글로리아가 킹피서를 향해 얼굴을 찌푸렸다.

"회색 그림자 같았어요. 하지만 샐로미어스 박사님일 수밖에 없잖아요. 안 그래요?"

글로리아는 광택이 나는 검정 구두로 다시 발을 굴렀다.

"내가 여러 번 말했잖아요. 그분은 우리 가족과 깊은 인연이 있다고."

"나타난 곳이 어디야?"

안젤리크가 묻자, 글로리아는 방 한쪽 귀퉁이를 가리켰고, 모두 그곳을 바라보았다. 검정 옷을 입고 뚱한 얼굴과 못마땅하다는 듯한 눈을 가진 여자의 실제 크기 초상화가 눈에 확 띄는 곳이었다. 세스는 도대체 어떤 사람이 자신의 움직임을 모두 지켜보고 있는 얼굴 아래에서 잠을 잘 수 있을지 궁금해했고, 다른 모든 사람에게도 같은 생각이 떠올랐을 것이라고 짐작했다.

"저 그림을 보면 누구든 겁을 먹겠네."

마드 백작이 차분하게 말하고는 뒤로 물러섰다.

하지만 안젤리크는 그림 액자를 빙 둘러 손으로 만져 보고 심지어 뒤를 살펴보기까지 했다.

"그 형체가 정말로 방에 있었니?"

"그냥 초상화에 겁을 먹었던 게 아니에요."

글로리아가 방어적으로 말했다.

안젤리크는 초상화 표면을 손으로 쓱 문질러 보았다. 세스는 안젤리크가 디바이노스코프로 그림을 검사해 보고 싶어 죽을 지경이라는 것을 알았지만, 사람들이 이렇게 많은 상황에서는 감히 할 수 있는 행동은 아니었다.

페퍼스푸크 교수가 흥분하며 마드 백작 쪽으로 몸을 기울였다.

"이것은 글로리아의 마법에서 가장 흥미진진한 발전이에요. 우리가 이 아이의 능력을 검증해 볼 것을 제안합니다. 다시 박사님과 접촉할 수 있는지 보자고요."

"무슨 뜻입니까?"

킹피서가 끼어들었다.

"우리는 샐로미어스 박사님과 이야기를 나눌 필요가 있어요. 교령회(산 사람들이 죽은 이의 혼령과 교류를 시도하는 모임)를 제안합니다."

## 33
## 비밀

킹피셔가 웃음을 터뜨렸다. 글로리아 트라우트빈의 얼굴빛이 분노가 서린 고르지 않은 진홍색에서 파리한 흰색으로 변했다.

"저는 어리고, 마법의 힘이 충분히 잘 발달되어 있지 않을 수도 있어요. 하지만 저는 오래된 마법 가문 출신이에요. 저는 여러분을 깜짝 놀라게 할 수석 마법사에 대한 사실들을 아주 많이 이야기해 드릴 수 있어요."

글로리아가 두 눈을 번뜩이며 야무지게 말했다.

"그분이 왜 나랑 이야기하고 싶은지 나는 알아요. 그분은 사과를 하고 싶었을 거예요."

마드 백작이 고개를 돌려 물었다.

"무엇에 대해?"

글로리아는 이제 새된 소리로 말했다.

"지금은 다들 제 말에 귀를 기울여야 할 때예요. 샐로미어스 박사님이 저한테 온 이유는 제가 박사님의 비밀을 알고 있기 때문이에요."

"비밀?"

마드 백작이 물었다.

글로리아는 몸을 돌려 사람들을 향해 마구 손가락질을 했다.

"제 할아버지께서는 이 시대의 가장 기발한 마법 도구 중 하나를 발명하셨어요. 그런데 샐로미어스 박사님께서 할아버지를 속여 그 공을 가로채셨어요."

"너무 많을 것을 말하지 마렴, 얘야."

페퍼스푸크 교수가 나지막이 말하고는 마드 백작과 킹피셔에 둘러싸여 있는 글로리아 쪽으로 다가갔다.

"이제 됐어요, 페퍼스푸크 교수님. 교수님의 조언을 듣는 것도 이제 지겨워요. 교수님은 저한테 우스꽝스러운 구두를 신게 했어요."

글로리아는 몸을 돌려 발을 쿵쿵 굴렀다.

"교수님은 늘 간섭만 하고, 제가 선발회를 통과해 엘리제에 들어갈 능력이 없다고 믿고 있어요. 하지만 죽은 사람을 보는 것이 제 마법의 힘이에요. 그리고 저는 누가 저를 속이고 저의 마법적 재능을 인정받는 일을 자기 공으로 차지하도록 가만히 있지 않을 거예요."

"말조심해라."

페퍼스푸크 교수는 그렇게 말했지만, 다른 사람들은 오히려 교수를 제지했다.

"어떤 비밀이야?"

안젤리크가 물었다.

"그래, 말해 봐."

다린더 던스터-던스터블이 재촉했다.

글로리아는 주위를 둘러보고는 자기 두 손을 모아 꼭 잡았다. 눈은 번뜩이고 있었다.

"아, 이제야 다들 내 말에 귀를 기울이시네요."

페퍼스푸크 교수가 앞을 가로막고 있는 마드 백작의 팔 아래로 엿보면서 말했다.

"이분들이 굳이 그런 이야기까지 들을 필요는 없을 것 같구나, 얘야."

글로리아는 페퍼스푸크 교수의 말을 무시하고 말을 이었다.

"여러분 모두 샐로미어스 박사님과 우리 할아버지 윈터그린 트라우트빈이 젊었을 때 절친한 친구였다는 유명한 이야기를 아실 거예요. 모두들 기발한 발명품들을 비웃었지요. 애들 장난감 같다고. 하지만 여러분은 두 분이 결별한 진짜 이유를 아시나요?"

글로리아의 눈이 실눈이 될 정도로 좁아졌고, 얼굴에는 의기양양한 미소가 피어올랐다.

"이건 끔찍한 이야기예요."

글로리아는 잔뜩 뜸을 들였다.

"샐로미어스 박사님, 다들 너무도 완벽하게 경탄할 만한 분이라고 말하시죠. 자, 이제 그분이 실제로 어떤 분이셨는지 모두 알 때가 왔어요."

"안 돼, 글로리아!"

페퍼스푸크 교수가 소리치면서 글로리아에게 가려고 했다. 하지만 마드 백작이 교수를 가로막으며 말했다.

"우리는 이야기를 들어야 할 것 같군요."

"그게 비밀인 것은 다 이유가 있어서 그래."

페퍼스푸크 교수가 화난 말투로 나직하게 말했다.

"저의 할아버지와 샐로미어스 박사님은 마법 도구를 하나 발명하셨어요."

글로리아가 고소하다는 듯이 페퍼스푸크 교수를 무시하면서 말을 이었다.

"그런데 샐로미어스 박사님은 두 분이 만든 것이 결국 무엇인지, 그것의 사악한 힘이 얼마나 끔찍한지를 깨닫고는 겁이 났어요. 그런데 그 도구가 사라져 버렸어요. 토퍼 샐로미어스 박사님은 우리 할아버지가 그것을 훔쳐서 돈을 벌기 위해 팔았다고 비난했어요. 우리 할아버지는 끝내 자신의 결백을 입증하실 수 없었어요."

글로리아는 몸을 더욱더 곧추세우고는 낮은 목소리에 거창한 말투로 말했다.

"이 일 때문에 할아버지는 가슴이 무너졌어요. 샐로미어스 박사님은 고귀하고 유서 깊은 트라우트빈 가문의 이름에 먹칠을 한 책임을 영원히 지셔야 할 거예요."

이제야 몸을 자유롭게 움직일 수 있게 된 페퍼스푸크 교수가 글로리아를 붙잡고는 말했다.

"정말 죄송합니다. 글로리아가 누워서 쉴 수 있도록 하는 게 좋을 것 같아요."

교수는 다른 사람들을 모두 문 쪽으로 쫓으려고 했고, 그들은 마지못해 움직이면서도 눈길은 글로리아에게 붙박고 있었다.

"자기가 무슨 말을 하는지도 모르고 하는 말들이에요."

"나는 안 누워도 돼요."

글로리아가 교수의 손아귀에서 빠져나오려고 꼼지락거리며 말했다.

"그리고 나는 내가 무슨 말을 하는지 잘 알고 있어요."

"그런데 그게 뭐지?"

마드 백작이 문 앞에서 멈춰 서서 물었다.

"토퍼가 발명했고 나중에는 두려워했다는 그 도구가 뭐야?"

"백작님은 가장 절친한 친구가 그렇게 사악하고 그토록 무시무시한 것을 발명한 책임이 있다는 것을 모르셨군요. 마법사 세계에서도 괴기할 정도로 사악한 발명품 중 하나인데. 백작님의 대단하신 샐로미어스 박사님은 반딧불이 새장을 발명하셨어요."

## 34
## 그분이 무엇에 맞서 싸웠는지
## 우리 모두 알고 있다

"그건 터무니없는 거짓말이오."

걸걸한 목소리가 글로리아의 충격적인 진술로 인해 흐른 무거운 침묵을 깼다. 모두 고개를 돌려 마드 백작을 보았다. 큰 충격에 휩싸여 순간적으로 얼어붙어서 아무 표정도 짓지 못하는 얼굴들 사이에서 고통스럽게 일그러진 마드 백작의 흉터 있는 얼굴이 도드라져 보였다.

"토퍼는 결코 그 지옥 같은 도구를 발명하지 않았소이다. 그는 결코 그럴 사람이 아니오. 그는 마법의 오용에 반대해서, 모든 종류의 사악한 마법에 반대하며 맞섰다오. 그 모든 것에 맞서 싸웠단 말이오."

퓨터가 마드 백작의 등을 다독거리며 말했다.

"우리 모두 그분이 무엇에 맞서 싸웠는지 알고 있어요, 볼도. 그분이 얼마나 위대한 사람이었는지 우리 모두 잘 알고 있습니다."

"이었는지?"

백작이 힘없이 말했다. 그러고는 안젤리크에게 고개를 돌려 말했다.

"당신은 박사 가까이에서 일했소, 스퀴 양. 그는 가장 친절하고 가장 너그러운 사람이었소. 그렇지 않소? 마법을 하는 사람들이 마법을 최대한 잘 활용하도록 만드는 것, 마법을 선한 힘으로 사용하는 것, 그것이 그의 삶의 신념이었소. 그는 그 끔찍한 도구를 발명할 수 있는 사람이 아니란 말이오."

백작은 흥분하며 두 손을 내둘렀다.

"글쎄요. 솔직히 말해서, 그 두 분이 젊은 시절에 치명적인 힘을 가진 끔찍한 물건을 발명하지 않았다고 누가 말할 수 있을까요?"

퓨터가 위로의 말을 하려는 듯이 부드럽게 말했다.

"위대한 마법사 중 아무나 한 명 대 보세요. 그럼 내가 그 사람의 비밀을 말해 줄 테니. 젊었을 때 잘못된 길을 가는 것은 종종 위대함의 씨앗이 되기도 합니다."

오랫동안 긴장하고 있던 세스는 순간 웃음을 터뜨리고 싶었다. 하지만 애써 그 욕구를 누르고 기침으로 가려야만 했다.

마드 백작이 말했다.

"그가 사악한 물건들을 발명했던 시절도 있었다는 것이 사실이라고 생각하는 거요? 그가 이 극악무도한 일을 했다고, 그 혐오스러운 반딧불이 새장의 발명자라고 믿는 거요?"

"제 생각에는……."

안젤리크가 신중하게 말했다.

"선한 마법은 사악한 마법의 강력한 유혹을 거부하는 것을 의미합니다, 마드 백작님."

"어느 누가 젊으면서 동시에 현명할 수 있겠습니까?"

퓨터가 밝은 목소리로 말했다.

"일찍이 실수를 저지른 사람은 나이에 비해 현명하게 된다, 이런 말도 있지 않습니까, 볼도?"

퓨터는 다시 마드 백작의 등을 다독거리며 내처 말했다.

"그분의 사악한 과거에 대해 누가 신경이나 쓰겠습니까?"

세스는 마드 백작의 얼굴을 쳐다보았다. 친구의 죽음으로 인한 상실감으로 피곤해 보였던 얼굴이 벗에 대한 끔찍한 비난을 들은 지금 더욱더 초췌해 보였다.

세스가 마드 백작에게 말했다.

"좀 앉으셔도 될 것 같은데요, 백작님. 호텔 라운지로 가시는 건 어떨까요? 제가 차를 준비하겠습니다."

퓨터가 세스를 힐끔 보면서 좋다는 뜻으로 고개를 끄덕였다.

세스는 이 자리를 뜰 수 있는 구실이 생겨서 기뻤다. 그렇지만 샐로미어스 박사의 과거가 사악했다는 비난에 대해 무슨 말을 하는지 듣고 싶기도 했다.

그러나 세스는 번 씨를 감시해야 하는 일을 잊지 않고 있었다. 그리고 문득 글로리아가 비명을 질렀을 때 번 씨가 뛰어오지 않았다는 사실을 깨달았다. 도대체 그는 어디에 있는 것일까?

그리고 나이트셰이드는 잘하고 있을까? 번 씨가 마법사인지 아니면 사기꾼인지 알아내는 일에 진척이 있을까? 세스한테 말해 줄 만한 어떤 것을 알아냈을까?

세스는 차가 조금 늦게 나와도 라운지에 있는 누구도 눈치채지 못할 것이라고 판단했다. 그에게는 시간이 조금 필요했다. 지금 나이트셰이드는 어디에 있을까? 다시 침대로 가서 자지 않고 열심히 추격 중이면 좋으련만.

세스는 살금살금 로비를 지나 안내 데스크 옆에 섰다. 안내 데스크 뒤에는 예쁜 노란색 드레스를 입고 있는 소녀가 그려진 태피스트리(여러 가지 색실로 그림을 짜 넣은 직물로 벽걸이나 가리개 따위의 실내 장식품으로 쓴다)가 있었다. 그리고 태피스트리 뒤에 번 씨의 작은 서재로 가는 비밀 통로가 있었다.

혹시 지금 번 씨가 서재에 있을까? 세스는 번 씨가 거기에 앉아 마법에 관한 책을 꼼꼼히 읽고 몰래 주문을 연습하는 모습을 상상해 보려고 애썼다. 지금 서재로 들어가면 그 모습을 확인할 수 있을까? 언젠가부터 번 씨는 도통 모습을 보이지 않았다.

세스는 안내 데스크 뒤로 살금살금 가서 서재에서 사람 기척이 나는지 확인하기 위해 귀를 기울였다.

잠시 후, 세스는 태피스트리를 옆으로 젖히고는 내부를 볼 수 있을 정도로만 빠끔히 작은 문을 열었다. 방은 완전히 깜깜했다. 이곳은 누구도 들어갈 수 없는 곳이었다. 세스도 지금 엿보고 있는 곳에서 더 가까이 가 본 적이 없었다. 세스는 번 씨가 늘 이곳에 몰래 숨어서 신문을 뒤적이고 낮잠을 자면서 최대한 한가하게 하루를 보낸다고 짐작했었다.

그런데 번 씨가 최근에 이곳에서 마법을 하는 방법을 남몰래 찾아낸 것일까?

"너는 주방에 있어야 하는 것 아니야?"

세스 뒤에서 타박하는 소리가 들렸다.

세스는 화들짝 놀라 뒤를 돌아보았다. 럼주 냄새가 섞인 번 부인의 숨결이 뺨에 훅 끼쳤다. 세스는 번 부인이 야단을 칠 겨를도 없이 잽싸게 주방으로 뛰어갔다.

하지만 주방 앞까지 온 다음에는 마지못해 터벅터벅 걸어갔다. 이제 사건을 조사할 시간을 어떻게 낸단 말인가? 번 씨를 어떻게 찾는단 말인가? 세스는 나이트셰이드가 자기보다는 운이 좋기를 바라는 수밖에 없었다.

그런데 바로 그때 번 씨가 보였다.

바로 눈앞에 있었다. 넋이 나간 듯이 싱크대 앞에 서서 어마어마하게 높이 쌓인 그릇들을 느릿느릿한 동작으로 설거지를 하고 있었다.

세스는 고개를 푹 숙인 채로 찻잔들과 눈에 띄는 것 중 제일 큰 찻주전자를 챙긴 다음 자기 주인을 힐끔힐끔 보면서 그가 비밀스럽게 마법을 연습해 온 것에 대해 어떻게 이야기를 꺼낼 수 있을지 궁리했다. 헨리의 작은 벌레 조각품들을 어떻게 살아나게 했을까? 세스는 진실을 알고 싶은 마음이 굴뚝같았지만, 번 씨로부터 어떻게 진실을 캐낼 수 있을지 막막했다.

속임수가 틀림없었다. 심지어 안젤리크마저 속일 정도로 훌륭한 속임수. 하지만 그마저도 번 씨가 해냈다는 것이 좀처럼 믿기지 않았다. 어떻게 그것을 했을까?

세스는 손잡이가 달린 주전자에 우유를 가득 담고 쟁반에 그릇들을 모두 모으면서 머릿속에 있는 모든 것을 다시 한번 점검해 보았다. 그리고 모든 것을 설명할 수 있는 답을 찾으려고 애썼다.

세스는 번 씨를 쳐다보았다. 정말로 마법사냐는 질문이 목구멍까지 올라왔다. 그런데 비눗물에 반쯤 잠긴 접시 하나에 일정한 간격으로 반복해 비누칠을 하는 번 씨의 얼굴이 너무도 축 처져 보였다. 세스는 지난 세월 동안 자신을 부려 먹은 게으른 남자 대신에 강력한 마법사의 모습을 그려 보려고 정말로 노력했다.

"아, 세스. 손님들이 많아서 말이야."

번 씨가 비눗방울을 묻히며 이마를 훔치면서 말했다.

"그 사람들이 늙은 박사님을 정말로 네가 독살했다고 믿는 건 아니지? 그렇지? 그 사람들이 너를 잡아가려고 하는 건 아니지?"

"모르겠어요. 제가 모르는 게 너무 많아요. 이 호텔 자체가 하나의 미스터리인 것 같다는 생각이 들 정도예요."

세스는 큼지막한 찻주전자와 찻잔들 그리고 우유 주전자를 쟁반에 올려 복도로 들고 나갔다. 그러면서 문득 자신이 한 말이 안젤리크가 맨 처음부터 했던 말과 거의 똑같다는 사실을 깨달았다. 모든 답이 이곳에, 이 호텔에 있다는 말. 심지어 선발회에 참가할 사람들이 호텔에 오기도 전부터 답이 있었다는 말. 그리고 세스가 틀림없이 모든 답을 가지고 있다는 말.

하지만 세스는 답을 알지 못했다. 전혀 알지 못했다.

세스가 로비로 가는데, 계단 꼭대기에서 사람의 형체가 움직이고 있는 것이 보였다. 세스는 라운지에 있는 나직한 탁자에 쟁반을 내려놓자마자 다시 밖으로 나가 조용히 계단을 올라갔다.

# 35
# 아직 펼쳐지지 않은 비극을 지켜보며

세스는 어둑한 공간에 서서 가만히 지켜보았다.

안젤리크가 2층 복도를 따라 지나가면서 그림들을 하나하나 재빠른 손길로 만져 보고 있었다. 세스는 어둑한 곳에서 지켜보면서 파란빛이 복도를 밝힐 때마다 넋을 잃을 정도로 매료되었다. 안젤리크가 빨간 수첩을 꺼내 뭔가를 적으면서 얼굴을 찡그리는 것이 보였다.

"세스. 이 그림들에 대해 뭐 해 줄 말 없니?"

안젤리크가 수첩에서 눈을 떼지도 않은 채로 물었다.

"어……, 나는……."

세스는 당황해하며 어둑한 곳에서 나왔다. 복도 끝에 있는 그림 속의 현란한 모자를 쓴 여인이 세스를 향해 활짝 웃고 있었다.

"나는 아무것도 몰라요. 정말로 아무것도 몰라요. 그런데 지금 뭘 하고 있어요? 그림들이 관계가 있다고 생각하는 거예요? 뭐든."

세스는 어설프게 말을 맺었다.

"좋은 질문이야, 세스. 너는 그림들이 연관성이 있다고 생각해?"

"살인 사건하고요?"

"음, 나는 둘이 연관성이 있을 수도 있다고 생각했어."

안젤리크는 입술을 깨물며 얼굴을 찡그렸다.

"여기에는 뭔가 이상한 것이 있어. 내가 이해하지 못하는 무엇인가가."

안젤리크는 수첩을 빨간색 핸드백에 넣고 지팡이의 은색 뚜껑을 딸깍 닫았다.

"내가 너한테 계속 말했잖아. 너는 스스로 깨닫고 있는 것보다 더 많은 답을 가지고 있다고."

안젤리크가 갈색 눈을 위협적으로 번뜩이며 세스에게 가까이 다가왔다.

"너 혹시 모든 것을 너 혼자 알고 있는 게 더 좋겠다고 생각하는 건 아니지? 내가 그걸 잘 모르겠단 말이야."

세스는 목을 문질렀다. 지난번에 자신이 아무것도 알지 못한다고 털어놓았을 때 안젤리크가 지팡이 끝으로 목을 누른 일이 떠올랐기 때문이다. 반딧불이 새장에 대해 말했을 때 일어난 일이었는데, 세스는 지금 또다시 그것을 언급할 수밖에 없었다. 이제 세스는 반딧불이 새장에 대해 너무도 절실하게 알고 싶었다. 반딧불이 새장이 정확히 무엇일까? 그 말만 나오면 왜 모두들 그토록 두려움을 보이는 것일까?

안젤리크는 샐로미어스 박사가 예전에 발명가였다고 말했고, 킹 피셔는 샐로미어스 박사가 예전에 윈터그린 트라우트빈과 함께 발명을 했다고 확인해 주었다.

하지만 샐로미어스 박사가 정말로 끔찍한 마법 도구 발명가였을까? 그 발명품은 도대체 어디에 쓰는 물건일까?

"글로리아가 언급했던 그 반딧불이 새장……, 샐로미어스 박사님과 글로리아의 할아버지가 발명했다는 것……, 그것이 정확히 어디에 쓰는 것인데 그렇게 무서워하는 거지요? 지금 나한테 말해 줘야 해요. 반딧불이 새장의 정체가 정확히 뭐죠? 왜 다들 그렇게 충격을 받지요?"

안젤리크가 빠르게 숨을 들이마시는 소리가 들렸다. 하지만 적어도 이번에는 단지 그것을 언급했다는 이유로 치명적으로 보이는 파란 불꽃을 세스에게 퍼붓지는 않았다. 하지만 세스는 잔뜩 긴장하고 있었다.

"그건 감옥이야. 마법사를 감옥에 넣는 방법 중 특히 잔인한 방법이지."

안젤리크가 세스에게 조용히 말하고는 지팡이의 은색 꼭지를 열었다.

"마법사들의 몸은 안에 갇히지만 여전히 자유로운 것이 하나 있어. 바로 그들의 마법이야. 세스, 이건 끔찍한 거야. 마법사를 반딧불이 새장에 가두어도 누군가가 그 사람의 마법에 접근할 수 있다는 뜻이니까."

세스는 그렇게 하는 것이 정확히 왜 그토록 끔찍한 것인지 이해하기 어려웠지만, 반딧불이 새장이 마법을 하는 사람들의 마음에 공포심을 들게 한다는 것은 분명히 알 수 있었다.

그런데 지금 세스를 진짜 곤혹스럽게 만드는 것은, 그 반딧불이 새장이 왜 검은 책에 실려 있느냐 하는 것이었다.

찻주전자를 다시 채우기 위해 라운지로 간 세스는 퓨터와 마드 백작, 킹피셔가 자신을 올려다보는 모습으로 보아 그들이 뭔가 중요한 문제를 논의하고 있었다는 것을 알 수 있었다.

안젤리크가 세스를 뒤따라 라운지로 와서 낮은 탁자 주변에 모여 있는 푹신한 안락의자 중 하나에 앉았다. 라운지가 무거운 우울함에 짓눌려 있는 것 같아 세스는 분위기를 조금 밝게 하기 위해 난롯불을 새로 피우는 것이 좋겠다고 생각했다.

퓨터가 말했다.

"트라우트빈 양이 우리에게 교령회를 제안했습니다. 나는 그것이 너무나 멋진 아이디어라고 말하지 않을 수 없군요. 한 시간 뒤 식당에서, 어떻습니까? 킹피셔 씨, 필요한 준비를 좀 해 주실 수 있을까요? 좋습니다!"

킹피셔는 달가워하는 눈치가 아니었지만, 자리에서 일어나서 퓨터가 말한 바를 하러 갔다.

"내 느낌으로는, 만약 샐로미어스 박사의 죽지 않은 영혼이 호텔을 배회하고 있다면, 우리가 그것을 찾아낼 수 있을 것입니다."

퓨터가 긴 손가락들로 탁자를 툭툭 치면서 뭔가를 곰곰이 생각하는 듯이 말했다.

"그렇게 하면 많은 것이 밝혀질 것입니다."

마드 백작이 고개를 격하게 끄덕이며 말했다.

"이 끔찍한 미스터리와 난장판을 정리하는 데 도움이 된다면, 뭐든 좋소이다."

백작은 이마의 땀을 닦았다.

익숙한 작은 발자국 소리가 들려와 세스는 긴장했다.

티파니가 빛나는 피부에 환한 미소를 지으며 라운지로 들어왔다. 모두들 고개를 돌렸고 세스는 뭔가 나쁜 일이 일어나리라는 것을 알았다. 세스를 떨게 만드는 느리고 사악한 미소로 나타나면 늘 그랬으니까.

"여러분께 보여 주고 싶은 것이 두어 가지 있어요. 보시면 흥미진진하다고 생각하실 거예요."

티파니가 천진하게 미소를 지으며 말했다.

"이게 도움이 될지 잘 모르겠어요. 도움이 되면 좋겠는데요."

무엇이 자신에게 다가오고 있는지 세스가 짐작도 하기 전에, 티파니는 세스의 검은 책을 모든 사람이 지켜보는 탁자 위에 툭 던졌다.

# 36
## 길버트의 엄청 신 피클

 세스는 검은 책을 우두커니 바라보았다. 눈앞에 떡하니 놓여 있었다. 세스는 다른 사람이 책을 집기 전에 획 낚아채고 싶은 충동과 싸워야만 했다. 당장이라도 누가 그 책을 집어 든다면, 살구 진미 조리법과 반딧불이 새장의 그림을 보게 될 것이었다.
 티파니가 세스 쪽을 쳐다보았다. 얼굴에는 경멸감과 승리감이 야비하게 뒤섞인 표정을 짓고 있었다. 게다가 손에는 세스가 아는 다른 물건을 들고 있었다. 세스는 평생 모은 돈이 들어 있는 오래된 '길버트의 아주 신 피클' 병이 마치 슬로 모션처럼 요란한 소리를 내며 탁자 위로 데구루루 구르다가 바닥으로 떨어져서 깨지는 모습을 그저 지켜볼 수밖에 없었다. 동전들이 카펫으로 와르르 쏟아졌다.
 티파니는 전에도 세스의 방에 들어온 적이 있었다. 세스는 티파니가 자기 방의 비밀 장소를 알고 있는 것에 놀라지 않았다. 이제 그가 모아 둔 보잘것없지만 소중한 재산이 쏟아졌고, 모두 그것을 보러 왔다. 킹피셔조차 세스가 수치스러워하는 장면을 일부러 보러 오기라도 한 것처럼 이미 로비에 돌아와 있었다.

티파니는 몸을 숙여 눈에 띄는 동전 하나를 집더니 높이 들었다. 동전이 빛에 반짝였다.

세스가 샐로미어스 박사에게서 받은 금화였다. 티파니는 금화를 킹피셔에게 던졌다.

"이게 뭐지?"

킹피셔가 다그쳤다.

"팁이요."

세스가 부루퉁하게 답했다. 세스는 목덜미에서 불편하게 땀이 송골송골 돋는 것을 느꼈다.

"접시 닦이한테 팁으로 금화를?"

티파니가 비아냥거렸다.

"샐로미어스 박사님이 주신 거예요."

세스가 조용히 말했다.

"차를 가져다드린 사례로요."

번 부인이 킹피셔에게서 동전을 받아 찬찬히 들여다보았다.

"이건 금화야. 이게 얼마나 비싼 건지 아니? 금화를? 차를 가져다 줬다고?"

번 부인은 미간을 찌푸려 뾰족한 얼굴을 더욱더 악의에 찬 표정으로 만들었다.

킹피셔가 동전을 다시 가져가서 묘기를 부리듯이 손가락들 위로 굴리면서 퓨터 쪽으로 몸을 돌렸다.

"세스가 거짓말을 멈추지 않네요. 그렇죠?"

티파니가 세스를 쳐다보았다. 세스는 티파니의 뺨에 가로로 난 작은 상처에서 짙은 빨간색 피가 조금씩 흘러나오는 것을 볼 수 있었다. 어쩌다 상처가 난 것일까?

세스는 검은 책 쪽으로 조금씩 다가가고 있었다. 누가 반딧불이 새장의 그림을 보기라도 하면 그는 곤경에 빠지게 될 것이었다. 그가 마법에 대해 전혀 모른다는 것을, 그리고 그가 전에는 한 번도 샐로미어스 박사에 대해 들어본 적도 없다는 것을 누가 믿어 주겠는가?

"여러분 모두 이게 뭔지 아시죠?"

동전을 돌려받으면서 티파니가 상냥하게 말했다.

"저는 아무래도 세스가 이걸 샐로미어스 박사님한테서 훔친 것 같아요. 얘가 동전을 훔쳤고 샐로미어스 박사님이 그를 도둑이라고 밝히려 했던 게 틀림없어요. 뭔지 아시겠지요?"

티파니는 득의양양한 눈빛을 번뜩이며 개가 짖는 소리 같은 가증스러운 웃음을 터뜨렸다.

"이제 세스가 왜 샐로미어스 박사님을 죽였는지 알았어요! 박사님이 세스의 도둑질을 폭로하는 것을 막기 위해서 그랬던 거에요."

"저는 훔치지 않았습니다."

세스는 누가 읽기 전에 저 검은 책을 손에 넣어야 했다.

하지만 세스가 무엇을 하려고 하는지 티파니가 눈치챘다. 티파니는 세스보다 책에 더 가까이 있었고, 세스보다 한발 앞서 몸을 날렸다.

"그리고 여기 이건 뭘까요?"

티파니가 비웃으며 진홍색 실로 간신히 엮여 있는 넝마 같은 검은 책을 집어 들었다.

티파니가 팔을 뻗을 때, 세스는 얼굴에 난 상처처럼 손등에도 작은 핏방울이 새어 나온, 옆으로 길게 할퀸 자국이 오선지처럼 새겨져 있는 것을 보았다. 누군가와 싸움을 한 것 같은데……, 세스가 아는 한 그렇게 긴 상처를 낼 만한 상대는 하나뿐이었다.

세스는 몸속에서 끓어오르는 분노를 느꼈다.

"내 고양이한테 무슨 짓을 한 거야?"

세스는 진실을 알아내기 위해 몸싸움이라도 하려는 듯이 몸을 거의 던지려는 자세로 이를 악물고 말했다.

하지만 티파니는 벌써 책장을 넘기고 있었다. 눈은 승리의 기쁨으로 빛났고, 이상한 손 글씨로 쓴 메모와 끼적거려 놓은 것 중에서도 최악의 것들을 골라 소리 내어 읽기 시작했다. 이제 이야기를 듣고 있는 사람들 모두에게 세스가 그 책을 처음 보았을 때부터 알았더라면 좋았을 사실이 명백해졌다. 즉, 이 책에는 사악한 마법에 관한 글들이 담겨 있다는 사실.

"우, 이게 뭐야. 반딧불이 새장이라고 불리는 것의 그림이 있다니, 굉장한데. 이건 아주아주 못된 마법인 것 같던데. 세피, 이것에 대해 뭐라고 할래?"

세스는 티파니가 이 순간을 얼마나 즐기고 있는지를 얼굴 표정에서 읽을 수 있었다.

"반딧불이 새장이라고?"

킹피셔가 눈썹을 치키며 책을 바라보았다.

"내 고양이한테 무슨 짓을 한 거야?"

세스가 다시 소리쳤다.

티파니의 매혹적인 파란 눈이 가늘어졌다.

"걱정하지 마. 내가 알아서 처리했으니까. 이제 더 이상 그 지저분한 동물을 위해 주방에서 도둑질을 하지 않아도 될 거야, 세피."

"또 어떤 사악한 마법의 물건들을 감추고 있는 거냐? 주머니 속에 있는 것 모두 꺼내 봐."

킹피셔가 윽박질렀다.

세스의 요리사복에는 주머니가 많았다. 정원에서 자라는 허브를 발견하면 캐서 모아 두는 가죽 주머니들도 있었다. 세스는 이 주머니들과 함께 끈 뭉치와 종이칼과 작은 손전등을 탁자 위에 올려놓았다. 그리고 감자 깎는 칼. 이 칼은 세스가 옷 주머니에 넣어 두고 잊어버리고 있었던 것이다. 그리고 엄청나게 많은 버섯. 그런데 가장 큰 옷 주머니 중 하나를 손으로 더듬다가 뭔지 모를 이상한 물건을 하나 발견했다.

세스는 그 물건을 꺼내서 눈살을 찌푸리며 보다가 그게 어디에서 온 것인지 기억해 냈다. 페퍼스푸크 교수가 등나무에서 떨어졌다고 말한 이상한 견과였다.

세스가 그 견과를 쥐고 있는데, 손가락에 뜻밖의 것이 만져졌다. 뚜껑이었다. 이제 보니 이 견과는 액체를 담을 수 있는 작은 병이었다. 세스는 어리둥절했다.

세스는 견과를 킹피셔에게 건넸고, 킹피셔는 뚜껑을 열었다.

향기가 새어 나왔다. 세스는 그 향기를 맡자마자, 샐로미어스 박사의 비극적 죽음을 보았던 끔찍한 순간이 떠올랐다. 바닥에 쓰러진 사람의 형체를 둘러싼 충격 받은 사람들의 얼굴. 그리고 그 냄새. 세스가 죽음과 연결 짓고 있는 바로 그 냄새.

페퍼스푸크 교수는 세스에게 견과로 위장한 병을 준 것이었다. 세스는 이제야 왜 교수가 그것을 더 조심스럽게 처리하라고 말하면서 윙크를 했는지 이해가 되었다.

페퍼스푸크 교수는 세스가 던진 견과가 등나무에 걸린 줄로 알았던 것이다. 그러니까 세스가 그것을 잘 감추도록 도와주려고 했던 것이다.

세스는 뭔가 자신을 변호하는 말을 하려고 입을 뗐지만 아무 말도 나오지 않았다. 결의에 찬 킹피셔의 눈빛으로 보아, 그도 이 물건이 정확히 무엇인지 알아낸 것 같았다. 그런데 세스와 킹피셔 둘 중 누가 먼저 말을 꺼내기 전에, 검은 책에서 빛줄기가 뿜어 나왔다. 눈이 멀 정도로 밝은 빛이라 세스는 눈을 돌려야 했다. 빛줄기는 갑자기 나타났던 것처럼 갑자기 사라졌다. 마치 세상에서 가장 밝은 손전등이 켜졌다 꺼진 것 같았다.

그런데 세스의 눈에 여전히 밝게 빛나고 있는 뭔가가 보였다. 전에는 아무것도 없던 책등에 빛나는 글씨가 보였다.

킹피서는 책을 떨어뜨렸고, 안젤리크가 재빨리 가서 책을 집어 들고는 얼굴을 책에 바싹 대고 소리 내서 읽었다.

"'위치 라치트'라고 쓰여 있어요."

안젤리크는 답을 기다리는 듯이 세스를 쳐다보았다. 하지만 세스는 아무 답도 가지고 있지 않았다. 아예 무슨 뜻인지도 몰랐다. 안젤리크가 그 글귀를 읽자마자, 벽에서 낮게 속삭이는 듯한 소리가 울렸고, 그 소리 때문에 방 전체가 흔들리는 것 같았다. **위치 라치트.**

"방금 뭐였죠?"

티파니가 휘둥그레진 눈으로 두리번거리며 물었다.

이제 모두들 세스를 바라보고 있었다. 세스는 아무것도 모른다는 말만 중얼거렸다. 티파니가 달려가 안젤리크에게서 책을 홱 낚아채고는 재빨리 책장을 넘겼다. 이내 티파니의 눈이 득의양양하게 빛났다.

"이런, 이런, 이런, 이거 진짜 흥미진진하네요. 조리법인데……, 이게 뭘까요? 살구 진미! 세피, 설마 네가 그 살구 요리를 이 책에서 보고 한 것은 아니겠지? 샐로미어스 박사님이 그걸 드시자마자 쓰러져 사망하신 것이 놀랄 일이 아니네. 그런데 세스, 너도 생각해 봐. 너는 너의 죄를 나한테 뒤집어씌우려 했어."

## 37
## 제대로 된 마법을 부리는 사람

세스는 뒤집은 양동이 위에 앉았다. 다시 벽장에 갇혔다. 그는 헝클어진 머리를 두 손으로 움켜쥐었다. 모든 것이 끝났다. 누명을 벗을 기회가 있을까? 그리고 나이트셰이드는 도대체 어떻게 되었을까?

세스는 토할 것만 같았다. 그의 유죄는 너무도 명백해 보였다. 수갑을 채워 세스를 데리고 가겠다는 킹피셔의 소망이 이루어질 날이 정말로 멀지 않은 듯했다. 이 모든 것이 단지 일련의 오해일 뿐이고 자신은 정말로 어떤 죄도 짓지 않았다는 세스의 말을 아무도 믿지 않으리라는 것은 확실했다.

이제 어떻게 해야 할까?

세스가 매달릴 수 있는 유일한 것은 그가 살인을 하지 않았다는 사실뿐이었다. 다른 사람의 범행이었다. 그는 그게 누군지 알아내고 증명해야만 했다.

세스가 답을 알고 있을까? 지금쯤은 그래야만 했다. 하지만 그게 정말 중요하기는 할까? 세스는 절망적으로 생각했다. 벽장에 갇혀 있는 지금 도대체 무엇을 증명할 수 있겠는가?

세스는 모든 사람이 하는 말을 귀 기울여 들었었다. 지금도 번 씨에 대해 생각하고 있다. 그가 어떻게 그토록 인상적인 마법을 할 수 있는 방법을 찾았을까? 그것은 여전히 미스터리였다. 안젤리크는 맨 처음부터 세스가 답을 가지고 있다고 말했었다. 그는 바로 지금 답이 필요했고, 이미 시간이 없었다.

'생각을 해, 세스. 생각을.'

로비를 가로질러 가는 발걸음 소리가 약하게 들려왔다. 세스는 문에 귀를 대고 친숙한 목소리를 듣기를, 그의 고양이가 무사하다는 신호를 듣기를 바랐다. 나이트셰이드가 적어도 자기 한 몸은 잘 건사한다는 것을 알고 있어서 세스는 그나마 마음이 놓였다.

티파니가 그녀의 어머니와 함께 로비를 걸어가며 나누는 대화가 멀리서 들려왔다.

"아빠는 마법사예요."

세스는 도자기 같은 티파니의 얼굴이 결의에 차 찡그려지는 모습을 그릴 수 있었다.

"그런데 나한테는 아무도 말해 줄 생각도 안 했다니."

"아빠는 마법사가 아니야, 우리 딸."

"생각이 없어요? 내가 마법사가 되고 싶어 할 거라고 아무도 생각 안 했어요?"

티파니가 씩씩거리며 말했다.

"내 말은……, 엄마는 정말로 그렇게 머리가 나빠요?"

"얘야, 솔직히 말해 줄 게 아무것도 없어. 그건 불가능한 일이야, 우리 딸."

둘의 소리가 멀어졌고, 세스는 티파니가 화를 내는 것이 놀랍지 않다고 생각했다. 번 씨가 헨리의 나무 조각품들을 살아 움직이게 할 능력이 있다는 것을 처음 알게 되었을 때부터 세스는 티파니가 그 사실을 알게 되면 어떻게 나올지 궁금했었다. 만약 이 근처에 마법의 힘이 있다면 티파니는 그게 자기 것이어야 한다고 생각할 것이었다.

모든 것의 핵심은 마법이었다. 퓨터는 뛰어난 마법을 구사하는 어떤 사람이 자신의 실력을 속이고 선발회에 몰래 참가했을 것이라고 말했다. 계획을 세우고 온 사람. 마법을 건 문을 통과할 수 있는 능력이 있는 사람.

안젤리크는 여기 호텔에 이미 마법이 있다고 말했다. 기형적인 마법. 자기가 이해할 수 없는 마법, 안젤리크는 그렇게 말했다. 샐로미어스 박사가 여기에 오기 오래전부터 그 마법이 있었다는 수수께끼 같은 말도 했었다. 그렇다면 답이 무엇일까?

번 씨는 조각품들을 살아나게 하는 방법을 찾아냈다. 정말로 번 씨가 그 믿을 수 없는 마법을 한 것일까? 아니면 그냥 속임수였을까? 혹은 우연히 그렇게 된 것이었을까? 안젤리크는 확실히 마법이라고 믿었다.

세스로서는 도저히 이해할 수 없는 일이었다. 하지만 세스는 이제 그것을 어떻게든 이해가 되도록 만들어야 했다.

퓨터는 샐로미어스 박사가 라스트 찬스 호텔에 그저 선발회의 최종 후보들을 보러 온 것이 아니라 뭔가 다른 이유가 있다고 했다. 샐로미어스 박사한테 다른 비밀 용건이 있다는 터무니없는 주장이었다. 퓨터는 또 옷장 꼭대기에서 발견한 작은 마법의 뼈가 미스터리 전체를 푸는 결정적인 단서라고 확신하고 있었다.

세스는 다시 두 손으로 머리를 움켜잡았다. 그 뼈는 전체 그림에서 어디에 들어맞는 것일까? 이따금 퓨터는 괴상할 정도로 자기만의 생각에 빠져 있는 것처럼 보였고, 이따금 정말로 능력 있는 수사관이기는 한 건지 의심스러웠다.

누가 박사를 살해할 수 있었을까? 누가 식당으로 들어올 수 있을 정도의 마법 능력을 가졌을까? 이 문제가 바로 핵심이었다.

누가 진정한 마법사일까?

어떤 사람이 마법을, 제대로 된 마법을 부리는 것을 세스가 직접 목격한 적이 있었던가?

'생각을 해, 세스.'

바로 그 순간, 흐릿하던 그림이 초점이 맞혀지는 것처럼 여러 일들이 또렷해졌다.

세스는 안젤리크의 지팡이 끝에서 강렬한 파란 불꽃이 뿜어 나오는 것을 보았다. 세스는 안젤리크가 자랑처럼 위험한 지팡이를 쓰는 법을 보여 주고 자신의 목에 지팡이를 들이댔을 때부터 그녀가 마법을 부리고 있다는 사실을 알았었다.

안젤리크는 친구인 척하면서 세스로 하여금 자신에 대한 비밀을 지키도록 유인했다.

어떻게 세스는 그렇게 어리석었을까? 어떻게 그렇게 철석같이 믿었을까?

그래서 세스는 처음부터 바로 알아차렸어야 하는 것을 제대로 보지 못했다. 여기에서 누가 가장 마법사다운 사람인지 세스는 정확히 알고 있었다. 절대로 번 씨는 아니다. 아주 확실한 사람이 있었다.

터무니없을 정도로 명백했다. 바로 안젤리크였다.

제3부

# 38
## 슬라이싱 강의

세스는 아무 증거도 없이 킹피셔나 퓨터에게 갈 수는 없는 노릇이었다. 만약 그들을 납득시킬 가능성이 없다면, 그들은 세스가 자신을 구하려고 아무 말이나 한다고, 아무것이나 지어낸다고 생각할 것이다. 도대체 어떻게 하면 안젤리크의 허를 찌를 수 있을까? 모든 것을 자백하도록 만들 수 있을까?

세스가 안젤리크가 어떻게 자신을 가지고 놀고 속였는지에 대해 한창 분노하며 곱씹고 있는데, 벽장 밖에서 작은 목소리가 들렸다.

"괜찮니, 세스?"

세스가 할 수 있는 것은 안젤리크에게 곧바로 소리를 지르지 않는 것뿐이었다.

"난 괜찮아요. 이곳에서 벗어나고 싶다는 소망이 이루어질 것 같아요. 다른 사람이 한 일에 누명을 쓰는 것. 그게 내가 잘하는 일이에요. 누가 한 짓인지는 모르지만 그게 누구든 잘 살아가길 바랍니다."

"날 도와줘야 해, 세스."

이제 목소리가 조금 더 또렷하게 들렸다. 문 쪽으로 조금 더 가까이 다가온 게 틀림없었다. 안젤리크가 도움을 청한 건 처음이 아니었다. 그러나 세스는 이제 더는 바보처럼 속지는 않을 것이다.

"이곳은 아주 오래된 곳이야."

안젤리크가 계속 말했다.

"진짜 비밀이 가득한 곳이야. 이제 거의 다 왔어. 하지만 모든 것을 속속들이 알아내야만 해. 세스?"

"내가 왜 도와야 하죠?"

세스가 분노를 담아 내뱉었다.

"계속 나한테 거짓말을 하고 나를 속였잖아요."

안젤리크가 머뭇머뭇했다.

"나도 어쩔 수 없었어."

"안젤리크, 이제 나도 알아요. 무슨 일이 벌어지고 있는지."

세스가 이를 악물고 내쳐 말했다.

"그동안 날 얼마나 비웃었어요?"

긴 침묵이 흘렀다.

"세스, 네가 힘든 상황이란 건 알아. 하지만 날 도와줄 거지? 중요한 일이야."

안젤리크가 소곤대듯이 말했다.

"너 말고는 아무도 없어."

"내가 뭘 할 수 있는데요? 난 갇혀 있어요. 아무튼 난 돕고 싶지 않아요. 혼자 잘해 보세요. 그리고 다시는 본인의 계획에 나를 이용하지 마세요."

"안, 안 도와준다고? 하지만 난 너를 도와주고 싶어."

"난 샐로미어스 박사님을 죽인 사람을 돕고 싶지 않아요. 조금도요."

세스는 이 말을 할 생각이 아니었지만 이미 나와 버렸다. 다시 긴 침묵이 흘렀다. 세스는 완전히 기회를 놓쳤고 안젤리크가 가 버렸다고 생각했다. 그는 영리하고 조심스럽게 안젤리크가 다 말하도록 유도할 생각이었는데, 그만 화를 참지 못하고 다 망쳐 버린 자신을 책망했다.

그런데 긴 침묵 끝에 안젤리크가 말했다.

"어디서부터 시작해야 할지 정말 어렵네."

너무 낮게 속삭여서 세스는 겨우 들을 수 있었다.

"하지만 그분이 돌아가셨다는 사실."

안젤리크가 훌쩍거리는 소리가 들렸다.

"네 말이 맞아. 다 내 탓이야."

안젤리크는 잘못을 인정했다.

왜 그런지는 모르겠지만 세스는 전혀 승리감이 느껴지지 않았다. 이내 발소리가 들렸고, 안젤리크는 떠났다. 세스는 기분이 그전보다 전혀 나아지지 않았다.

누가 그를 믿어 주겠는가?

한참 후 다시 발소리가 들렸다. 세스는 문에 귀를 갖다 댔다.

"아, 이런, 젊은 피시핑거가 이 크고 오래된 열쇠를 떨어뜨렸나 보구먼. 어느 문을 여는 열쇠일까?"

쇠붙이가 긁히는 소리가 나는가 싶더니 문이 열렸다. 세스는 초조한 마음으로 벽장에서 기어 나오면서 로비 불빛에 눈을 깜박거렸다. 위를 올려다보니 퓨터 수사관이 보였다.

"자네가 다리를 좀 뻗어야 하지 않을까 생각했지. 와서 뭘 좀 봐주겠나? 날 좀 도와줄 수 있겠나? 좀 지루한 일일 것 같긴 하네만."

"정말 열쇠로 여신 거예요?"

"딱히 그렇지는 않았지."

"그럼…… 그럼…… 마법을 부린 거예요?"

"내가 문을 여는 주문을 썼을 수도 있겠지. 간단하지만 효과적이야. 그렇다고 해도 마법을 쓰는 게 장난을 치기 위해서가 아니라는 사실은 변함이 없네. 마법으로 가는 길은 가장 어렵고 험하고 위험한 길이지. 특히 훈련을 제대로 받지 않은 사람 손에 있는 마법은. 흠…… 자신이 뭘 하는지도 모르고 마법을 사용하는 사람들의 귀를 다시 붙이는 것이 업무인 부서가 따로 있지. 머리를 다시 붙이는 부서도. 머리는 그렇게 자주 있는 경우는 아니네만. 다행스럽게도 사람들은 대개 자기 머리에 대해서는 각별히 조심하더라고."

세스는 퓨터를 따라 단의 높이가 고르지 않은 계단을 올라갔다. 천장이 정말 낮은 곳을 지날 때 퓨터는 머리를 숙여야 했다.

"마법에는 잠시 신경을 끄고, 이 곤경에서 벗어나는 데 정신을 더 집중하는 게 어떤가? 자네는 그걸 참 잘하는 것 같아. 안 그런가, 세피 군? 자신을 곤경에 빠뜨리는 일 말이야."

"곤경이요."

세스는 헛웃음을 지었다.

"저에게 불리한 증거가 너무나 많아서 모두 제가 한 짓이라고 생각하는데 무엇을 한들 뭐가 달라지겠어요? 혹시 나이트셰이드가 잘 있는지 아세요?"

"그 고양이? 번 부인이 자네의 검은 책을 손에 쥐고 있는 것을 그 고양이가 별로 좋아하지 않더군."

"티파니가 나이트셰이드에게 무슨 짓을 했어요?"

"상자에 가두어 버렸지. 하지만 그전에 나이트셰이드가 번 부인의 하얀 피부에 약간의 상처를 입혔네. 나이트셰이드는 괜찮아. 내가 찾아서 풀어 주었거든. 약간 뾰로통하긴 했지만."

"네, 종종 그래요. 고맙습니다."

두 사람은 비어 있는 객실 중 하나에 도착했다.

퓨터는 불을 켜지 않고 살그머니 안으로 들어갔다. 세스도 뒤따라 들어갔다. 또다시 세스는 퓨터가 자신만의 실마리를 추적하고 있다는 느낌이 들었다.

"자, 우리 둘이 마침내 이 미스터리를 풀 수 있는지 한번 보세. 거의 다 왔어!"

세스는 방금 전에 안젤리크가 한 놀라운 고백을 퓨터가 믿을 수 있게 말할 방법을 찾아야 했다. 하지만 어디서부터 시작해야 할지 몰랐다.

그 말을 하는 모습을 상상해 보면 퓨터가 웃음을 터뜨리는 그림만 떠올랐다. 안젤리크는 정말 영리하게 게임을 하고 있었다. 잠시 후 눈이 어둠에 적응이 되자, 세스는 방이 완전히 비어 있지 않다는 것을 깨달았다. 깜깜한 방 한쪽 구석에서 뭔가가 움직이고 있었다. 회색 연기였다.

세스는 바짝 긴장하며 퓨터의 팔을 잡았다.

글로리아 트라우트빈이 보았다는 바로 그 회색 형체일까? 샐로미어스 박사의 유령일까?

하지만 퓨터는 전혀 놀라는 기색 없이 연기 쪽으로 성큼성큼 걸어갔다. 연기는 책상 위에 뜬 채로 가볍게 출렁거리고 있었고, 작은 공 모양이었으며, 단조로운 회색빛을 은은하게 발산하고 있었다. 퓨터는 호기심 어린 눈으로 공 모양의 중심을 들여다보았다. 세스의 두려움은 금세 호기심으로 바뀌었다.

"나는 사건 해결에 도움이 될 몇 가지 모호한 문제들을 깨끗이 매듭지어야 하네."

"제가 범인인 사건 말하시는 거죠?"

세스는 희망을 품고 기다렸다. 퓨터가 무슨 생각을 하는지 알기란 불가능했지만, 아무도 세스의 결백을 믿어 주지 않았던 처음부터 퓨터는 왠지 더 멀리, 더 깊이 들여다보는 것 같았고 뭔가 다른 것을 찾고 있는 것처럼 보였었다.

퓨터는 빛을 발산하는 구체에서 눈을 돌려 파란 눈으로 세스를 바라보았다. 어둠 속에 있으니 그의 눈이 더 밝아 보였다.

"자네는 내가 범인이라고 생각되는 사람에게 사건을 해결하는 데 도움을 청했을 것이라고 생각하나? 어떤 사람이 믿을 만한지에 대해 좀 더 배워야겠군, 세스."

퓨터가 부드럽게 말했다.

"어떤 사람들은 단지 진실을 좇을 뿐이라네. 자, 이제 나를 신고하지 않겠다고 약속하게."

세스는 마음속에서 완전히 사라지지 않고 남아 있던 희망이 약하게 꿈틀대는 것을 느꼈다. 산처럼 쌓인 증거에도 불구하고 퓨터가 여전히 다른 답의 가능성을 생각한다면 세스한테도 분명 희망이 있었다.

이제 눈이 어둠에 완전히 익숙해진 세스는 소용돌이치는 연기에 정신이 완전히 홀려 버렸다. 구체 중심에서 작은 회색빛이 가늘게 뿜어 나오고 있었고, 그 주변에는 연기가 공 모양을 이루며 소용돌이치고 있었다. 연기는 세스가 보고 있는 동안에도 크기와 강도가 점점 커져서 퓨터에게 그것에 대해 미처 묻기도 전에 작은 축구공만 해졌다.

"신고하지 말라는 게 무슨 말씀이세요?"

"킹피셔가 모든 통신을 막아 버렸네. 당연한 조치지. 이 방법을 쓰려면 매우 조심스러워야 해. 안 그러면 여기서는 신호가 진짜 엉망이 되지. 아마 나무들 때문일 거야. 그래서 이게 접속하는 힘이 더 강해질 때까지 기다리고 있는 거라네. 그리고 킹피셔가 이것에 대해 모른다면 내 삶이 훨씬 더 편해질 거야. 왜냐하면 내가 하려는 일이 아주 살짝 불법일 수도 있거든."

퓨터와 함께 아주 살짝 불법일 수도 있는 일을 한다는 말에 세스의 심장이 더 빨리 뛰었다. 세스는 퓨터가 손으로 연기를 휙 가르는 모습을 지켜보았다. 그리고 연기가 방향을 바꾸어 움직이는 모습을 넋을 잃고 바라보았다. 연기는 하나로 모이더니 빙빙 돌기 시작했다.

"아직 준비가 안 됐군."

퓨터가 빛 속에서 손가락을 꼼지락거리며 말했다.

모여든 연기는 여러 개의 분홍색 점으로 모습을 바꾸었다. 퓨터가 양복 자락을 젖히자 속주머니에 줄지어 있는 작은 병들이 보였다. 퓨터는 병 하나를 꺼내 뚜껑을 열더니 계피 색깔이 나는 가루를 긴 손가락으로 집어 연기 위에 뿌렸다.

세스는 비난받아 마땅한 사람인 안젤리크가 비난을 받게 할 방법을 찾아야 한다는 것을 알고 있었다. 안젤리크는 그에게 마법 세계에 대한 정보를 주었고, 이제 세스는 그녀에게서 들은 모든 정보를 의심하기 시작했다.

안젤리크는 이 호텔에 마법이 있다고 하면서, 자신이 이해할 수 없는 마법을 찾고 있다고 말했다. 파란 불꽃을 여기저기에 쏘고, 벽에서 우르릉 소리가 나게 마법을 부렸다. 벽들이 '위치 라치트'라고 말하게 만든 것도 안젤리크였다. 세스는 그냥 알고 있는 것을 모두 퓨터에게 말해야 했다.

세스가 디바이노스코프와 불꽃 쏘기에 대해 너무 터무니없게 들리지 않도록 말할 방법을 궁리하고 있을 때, 연기가 초록빛 같은 색으로 빛나기 시작했다. 세스는 퓨터가 마법을 부리는 모습을 보는 것에 정신이 홀려 다른 생각은 모두 잊어버렸다.

"최근에 이게 업그레이드됐단 말이야."

퓨터가 투덜거렸다.

"예전 것이 훨씬 나았어. 왜 공연히 손을 대서 이런 것들을 다 망쳐 놓는지 모르겠어. 나는 지금 '언파우더'라는 것을 시도해 보고 있네. 말하자면 마법적인 시동을 걸어 주는 거지. 마법이 제대로 효과가 없을 때 하는 거라네. 우린 이 도구를 '텔레글로브'라고 부르네. 이것을 발명한 마법사의 이름을 딴 정식 명칭이 따로 있지만, 발음하기가 너무 어려워서 말이야. 재채기 소리하고 비슷하거든. 이름을 뭐라고 부르든 간에 이것이 뭘 빨리 알아내는 데에는 최고의 마법 도구라는 점은 변함이 없네."

"그 말씀은……, 이게 샐로미어스 박사님의 살해범이 누구인지 알려 줄 수 있다는 건가요?"

세스가 진심으로 희망에 차서 물었다. 이 질문이 퓨터로 하여금 안젤리크를 의심하게 만드는 쪽으로 한 걸음 다가가게 하는 훌륭한 방법이 될 수도 있을 것 같았다.

"마법일지는 모르지만 이건 상당히 멍청하다네. 이건 누군가가 이미 프로그램 해 놓은 것을 보여 줄 뿐이지. 자, 이렇게 어마어마하게 비싼 통신 수단은 말이야……."

퓨터의 손이 움직이자 영상이 더 선명해졌다.

"먼저 해 보지 그래, 세스? 질문할 것이 있지? 자, 한번 휘저어 보게."

세스가 원하는 것은 안젤리크가 샐로미어스 박사를 죽였을 수도 있는데 왜 그랬는지를 밝혀내는 것이었다. 만약 그 이유를 알아낸다면 퓨터에게 모든 것을 말할 수 있을 것이고, 그 말이 그럴듯하게 들려서 퓨터가 믿게 될 가능성이 있었다.

세스가 머뭇거리자 퓨터가 말했다.

"자, 난 질문이 많다네. 세스, 자네는 마법 세계에 대해 배우고 있지? '그 사건'과 폭발공포실종자라는 마법사들에 대해서? 자네와 내가 같은 관점에서 생각해 왔는지 나는 그게 궁금하단 말이야."

세스는 깜짝 놀랐다. 방금 퓨터의 말은 다른 사람을 범인으로 의심하고 있다는 뜻이기 때문이었다. 퓨터는 의심하고 있는 사람의 신상에 대해 이것저것 물어볼 참인 것 같았다.

"'그 사건'과 연루되어 수배 중인 마법사들, 그게 수사관님의 기관인 매지콘에서 조사하고 있는 거지요?"

세스가 조심스럽게 물었다.

"아니, 우린 아니네. 우리 매지콘에서 다루는 것은 마법 세계에서 일어나는 기초적이고 일상적인 범죄와 비리 그리고 온갖 종류의 불법이 의심되는 행위라네. '그 사건'과 연루되어 수배 중인 마법사들을 찾아내서 공식적으로 생사 여부를 확인하는 일을 담당하는 뛰어난 기관이 따로 있네."

"윈터그린 트라우트빈 같은 폭발공포실종자 마법사들을 말하시는 거지요?"

세스가 천천히 말했다.

"그 사람은 샐로미어스 박사님을 증오할 만한 이유가 있는 것 같던데요. 사람들은 그가 죽었다고 생각하지만 확실히 아는 사람은 아무도 없는 것 같고요. 그래서 그런 것들을 조사하는 조직이 필요한가 보죠?"

"바로 그렇다네. 그 기관의 정식 명칭은 '사악한 마법사 정보부'이네. 흔히 줄여서 그냥 '정보부'라고 부르지. 정보부 사람들이 주로 하는 일은 잠복 수사지. 그 사람들이 제일 싫어하는 것이 수사 대상에 오른 마법사가 수사를 눈치채는 것이거든. '그 사건'에서 어떤 역할을 했는지를 캐묻는 심문을 피하기 위해 그 마법사가 숨어 버릴 수도 있으니까. 엘리제의 마법 비밀 요원들에 대해 더 궁금한 게 있나?"

세스는 퓨터의 어깨 너머로 연기 속에서 나타나기 시작하는 단어들을 보았다.

단어들이 뜨자 텔레글로브가 여자 목소리로 나직하게 말하기 시작했다.

"정보부가 맨 먼저 하는 일은 폭발공포실종자 마법사들과 관련이 있는 집이나 건물들을 목표로 정하는 것입니다. 그리고 마법의 사용 여부를 조사합니다. 최근에 마법 활동을 한 흔적이 없으면 그 마법사는 실종이 아니라 사망한 것으로 결론 내리고 공식적인 상태를 사망으로 수정합니다. 그런 다음 그들의 집 구석구석에 남아 있는 마법을 모두 없애고, 마법책과 마법 관련 물건들도 제거합니다. 때로는 도서관 전체를 없애는 경우도 있습니다. 마법의 흔적을 모두 없애면 그 집은 '청소되었다'라고 표현하고 재사용을 해도 안전하다고 공표됩니다."

"쉽지 않은 일이군. 가끔 반대로 판단을 내릴 수도 있겠어. 마법사가 긴 휴가를 떠난 거면 어쩌려고."

퓨터가 신중하게 말했다.

세스가 방금 들은 말들을 이해해 보려고 애쓰고 있는 사이, 퓨터가 다시 손으로 연기를 휘저었다. 그러자 은은하게 빛나는 구체 속에서 소용돌이치는 연기가 진한 분홍색으로 변했다.

"지금부터가 상당히 위법의 소지가 있는 부분이네. 약간의 기술이 필요하지. 나같이 완벽한 천재에겐 식은 죽 먹기지만. 원한다면 자네는 안 봐도 되네. '슬라이싱'이라는 거야."

"슬라이싱이요?"

"슬라이싱은 나하고 전혀 상관이 없는 곳에 눈에 띄지 않게 들어가서 이것저것 파헤치고 다니는 것을 일컫는 말이네. 지금 경우에는 그 장소가 엘리제 금고지. 아무나 들어갈 수 있는 곳이 아니거든."

"왜요?"

"아마도 그 금고가 사적인 것이라고 생각하는 거겠지."

"아니요, 제 말은……."

"아, 됐네. 내가 대답하기 어려운 질문들도 있네. 내가 전혀 모르는 것들도 있고. 누가 거짓말을 한 것인지 알아내는 것만으로도 골치가 아프고."

퓨터가 중얼거리듯이 말하는 동안 연기가 움직이면서 한곳으로 모였다.

"그리고 나는 그 여자가 무엇을 하려는지 정확히 알고 싶거든."

'그 여자'라는 말에 세스는 안젤리크가 한 자백을 퓨터에게 말해도 영 터무니없는 소리로 들리지는 않겠다는 희망의 불꽃이 마음속에서 일었다.

연기 속에서 퓨터가 조사 중인 사람의 이름이 하나 나타나자 세스는 그 이름을 속삭이듯이 읽었다.

"안젤리크."

# 39
## 처음부터 거짓말

그러니까 퓨터는 이미 안젤리크를 의심하고 있었다.

세스와 마찬가지로 퓨터도 안젤리크가 여기에서 마법을 건 문을 통과할 수 있을 정도의 마법 능력을 가진 유일한 사람이라는 결론에 이른 것일까?

어쩌면 세스가 누명을 벗을 가능성도 있는 것 같았다.

퓨터가 몸을 앞으로 숙였다.

"그 여자는 샐로미어스 박사에게 고용된 것도 아니네."

"그 여자는 지금까지 많은 거짓말을 했어요."

이 호텔에 마법이 있다는 어처구니없는 이야기를 그대로 믿은 자신이 바보 같다는 생각을 하면서 세스가 우물우물 말했다.

"그래, 그 여자는 거짓말을 하지, 그렇지?"

세스는 퓨터에게 모든 것을 말하고 싶었다. 안젤리크가 샐로미어스 박사의 죽음이 자기 탓이라고 고백한 것은 물론이고, 파란 불꽃을 내뿜는 빨간색 지팡이에 대해서도 말하고 싶었다. 마법의 파동이니, 설명할 수 없는 마법이니 하는 말도 안 되는 소리도 다 말하고 싶었다.

세스는 너무 어리석었다. 그리고 여전히 안젤리크가 왜 그 모든 일을 한 것인지 그리고 그것이 무슨 의미인지 도무지 알 수가 없었다.

퓨터가 조용히 말했다.

"안젤리크가 왜 나한테 진실을 감추고 싶어 하는지 두어 가지 이유를 생각할 수 있지만, 그렇다고 진실이 뭔지 찾으려고 그녀를 거꾸로 매달고 싶지는 않네. 스퀴 가문은 훌륭한 마법사 집안이야. 그렇다면 안젤리크는 뭘 하려고 하는 걸까? 자네는 그녀가 우리가 찾는 살인자라고 생각하지. 안 그런가, 세스?"

세스는 느릿느릿 대답했다.

"생각만이 아니에요. 저는 그 사람이 살인자라는 사실을 알고 있어요."

"안젤리크가 지금까지 자네에게 어떤 말들을 했지?"

"조금 전에 저한테 샐로미어스 박사님의 죽음이 자기 탓이라고 했어요."

세스는 숨을 들이마셨다. 드디어 말해 버렸다. 퓨터는 어떤 반응을 보일까?

퓨터가 세스를 쳐다보았다. 세스는 다시 안경 뒤에 있는 그의 강렬한 파란 눈을 보았다.

"정말로? 자네는 그 말을 믿는군. 그렇지? 그녀가 항상 자네에게 완전히 솔직했던가?"

"전혀 아니죠!"

세스는 고함을 치고 있었다.

"줄곧 거짓말을 했고, 처음부터 저를 속였어요."

"그래. 그녀는 자신의 게임을 철저하게 아주 잘하지. 안 그런가?"

퓨터의 반응은 이게 다란 말인가?

세스는 퓨터가 자신를 믿지 않는 것인지, 아니면 정반대로 그에게는 이것이 전혀 새로운 소식이 아닌 것인지 분간할 수가 없었다. 그는 늘 그렇듯이 침착해 보였고, 안젤리크의 자백에 관한 충격적인 소식에 대해 세스가 기대한 것과는 다른 반응을 보였다. 하지만 언제 그가 사람들이 예상한 대로 행동한 적이 있었던가?

그런데 퓨터가 방금 한 말 가운데 하나가 세스의 마음을 파고들었다.

"그러니까 안젤리크는 오래된 마법 가문의 후손이군요?"

"가장 오래된 가문 중 하나지, 스쿼 집안."

퓨터가 고개를 끄덕이며 말했다.

안젤리크는 유력한 마법 가문들이 샐로미어스 박사와 그의 개혁적인 구상을 제거하려고 음모를 꾸미는 것에 대해 처음부터 세스에게 설명하지 않았던가?

세스는 하마터면 다가오는 가벼운 발자국 소리를 놓칠 뻔했다.

퓨터는 누군가 자신의 이름을 부르자 고개를 돌리며 말했다.

"한순간도 평화로울 때가 없다니까. 이 사건을 해결하는 데 시간이 많이 걸리는 것도 놀랍지가 않아. 하지만 이제 거의 다 해결되어 가고 있네."

퓨터는 문을 조심스럽게 당겨 열고는 복도로 나갔다.

퓨터의 이 말은 또 무슨 뜻일까? 사건이 아직 다 해결된 것이 아니었나?

"제가 뭐 도와드릴 일이라도?"

퓨터의 말이 들려왔다. 그리고 글로리아 트라우트빈의 톤이 높은 목소리가 이렇게 답하는 소리가 들렸다.

"저는 교령회를 할 준비를 끝냈어요. 그런데 궁금한 게 있어요."

글로리아의 목소리는 조금 긴장한 것처럼 들렸다.

"제가 박사님께 무엇을 물어봐야 하지요?"

뭔가가 세스의 다리를 쓸고 지나갔다. 세스는 누가 들어오는 것도 알아차리지 못했었다.

"나이트셰이드! 어디 있었니?"

세스는 고양이를 안아 주었다. 나이트셰이드의 부드러운 털에 얼굴을 묻고 싶은 생각뿐이었다. 하지만 나이트셰이드는 한껏 기지개를 켜고 크게 하품을 하더니 발톱을 쫙 세웠다.

"까무룩 잠이 들었던 거 같아. 잠깐……."

나이트셰이드는 다시 늘어지게 하품을 했다.

"……낮잠을."

"자고 있었다고? 난 네가…….”

"잠이 필요할 땐 자야지."

나이트셰이드가 발을 핥으면서 말했다.

"고양이는 하루에 적어도 17시간은 자야 해. 난 내 천성에 맞는 일을 하고 있었을 뿐이야."

"난 너한테 뭔가 끔찍한 일이 일어난 줄 알았다고……. 티파니가……."

"내가 걔한테 생각할 거리를 좀 줬어."

나이트셰이드는 더 이상 이야기하고 싶지 않다는 듯이 홱 돌아서더니 공 모양의 연기를 향해 쉬쉬 소리를 냈다. 연기는 마치 세스에게 손짓하면서 '와서 한번 해 봐요'라고 말하는 것처럼 꿈틀대고 있었다.

나이트셰이드가 말했다.

"내가 없는 동안 무슨 일이 일어났지?"

"나이트셰이드, 저건 텔레글로브라는 마법 도구야. 저것에게 질문을 할 수 있어. 네가 없는 동안에 일어난 일은 딱 하나, 티파니가 킹피셔에게 나한테 불리한 증거로 검은 책을 준 거야. 나는 다시 갇혔었어. 나는 이 모든 일이 번 씨만의 책임은 아니라고 생각해. 내 생각에는 퓨터 수사관하고 내가 같은 관점으로 생각을 하고 있는 것 같……."

"잘 모르겠어, 세스. 이상한 일들이 많이 일어나고 있어. 난 어쩌면 안젤리크의 말이 맞을지도 모른다는 생각이 들기 시작했어. 이 호텔에 뭔가 어두운 것이 도사리고 있는 것 같아."

"쳇! 나는 이제 그 여자가 하는 말은 하나도 믿지 말아야 한다는 것을 배웠어. 있잖아, 그 여자가 조금 전에 나한테 말하기를 샐로미어스 박사의 죽음이 자기 탓이래. 내가 직설적으로 물어봤더니 그 여자가 인정했어. 그런데 그 자백을 들은 사람은 나뿐이야. 하지만 퓨터 수사관도 나처럼 그 여자가 범인이라는 증거를 찾으려고 노력하고 있는 것 같아."

나이트셰이드가 세스를 쳐다보면서 텔레글로브 쪽으로 움직였다. 그의 초록색 눈이 번뜩였다.

"이게 우리한테 증거를 준다고?"

"한번 시도해 볼 가치가 있지. 마법 도구니까."

세스가 어깨를 으쓱하고는 이렇게 덧붙였다.

"내가 하면 제대로 작동하지 않을 수도 있지만."

세스는 소용돌이치는 연기에 눈을 떼지 못한 채 텔레글로브로 다가갔다. 연기는 길고 가늘고 흐릿한 회색 덩굴손처럼 그의 주위에서 소용돌이치며 그를 유혹하듯이 끌어당기고 있었다.

세스는 만약 나이트셰이드가 눈썹이 있다면 지금 눈썹을 치키고 있을 것이라고 생각했다.

세스는 퓨터가 하는 것을 주의 깊게 지켜봤었다. 문밖에서는 낮은 목소리로 대화가 오가고 있었다. 세스는 불안해하면서 텔레글로브 앞에 섰다. 과연 마법 도구를 작동시킬 수 있을까?

만약 텔레글로브를 사용해 볼 생각이라면, 지금 해야만 했다. 물어볼 것이 많았다. 어느 한 질문에만 집중하기 어려울 정도로 많았다.

지금까지 들은 말 가운데 어떤 것이 거짓말인지 너무도 혼란스러웠다. 세스는 목을 문지르면서, 안젤리크가 자기한테 화를 낸 일, 디바이노스코프의 강력한 파란 불꽃으로 모든 것을 다 날려 버린 일, 자신이 한 번도 본 적이 없는 마법을 찾아냈다고 말했던 일 등을 떠올렸다. 그리고 벽들이 우르릉거리는 소리를 냈던 것도 생각했다.

기회는 한 번뿐. 정말로 답을 알고 싶은 것, 안젤리크가 정확히 무슨 게임을 하고 있는지 이해하는 데 도움이 될 만한 것. 그것을 퓨터가 돌아오기 전에 빨리 물어야 했다.

세스는 텔레글로브 쪽으로 몸을 숙이고 또렷하고 자신 있게 물었다.

"라스트 찬스 호텔의 벽이 왜 말을 하는 거야?"

## 40
## 위치 라치트의 정체

연기는 살짝 꿈틀거릴 뿐 가만히 있었다. 너무 조용히 말했나? 아니면 잘못한 것일까? 세스는 얼굴을 찌푸리며 초조하게 문을 쳐다보다가 퓨터 수사관이 했던 행동을 떠올렸다.

세스는 퓨터가 탁자 위에 놓아둔 언파우더 가루가 들어 있는 용기를 집어 뚜껑을 열었다. 그리고 두 손가락의 끝으로 가루를 아주 조금 집어 퓨터가 했던 것과 똑같이 연기 위에 살살 뿌렸다.

연기에 글자들이 나타났다.

라스트 찬스 호텔. 전에는 라스트 찬스 저택이었음. 위치 라치트의 조상이 대대로 살았던 집. 위치 라치트는 룬글라스를 발명한 것으로 유명한 과학 발명 마법사의 옛 이름.

"나이트셰이드, 이것 좀 봐! 위치 라치트가 사람이야!"

"무슨 소리야?"

나이트셰이드가 부루퉁하게 대꾸했다.

"검은 책에서 은은하게 빛났던 단어 말이야. 그리고 벽들이 '위치 라치트'라고 말했잖아. 물건이 아니었어. 벽이 이름을 말한 거였어. 샐로미어스 박사님 같은 과학 발명 마법사의 이름. 위치 라치트가 예전에 여기에, 라스트 찬스 호텔에 살았대."

세스는 다시 글자들을 들여다보다가 룬글라스라는 단어가 유독 더 환하게 빛나는 것을 보았다. 마치 원하면 이것에 대해 더 물어보라고 하는 것 같았다. 더구나 그것은 세스가 이미 본 적이 있는 단어였고, 그것을 어디에서 보았는지도 정확히 기억하고 있었다.

"룬글라스라는 단어는 검은 책에서 반딧불이 새장과 함께 언급됐어."

세스는 검은 책에서 밝은 불빛으로 빛나며 나타났던 위치 라치트라는 단어에 대해 잠깐 생각해 보았다.

"그런데 이게 무슨 뜻일까, 나이트셰이드? 아직도 도통 모르겠어."

세스의 어깨가 축 처졌다.

질문에 대한 답이 오히려 더 많은 의문점만 만들어 내는 셈이 되었다.

세스는 세부 사항을 빠르게 훑어가면서 계속 읽었다.

'그 사건'과 관련된 심문을 위해 수배 중. 공식적인 상태는 폭발공포실 종자.

"나이트세이드, 위치 라치트는 폭발공포실종자인 마법사 가운데 하나야. '그 사건'과 관련이 있고, 현재 수배 중이야. 그리고 여기에 살았었어."

"수배 중인 마법사가 여기 살았었다고? 거짓말도 잘하시네."

하지만 세스는 지금 이 문제에 대해 고민할 겨를이 없었다. 바닥이 삐걱거리는 소리가 들렸기 때문이다. 퓨터가 돌아오고 있었다. 그런데 그는 세스가 알아차리기도 전에 어느새 방에 들어와 있었다.

"안 좋은 소식이 있네."

세스는 마법 도구에 손을 댄 것을 들킨 것은 아닌지 걱정하면서 다음 말을 기다렸다.

"자네를 다시 감금해야 할 것 같네. 하지만 굳이 청소 도구를 보관하는 벽장에 처박을 필요가 있는지는 잘 모르겠네. 자네의 다락방이면 족할 것 같아."

어쩔 수 없이 동의하고 꼭대기 층으로 발을 질질 끌면서 올라가는 세스를 퓨터가 뒤따라왔다.

퓨터가 세스를 방 안에 가두고 문을 잠근 다음 작별 인사로 문을 가볍게 톡톡 칠 때, 세스가 속삭여 물었다.

"트라우트빈 양이 돌아가신 샐로미어스 박사님의 죽은 혼령과 정말로 의사소통할 수 있다고 생각하세요?"

퓨터의 깊은 한숨 소리가 들렸다.

"마법 근처에서 시간을 오래 보낼수록, 점점 더 열린 마음을 가지는 법을 배우게 된다네, 세스. 게다가 샐로미어스 박사에게 모든 것을 말할 기회를 줄 수 있다면 도움이 되지 않겠나? 그러나 다른 쪽으로 증거가 나오기 전에는, 나의 충고는 슬프게도 아무도 믿지 말라는 것이네. 물론 나는 빼고."

"그러니까 유령과 소통하는 트라우트빈 양의 능력은 마법이군요? 아니면 트라우트빈 양이 뭘 꾸미고 있다는 뜻인가요?"

퓨터가 힘없이 말했다.

"세스, 모두가 뭔가를 꾸미고 있다고 생각하지는 말게."

# 41
## 더 또렷해진 그림

세스는 침대에 몸을 파묻고 골똘히 생각하고 있었다. 그때 방 한구석에서 괴상한 빛이 희미하게 나는가 싶더니, 점점 더 밝아졌다.

거울이었다. 항상 이상한 모습을 비추는 거울. 그런데 그 거울에서 지금 빛이 나오고 있었다.

환하게 빛나는 것은 유리가 아니라 뒤쪽이었다. 거울을 뒤집어 보니, 빛나는 글자들이 보였다. 세스는 그 단어를 또렷이 읽을 수 있었다.

위치 라치트.

세스는 거울을 떨어뜨렸다.

그가 휘둥그레진 눈으로 빛나는 글자들을 응시하고 있는데, 벽에서 섬뜩한 목소리가 흘러나왔다. 이번에는 마치 그에게만 말하는 듯이 속삭이는 목소리였다.

"위치 라치트."

세스는 조마조마하면서 거울을 들어 가만히 들여다보았다. 그저 금이 간 거울일 뿐이었다. 이 거울은 가끔 세스의 모습을 보여 주었지만 대부분은 전혀 다른 방의 모습을 보여 주었다. 만약 이 거울이 위치 라치트와 관련이 있다면, 사악한 마법에 걸린 물건일 가능성이 높았다.

세스가 거울 속을 응시하고 있는데, 거울 한쪽 귀퉁이에서 밝은 빛이 보이기 시작하더니 마치 금이 가듯이 거울 전체로 번져 갔다. 세스는 그 모습을 넋을 잃고 보았다. 금은 점점 더 커졌다.

세스는 그 어느 때보다 더 뚫어지게 거울을 들여다보았다. 그런데 느닷없이 사람들이 보였다. 사람들은 촛불이 켜진 방 안에서 큰 탁자에 빙 둘러앉아 있었다.

세스는 거울을 꽉 움켜쥐었다. 그리고 이상한 거울 속에 비치고 있는 것이 어떤 장면인지 정확하게 알았다. 세스는 지금 교령회가 진행 중인 호텔 식당을 들여다보고 있었다.

세스는 거울을 점점 더 뚫어지게 보았다. 그러자 얼굴들이 보이고, 트라우트빈의 입술이 움직이는 것이 보였다. 하지만 소리는 들리지 않았다. 그때 갑자기 아래로 훅 떨어지는 것 같은 느낌이 들었다.

무슨 일이 벌어지고 있는지 미처 알아차릴 새도 없이 세스는 작디작은 관 속으로 구겨져 들어갔고, 온몸의 분자 하나하나가 동시에 폭발하는 것 같았다.

세스는 거울 속으로 빨려 들어가고 있었다.

몸이 줄어들면서 동시에 늘어나는 느낌이었다. 세스는 팔을 뻗어 몸을 멈추려고 애썼다. 눈을 감았다. 귀에서 휙휙 소리가 들렸다. 다시 눈을 떠 보니 더 이상 떨어지고 있지 않았다. 정지한 상태였고, 선 자세로 땅에 떨어진 것 같았다. 세스는 눈을 몇 번 깜박거렸다.

주변을 둘러보았지만 여기가 어디인지 확실하지 않았다. 손이 회색 그림자처럼 보였고 마치 종잇장처럼 납작한 느낌이 들었다. 그리고 식당 안을 똑바로 보고 있었다. 그런데 어디에서 보고 있는 것일까?

손님들이 방 중앙에 놓인 크고 광택 나는 탁자에 둘러앉아 있는 것이 보였다.

글로리아 트라우트빈이 소집한 모임, 교령회가 분명했다. 글로리아가 샐로미어스 박사의 혼령을 부르려고 애쓰고 있는 모습이 보였다. 세스가 자기 방에서 거울로 보았을 때처럼 방에는 촛불만 켜져 있었다.

세스의 맞은편에 페퍼스푸크 교수가 글로리아 옆에 앉아 있었다. 글로리아의 왼쪽에는 마드 백작이, 그 옆에는 던스터-던스터블이 앉아 있었다. 번 부인과 헨리는 페퍼스푸크 교수 양쪽에 각각 앉아 있었고 세스가 있는 곳 바로 아래에 퓨터와 킹피셔, 번 씨가 있었다. 안젤리크와 티파니는 보이지 않았다. 사람들은 모두 둥그렇게 둘러앉아 손을 잡고 있었다. 그런데 세스가 있는 곳은 정확히 어디일까? 퓨터와 킹피셔가 아래에 있다면 그건 세스가 높은 곳에 있다는 의미였다.

그런데 세스가 지금 교령회에 불려 온 것이라면, 그가 죽었다는 뜻일까? 거울 속으로 빨려 들어가면서 몸의 모든 분자가 심하게 부서지는 느낌이 있었으니, 정말로 죽을 만도 했다. 하지만 그는 여전히 몸을 움직일 수 있었다.

탁자를 내려다보고 있던 글로리아 트라우트빈이 이제 눈을 뜨고 고개를 들었다. 트라우트빈은 세스를 바라보고 있었다.

세스는 조금도 움직이지 않았다. 눈조차 깜박거리지 않았다.

트라우트빈이 세스를 볼 수 있을까? 아니면 그는 이제 몸이 없는 그저 영혼인 것일까?

세스는 다시 이동 중이라는 것을 의미하는 훅 떨어지는 느낌이 들기를 기다렸지만, 그런 느낌은 오지 않았다. 세스는 이제 좌우를 살펴보았다.

양쪽에 사람이 한 명씩 보였다. 세스는 와인 한 병과 치즈를 곁들인 빵을 함께 먹고 있는 두 남자 사이에 있는 것 같았다. 두 남자뿐만 아니라 빵까지 낯익어 보였다.

"그분이 여기에 오셨어요. 그분을 느낄 수 있어요. 영혼이 오고 있어요."

글로리아가 말했다.

그때 세스는 자신이 어디에 있는지 깨달았다. 식당 벽에 걸린 그림 속에 있었다. 그가 살구 디저트를 올려놓았던 작은 탁자 바로 위였다. 그는 마치 그림의 일부인 것처럼 그림 속에 서 있었다.

이제 글로리아의 눈이 세스를 똑바로 보고 있었다. 세스는 자신이 보이지 않기를 바랐다. 사악한 마법의 기운을 가지고 뭔가 이상한 행동을 하고 있는 모습은 더욱더 보이기 싫었다.

어떻게 하면 되돌아갈 수 있을까? 영원히 그림 속에 갇히면 어떻게 될까?

세스는 제 몸이 원래대로 돌아갈 수 있는 방법을 알고 싶었다.

글로리아가 눈을 가늘게 뜨는가 싶더니 이내 흥분하며 눈을 크게 떴다. 그리고 양옆에 앉은 사람들의 손을 놓더니 천천히 일어섰다. 그리고는 호기심에 가득 찬 눈빛을 보이며 세스가 들어 있는 그림 쪽으로 움직였다. 글로리아의 달덩이 같은 얼굴이 호기심으로 찡그려질 때, 세스는 죽은 듯이 가만히 있으려고 애썼다.

글로리아가 세스를 올려다보았고 결국 둘의 눈이 마주쳤다. 글로리아의 얼굴에는 호기심과 경이로움이 뒤섞여 있었다.

"나는 이걸 할 수 있어요. 정말로 할 수 있어요."

글로리아가 흥분해서 말했다. 그리고는 세스 쪽을 손가락으로 가리켰다.

"그림 속에 회색 형체가 나타났어요. 모두 제가 한 일을 보세요. 제가 영혼을 소환했어요. 제가 해냈어요!"

# 42
# 산 자들의 땅

"제가 죽은 사람의 영혼을 소환했어요!"

글로리아가 눈을 크게 뜨고 외쳤다.

이제 모두가 돌아보았고, 세스 아래 있던 사람들은 기이한 자세로 목을 비틀며 몸을 돌렸다. 세스는 감히 숨 쉴 생각도 하지 못하고 최대한 가만히 있었다.

모두 삐걱거리는 의자 소리를 내며 자리에서 일어났다. 그들의 얼굴에는 관심과 공포가 뒤섞여 있었다. 모두들 그림 쪽으로 몰려와서 세스를 물끄러미 보았다.

던스터-던스터블이 소리쳤다.

"혼령이에요!"

페퍼스푸크 교수가 손으로 입을 가리며 소리쳤다.

"얘가 해냈어요!"

세스의 몸이 그의 의지와 상관없이 움직였다. 이번에는 뒤가 아니라 앞으로 움직이고 있었고, 빙빙 돌거나 몸이 줄어드는 느낌은 없었다. 오히려 몸이 점점 커지고 형태를 갖추면서 새로 만들어지는 것 같은 기분이 들었다. 하지만 세스는 자신이 그림에서 실제 사람으로 되어 가는 것을 멈출 방법이 없었다.

결국 세스는 액자 밖으로 걸어 나갔고, 곧바로 바닥에 털썩 쓰러졌다. 사람들이 힐난하는 듯한 표정을 지으며 세스를 내려다보았다.

"세스."

퓨터가 손을 뻗어 세스가 일어나도록 도와주었다.

"자네도 함께하게 돼서 잘됐네. 혼자 있으려니 심심했지? 여러분, 괜찮습니다. 세스는 아직 산 자들의 땅에 있습니다."

"그 녀석의 몸을 수색해 보세요!"

킹피셔가 소리쳤다. 아무도 움직이지 않았다. 뒤늦게 자신이 보안을 책임지고 있다는 것을 깨달은 킹피셔는 세스가 여전히 손에 쥐고 있는 어두운 거울을 낚아채려고 다가갔다.

"이번에는 무슨 끔찍하고 어두운 마법의 물건을 가지고 있지?"

퓨터가 말했다.

"우리가 또 하나의 미스터리의 원인을 밝힐 수 있을 것 같군요."

퓨터는 손을 내밀었고 세스는 거울을 건네줄 수밖에 없었다.

퓨터는 거울을 찬찬히 살펴보더니, 황급히 그림으로 가서 검사하기 시작했다.

세스는 안젤리크가 긴 손가락으로 모든 그림의 액자와 뒷면을 살펴보던 모습을 떠올렸다.

"이 아이가 어떻게 그림에서 튀어나온 거죠?"

페퍼스푸크 교수가 현란한 머리를 내두르며 물었다.

얼굴을 찡그리며 그림을 보고 있던 다른 사람들이 모두 퓨터 쪽으로 고개를 돌렸다.

"제 생각에는……."

세스가 손가락으로 머리를 넘기면서 말했다.

"이것이 룬글라스라고 부르는 물건일 가능성이 있는 것 같아요. 저는……."

하지만 세스는 덧붙일 말이 떠오르지 않았다. 사악한 마법이 걸린 물건을 들고 그림 속에서 나왔기 때문에 무슨 말을 한들 무언가 나쁜 짓을 꾸미고 있는 것처럼 보이지 않을 수 없었다.

"옳거니!"

퓨터가 흥분해서 소리치고는 세스의 거울을 다시 한번 찬찬히 살펴보았다.

"저는 이것으로 몇 가지 의문이 풀렸다고 믿습니다! 예를 들면, 왜 트라우트빈 양이 자기 방에 혼령이 나타났다고 느꼈느냐 하는 것입니다."

"그 말씀은 제가 샐로미어스 박사님의 혼령을 본 것이 아니라는 뜻인가요?"

글로리아가 낙담하며 물었다.

"제가 보기에는 그건 아마도 그림들을 비밀 통로로 이용해 돌아다니는 사람일 가능성이 훨씬 더 큰 것 같습니다."

퓨터가 이어서 설명했다.

"옛날 마법이죠. 당연히 금지된 마법이고. 그림 속에 갇혀서 나오지 못한 경우가 너무 많았거든요."

세스는 골똘히 생각하고 있었다.

수배 중인 마법사 위치 라치트가 라스트 찬스 호텔에 살았었다는 것을 텔레글로브에서 읽었을 때와 검은 책의 책등에 위치 라치트라는 글씨가 빛났을 때를 떠올렸다. 이제 그는 이 둘을 연결해 추론하기 시작했다. 마침내 세스는 무슨 일이 일어나는 건지 이해하기 시작했다.

몇 발짝만 더 가면 모든 것을 이해할 수 있을 것 같았다.

# 43
## 다시 나를 가두어 주세요

번 부인이 글로리아 트라우트빈을 거의 내동댕이칠 것처럼 밀치고 앞으로 나오더니 뾰족한 얼굴을 세스의 얼굴에 바싹 들이댔다.

"티파니에게 무슨 짓을 한 거야? 걔가 방에 없어. 걔를 찾아야 해. 불쌍한 우리 딸."

번 부인은 비난하는 눈으로 세스를 쳐다보았고, 세스는 더듬거리며 부인할 뿐이었다.

헨리가 으르렁거리듯이 말했다.

"시간을 조금도 허비하면 안 됩니다. 티파니를 찾아야 해요."

번 부인이 울부짖었다.

"반드시요. 뭔가 끔찍한 일이 일어난 게 틀림없어요."

던스터-던스터블이 뒤로 물러서며 말했다.

"숲속으로 들어갔으면 어쩌죠? 그러면 희망이 전혀 없어요. 날이 거의 어두워졌어요. 아침까지 기다리는 게 좋겠어요."

번 부인이 다시 울부짖었다.

"기다릴 수 없어요. 어쩌면 다쳤을 수도 있어요! 다쳐서 어딘가에 쓰러져서 돌아오지 못하고 있을 수도 있어요. 그냥 거기 쓰러져서, 두려워하면서, 주위는 점점 어두워져 가는데 구조받기만 바라면서요. 혹시 살해당했으면 어쩌죠?"

번 씨가 말했다.

"샅샅이 찾아 봐야 해요."

페퍼스푸크 교수가 말했다.

"제가 도울게요. 그리고 글로리아도 도울 겁니다."

마드 백작이 말했다.

"나도 함께 찾아보겠소. 걱정하지 마시오, 부인. 멀리 가진 않았을 겁니다. 그런데 바깥부터 먼저 수색하자고 제안하고 싶소이다. 곧 어두워질 테니."

번 씨가 소리쳤다.

"갑시다!"

"감사합니다. 백작님, 교수님, 던스터-던스터블 군, 트라우트빈 양."

번 부인이 두 손을 쥐어짜듯이 모으며 말했다.

"킹피셔 씨도 저희를 도와주실 거죠?"

킹피셔는 마다할 겨를도 없이 사람들에게 휩쓸려 번 부인에게 팔이 붙잡힌 채로 문 쪽으로 끌려갔다. 던스터-던스터블은 매우 짧은 다리로 맨 뒤에서 따라갔다. 퓨터는 자신은 남아서 세스를 감시하겠다고 말했지만, 세스는 그 말을 들은 사람이 있을지 의문이었다.

퓨터가 세스를 쳐다보았다. 세스는 룬글라스에 대해 질문이 바로 나올 것이라고 예상했다.

"사람들이 모두 무척 결단력이 있는 것 같군. 차라도 좀 마실까?"

세스는 차 한 잔보다 딱히 더 좋은 생각이 없었기 때문에 고마워하며 고개를 끄덕였다. 언제쯤이면 늘 예상하지 못한 질문을 던지는 퓨터에게 적응이 될까?

퓨터가 주방 쪽으로 향했고, 세스는 그를 뒤따라 아무도 없는 로비를 가로질러 갔다.

그런데 퓨터가 주방으로 들어가는 순간, 세스의 주의를 끄는 것이 있었다. 노란 드레스를 입은 소녀의 그림이 있는 태피스트리 뒤에서 이상한 불빛이 움직였다. 누군가 티파니를 찾으러 함께 가지 않은 것이었다. 번 씨의 서재에 누군가가 있었다. 이상한 불빛은 교령회에 참석하지 않은 유일한 사람, 즉 안젤리크가 내는 것일까? 아니면 티파니일까?

세스는 차를 끓이고 있는 퓨터를 남겨 두고 슬며시 안내 데스크 쪽으로 향했다.

서재의 좁은 입구를 지나가기 위해 세스는 허리를 숙여야 했다. 세스는 번 씨의 서재에 한 번도 들어간 적이 없었다. 그는 호기심으로 주위를 둘러보면서 책이 몇 권씩 꽂혀 있는 책장들이 빼곡하게 있는 작은 방으로 들어섰다. 하지만 주로 눈에 띄는 것은 줄줄이 놓여 있는, 눈구멍이 뻥 뚫린 동물의 백골들이었다. 숲속에 사는 생쥐와 들쥐의 작고 하얀 해골들이 잔뜩 있었고, 크고 굽은 뿔이 있는 거대한 해골도 하나 보였다.

손잡이가 낡고 가죽으로 된 안락의자가 하나 있었다. 윤이 나는 작은 탁자 위에는 오래된 책들이 쌓여 있었다.

여기에서 번 씨가 해골들을 움직이게 하는 연습을 했을까?

마치 누가 작은 불이라도 낸 것처럼 방 전체에 타는 냄새가 가득 했다. 그리고 책장들을 향해 파란 불꽃을 발사하면서 서 있는 사람이 보였다. 안젤리크 스퀴였다.

안젤리크는 뒤를 휙 돌아보았지만, 금방 냉정을 찾았다.

"세스."

세스는 안젤리크에게 딱히 무슨 말을 하겠다는 계획 같은 것은 없었다. 다만 그녀의 게임은 끝났다고 알려 주는 것, 그리고 마지막 퍼즐 조각들을 모두 맞춰 보고 싶은 마음뿐이었다. 그가 확실히 아는 것은 안젤리크가 처음부터 자기에게 거짓말을 했다는 사실이었다. 심지어 안젤리크는 샐로미어스 박사를 위해 일하는 사람도 아니었다. 이제 세스는 진실을 원했다. 진짜 진실을.

세스가 입을 열었지만, 그가 하려던 말이 안젤리크의 입에서 먼저 나왔다.

"이제 나한테 모든 것을 말할 시간이야."

"내가요?"

세스가 기가 막혀 말했다.

"속이는 것을 그만해야 하는 사람은 당신이에요. 내내 거짓말한 것 다 알아요."

"너는 이곳에 도대체 무엇을 숨겨 놓은 거야, 세스?"

안젤리크는 마치 세스의 말이 아예 들리지도 않는다는 듯이 질문을 했다.

안젤리크는 빨간 지팡이를 들었고, 세스는 자신을 향해 다가오는 안젤리크의 지팡이 끝에 눈을 고정한 채 뒷걸음질을 치기 시작했다. 안젤리크의 얼굴에는 눈에 익은 단호함이 서려 있었다.

"말해, 세스. 이곳에는 뭔가 엄청난 마법의 힘이 숨겨져 있어."

세스는 안젤리크에게서 눈을 떼지 않은 채 계속 뒷걸음질 쳤다. 안젤리크가 멈춰 서서 빨간 지팡이의 꼭지를 열었다. 이어 지팡이를 위로 향하게 하자, 지지직거리는 소리가 요란하게 났다.

안젤리크의 갈색 눈이 좁아졌다.

"그것에 대해 어서 말해."

그녀는 수레국화 같은 파란색 불꽃을 벽을 향해 빗발치듯이 퍼부었다.

벽이 우르릉거리는 소리가 이번에는 아주 요란했고, 세스는 벽이 위협적으로 말하는 위치 라치트라는 단어를 똑똑히 들을 수 있었다.

세스는 벽에서 곧 석회가 떨어질 것이라고 생각했다.

안젤리크가 지팡이를 높이 든 채로 조금씩 다가왔다. 지팡이 끝에서 더 밝은 빛이 나는 것을 본 세스는 눈을 감을 수밖에 없었다.

세스는 뒤로 비트적거리면서 여차하면 무기로 쓸 만한 것이 있나 찾기 위해 손으로 더듬어 보았다. 하지만 내두르는 손에 잡히는 것은 작은 동물들의 해골과 책뿐이었다.

세스는 마음을 단단히 먹고 파란 불꽃이 자기에게 날아오기를 기다렸다.

# 44
# 명확하고 단순한 진실

세스는 마지막 순간까지, 안젤리크가 아주 가까이 다가온 것이 느껴질 때까지 기다렸다. 그 순간이 오자 눈을 번쩍 뜨고 지팡이를 빼앗기 위해 달려들었다.

안젤리크의 뒤에서 움직임이 있었다. 안젤리크는 세스가 잡지 못하도록 지팡이를 뒤로 빼며 홱 돌아보았다.

"퓨터 수사관님."

안젤리크가 딱딱하게 인사를 했다. 그리고 1초 뒤에 은색 머리가 보였다.

"어디에 계셨는지 궁금했어요."

"당신 한발 뒤에 있었지요. 나는 처음부터 늘 그렇게 한발 처져 있었던 것 같군요."

태피스트리가 옆으로 움직였다. 세스는 나무처럼 키가 큰 퓨터가 좁은 통로로 어떻게 들어왔는지 의아했다.

세스가 다급하게 말했다.

"그 룬글라스 말이에요. 저는 그게 뭔지 전혀 몰랐어요. 이건 명확한 진실이에요. 전에 그걸 사용해 본 적이 없어요. 설명해야 할 사람은 안젤리크예요. 저를 믿으시죠?"

퓨터가 방 안에 들어오자 머리가 천장에 닿을락 말락 했다.

"내 경험상 진실은 명확한 적이 드물고 단순한 적은 한 번도 없더군, 세스. 바로 그 이유 때문에 나는 스쿼 양과 이야기를 꼭 좀 나누고 싶다네."

안젤리크가 위협적으로 지팡이를 높이 들었지만, 퓨터는 신경도 쓰지 않고 이렇게 말했다.

"어떤 사람들은 이렇게 표현할지도 모르겠군요. 기한이 한참 넘었다고. 진실 말입니다."

안젤리크는 방 한가운데 있는 탁자 옆에 서서, 아무렇지도 않다는 듯이 책 한 권을 펼쳤다. 『역사 속의 괴물과 마녀들』.

세스는 다른 제목들도 볼 수 있었다. 『마법술, 귀신학, 숫자점, 점성술에 대해 반드시 알아야 하는 것만 간추린 책』『보통 사람들을 위한 마법 기술』『친구들을 놀라게 하세요! 모든 경우를 위한 쉬운 마법 주문』.

세스는 번 씨가 여기에 몰래 숨어 신문을 읽는다고 생각했었다.

"진실을 기대하시나요?"

안젤리크가 말했다.

"왜 아니겠습니까? 그러면 큰 도움이 될 거라고 생각합니다만."

"세스는 제가 샐로미어스 박사님을 죽였다고 생각해요. 두 사람 다 제가 그분을 죽였다고 생각하죠?"

안젤리크는 대담한 눈빛을 번뜩이며 퓨터와 세스를 쳐다보았다. 세스가 말했다.

"사실은 당신 입으로 그분의 죽음이 당신 탓이라고 말했잖아요."

안젤리크는 얼굴을 찌푸렸고 눈빛이 어두워졌다. 그러더니 식식거리며 말했다.

"나는 그분의 죽음이 내 탓이라고 느낀다고 말한 거야. 내가 실제로 그분을 죽였다고 말한 게 아니라. 믿을 수가 없군. 두 사람 다 그렇게 생각하다니……."

"당신이 박사님을 죽였지요?"

세스가 단도직입적으로 물었다.

안젤리크는 숨이 턱 막혔다.

"당연히 아니지. 나는 여기에…… 다른 것을 찾으러 왔어. 하지만 미안해. 너한테 말할 수 없는 것들이 있어."

"당신이 사실은 샐로미어스 박사님의 조수가 아니라는 것도 알고 있어요. 당신은 사람들을 속이면서까지 여기에 온 것이라고 볼 수 있어요, 안젤리크."

"그렇게 볼 수도 있겠지."

"아니면 둘이 함께 여기에 오는 것이 박사님의 생각이었나요?"

탁자에서『모든 경우를 위한 쉬운 마법 주문』책을 집어 들면서 퓨터가 물었다.

"샐로미어스 박사님은 내가 이곳에 관심을 가지리라는 것을 아셨어요. 여기에 있는 어떤 사람이 선발회에 참가하고 싶다는 요청을 했을 때, 그건 놓칠 수 없는 절호의 기회였지요. 우리가 이곳으로 와서 그 기회를 잡자는 제안에 기뻐한 사람은 박사님이었어요. 하지만 왜 여기에 오고 싶어 하는지는 솔직하게 털어놓으시지 않았지요."

안젤리크는 천장을 똑바로 향하도록 지팡이를 들었다. 이번에는 지지직거리는 소리가 더 요란해서 금방이라도 터질 것 같은 소리가 났다.

"기회가 있었을 때 박사님께 더 많은 것을 여쭤볼 걸 그랬어요. 왜냐하면 여기에서 그분을 기다리고 있는 것은 그분이 예상했던 것보다 훨씬 더 위험한 것이었으니까요."

"그렇다면 박사님은 위치 라치트가 조사 중인 폭발공포실종자였다는 사실을 알고 있었군요. 그리고 그가 마지막으로 모습을 보인 곳이 라스트 찬스 호텔이라는 사실도."

퓨터가 부드럽게 말했다.

세스는 멍하니 보고 있을 수밖에 없었다. 퓨터는 사라진 과학 발명 마법사가 여기서 살았었다는 사실을 언제부터 알고 있었을까? 그리고 이곳이 마법으로, 그것도 많은 사악한 마법으로 채워져 있다는 사실은? 세스는 궁금했다.

"공격받기 쉬운 이곳까지 그분을 모시고 온 것에 대해 나는 내 자신을 탓했어요. 나는 박사님이 그런 위험에 처할 줄은 진짜 몰랐어요."

안젤리크가 슬픔에 잠겨 말했다.

"내가…… 할 수 있는 최소한의 일은, 박사님이 여기에 오신 이유를 알아내고 그분이 그토록 꼭 이루시려고 했던 일을 마무리 짓도록 노력하는 거예요."

퓨터가 말했다.

"그 점에 관해서는……, 박사님이 위치 라치트의 생사 여부를 확인해야 할 개인적인 이유가 있었던 것 같습니다. 내 생각에 그분이 정말로 관심이 있었던 것은, 사악한 마법의 물건들이 혹시 남아 있는지 알아보는 일이었다고 생각합니다."

"위치 라치트의 흔적을 쫓아 여기에 오셨다고요?"

세스가 안젤리크에게 물었다.

"샐로미어스 박사님을 죽이러 온 게 아니고요?"

"그래. 알아주니 고맙네, 세스."

드디어 조각들이 맞춰지기 시작했다.

세스가 말했다.

"마법사 위치 라치트의 생사를 확인하기 위해 비밀리에 여기에 왔군요. 그게 무슨 뜻인지 알아요. 당신의 정체를 알겠어요, 안젤리크. 그리고 당신이 왜 그것에 대해 말할 수 없는지도. 당신은 잠복 중인 마법 비밀 요원이에요."

## 45
## 서둘러야 해요

안젤리크는 조금 움찔했다.

"좋아, 세스. 내 정체가 탄로 난 것 같네. 그런데 나를 그냥 '청소부'라고 불러 줘. 마법 비밀 요원이라는 말은 별로 좋아하지 않아. 자, 이제 내 질문 몇 가지에 답을 좀 해 주겠니?"

하지만 세스는 아직 끝나지 않았다.

"당신은 여기 숨어 있을지도 모르는 사악한 마법을 조사하고 처리하기 위해 왔지요? 그걸 청소라고 부르고요?"

안젤리크가 고개를 끄덕이고는 덧붙였다.

"그리고 나쁜 사람 손에 들어가면 안 될 마법의 책이나 물건들을 없애기 위해."

"내 검은 책."

세스가 중얼거렸다.

"바로 그거야. 나는 정말로 그 검은 책에 대해 모든 것을 알고 싶어. 세스, 네가 나한테 말해 준 게 있는데, 그 정보를 네가 어디에서 얻었는지 궁금해."

세스는 머뭇거렸다. 하지만 더 이상 비밀을 지키는 게 별 소용이 없다는 것을 깨달았다.

"검은 책 속에 반딧불이 새장의 그림이 있어요. 그 그림이 눈에 확 띄었어요. 번 씨가 여기에 가지고 있는 작은 새장하고 비슷하게 생겼거든요."

세스는 천장에 있는 작은 걸쇠를 가리켰다.

안젤리크는 잠시 걸쇠를 물끄러미 보더니, 둥근 탁자 위로 훌쩍 뛰어올랐다. 그리고 천장을 향해 파란 불꽃을 쏘면서, 지팡이 끝에 뜨는 측정기의 수치를 읽었다. 퓨터가 들고 있던 책을 탁 닫는 소리가 들렸다.

"글로리아는 샐로미어스 박사님이 반딧불이 새장을 만들었다고 비난했지만 그 후로 그것이 어떻게 됐는지는 몰랐어요."

세스가 어리둥절한 채 빈 걸쇠를 올려다보며 말했다.

"당신 말은……. 설마 번 씨의 작은 새장이 샐로미어스 박사님이 발명한 반딧불이 새장은 아니지요? 끔찍하고 사악한 마법이 깃든 무시무시한 마법 도구가…… 여기에?"

퓨터가 큰 소리로 말했다.

"그러니까 반딧불이 새장이 바로 샐로미어스 박사님이 이곳에서 수행하려고 하셨던 비밀 임무였군요. 박사님은 자신의 반딧불이 새장이 위치 라치트 같은 사악한 과학 발명 마법사의 손에 들어간 것을 알아낸 게 틀림없습니다. 아마 여러 해 전부터 그걸 찾으려고 노력하셨을 겁니다. 박사님이 감추고 있던 열쇠는 바로 그 새장의 열쇠이고."

안젤리크가 탁자에서 뛰어내렸다.

"반딧불이 새장의 열쇠를 찾았군요?"

세스와 퓨터가 고개를 끄덕였다.

"우리가 열쇠를 찾았어요."

세스가 말했다.

"전 그게 뭔지 하나도 몰랐는데, 퓨터 수사관님은 중요한 것이라고, 샐로미어스 박사님이 뭔가 이유가 있어 여기로 가져온 것이라고 확신하고 있었어요. 아마도 박사님은 반딧불이 새장을 되찾고 아무도 쓰지 못하게 잠그려고 했던 것 같네요."

"너의 주인 번 씨가 어디에선가 마법의 힘을 얻은 게 틀림없어."

안젤리크는 지팡이 끝을 유심히 들여다보면서 얼굴을 찡그렸다.

"처음부터 내가 헷갈렸던 이유는 기존의 진부한 마법들의 흔적만 생각했기 때문이야. 지팡이에 왜 자꾸 기형적인 마법에 관한 측정값만 뜨는지 나는 이해하지 못했었지."

세스는 반딧불이 새장이 있으면 누군가가 다른 마법사의 마법을 사용할 수 있다는 안젤리크의 말을 떠올렸다. 이제 그 말이 이해가 되었다. 바로 그 방법을 통해 번 씨는 마법을 할 수 있게 되었다. 그렇게 해서 헨리의 조각품들을 살아 움직이게 만들었다. 그는 반딧불이 새장 속에 있던 마법을 사용했던 것이다.

안젤리크는 빨간 지팡이를 겨드랑이 아래에 꼈다.

"번 씨는 자신이 쓰는 마법이 어떤 종류인지도 몰랐을 거야."

안젤리크는 주위를 살피고는 내처 말했다.

"만약 샐로미어스 박사님의 반딧불이 새장이 위치 라치트의 손에 들어갔다면, 이곳에서 왜 이렇게 강한 마법의 힘이 감지되는지, 심지어 벽까지 침투할 정도로 강한 마법의 힘이 감지되는지가 설명이 돼. 하지만 여전히 우리에게는 커다란 질문 하나가 남아 있어."

안젤리크는 천장의 빈 걸쇠를 가리켰다.

"지금 반딧불이 새장은 어디에 있는 걸까?"

그녀는 걸어가서 태피스트리를 들추었다.

"그리고 다들 어디 간 거죠?"

세스가 대답했다.

"티파니가 사라졌어요. 그래서 다들 찾으러 갔어요."

퓨터가 안젤리크를 뒤따라 태피스트리로 가려진 좁은 출입구를 힘겹게 빠져나가면서 말했다.

"다들 '풀벌레 숲'이라는 곳으로 갔어요. 이름만 들으면 아주 즐거운 장소 같은데. 우리도 그쪽으로 가 봅시다."

"빨리 가요."

안젤리크가 라운지 문을 향해 뛰어가며 말했다.

"반딧불이 새장은 매우 사악하고 강력한 마법 도구이고, 지금 그 사람들 중 하나가 가지고 있는 게 틀림없어요. 거기에 있는 사람들은 그 새장이 어떤 물건인지 전혀 모르고 있을 거예요."

안젤리크는 지팡이를 들어 세스의 앞을 가로막았다. 그러고는 갈색 눈으로 세스의 눈을 찬찬히 보면서 말했다.

"너는 안 돼. 여기 있어. 너무 위험해."

그러고는 몸을 돌려 어둠 속으로 향했다.

세스는 안젤리크의 말을 무시하고 쫓아갈 수도 있었지만, 그의 머릿속에는 이미 계획한 다른 일이 있었다. 정말로 꼭 해야 하는 일.

안젤리크가 뒤를 획 돌아보며 말했다.

"정말로 내가 박사님을 죽였다고 생각했니?"

슬픔이 배어 무거워진 목소리였다.

안젤리크는 대답도 기다리지 않고 숲을 향해 내달리기 시작했다. 어둠 속에서 그녀의 목소리가 들려왔다.

"더 이상 죽는 사람이 나오지 않기나 바라자."

# 46
# 누구

세스는 정확히 어디로 가야 하고 무엇을 해야 하는지 알았다. 머릿속에서 안젤리크의 빨간 지팡이가 내는 지지직거리는 소리가 나는 것처럼 느껴졌다.

세스는 반딧불이 새장은 일단 안젤리크와 퓨터가 걱정할 문제로 내버려 두기로 했다. 그 대신에 전혀 다른 마법 도구에 정신을 집중했다. 위치 라치트가 이곳에 설치해 놓은 마법 도구.

세스는 이제 누군가가 이곳에 도사리고 있는 사악한 마법의 정체를 다 알고 라스트 찬스 호텔에 왔다고 확신하게 되었다. 누군가가 계획적으로 온 것이었다. 샐로미어스 박사보다 먼저 반딧불이 새장을 차지하고, 샐로미어스 박사를 영원히 제거한 다음 아주 쉽게 빠져나갈 계획을 세우고 온 게 틀림없었다.

세스는 계단을 뛰어 올라가면서, 자신이 얼마나 운 좋게 위기를 모면했는지, 얼마나 아슬아슬하게 누명을 벗게 되었는지를 깨달았다. 그가 아닌 다른 사람이 저지를 수 없는 것처럼 보이는 살인이었다. 하지만 이제 세스는 모든 것을 이해하게 되었다.

그리고 그가 옳다면, 마침내 누가 진범인지도 알게 되었다.

이제 그것을 증명할 좋은 기회가 왔다.

세스는 6호실 방문을 열어젖혔다. 그리고 방을 가로질러 곧장 책상으로 가서 모든 의문을 풀어 줄 물건을 찾기 시작했다. 진실을 증명하고 누명을 벗겨 줄 물건. 세스는 그 물건이 여기에 있다는 것을 알고 있었다.

이제 그것을 찾아서 자신의 결백을 명백하게 증명하기만 하면 된다. 그러면 자유롭게 될 것이다.

"무슨 생각을 하고 있어, 세스?"

세스는 뒤를 휙 돌아보았다. 나이트셰이드였다. 세스를 조용히 뒤따라왔던 것이다.

"호텔에 있는 그림들이 비밀 통로였어. 룬글라스라는 마법 도구를 통해 그 속으로 들어가는 거야. 그럼 글로리아 트라우트빈이 자기 방에서 샐로미어스 박사님의 유령이라고 생각했던 움직이는 회색 형체를 본 것도 설명이 돼."

나이트셰이드의 수염이 떨렸다.

"그리고 더욱더 중요한 것은, 그게 바로 내가 처음부터 찾고 있던 답이야. 도무지 답이 나오지 않아서 수십 번씩 스스로에게 물었던 바로 그 질문. '누가 어떻게 식당에 들어와서 샐로미어스 박사의 디저트에 독을 탔을까?'에 대한 답. 살인자가 룬글라스를 사용한 게 틀림없어. 그런데 여기에 있어야 할 룬글라스가 안 보여."

세스는 좌절감에 책상을 내리쳤다.

나이트셰이드가 물었다.

"킹피셔야?"

"그 사람이 틀림없어. 하지만 증명을 해야 해."

세스는 정신없이 책상 위에 있는 물건들을 하나하나 살펴보았다. 하지만 거울은 나오지 않았다.

"그걸 처음 봤을 때, 난 내 거울인 줄 알았어. 그래서 집어 들었지. 그게 룬글라스였던 게 확실해. 그런데 지금 여기에 없어. 킹피셔 씨가 한 짓이란 걸 어떻게 증명하지?"

세스는 당혹스러웠다.

나이트셰이드가 책상 위로 뛰어올랐다.

"그 사람은 미리 준비하고 왔어. 맞지? 이곳에 대해 정보도 잘 알고."

나이트셰이드가 나직한 목소리로 말을 이었다.

"그는 여기에 오기 전에 어떻게 호텔에서 돌아다닐 수 있는지, 잠기거나 마법에 걸린 문들을 어떻게 통과해야 하는지 알고 있었던 게 틀림없어."

"답이 처음부터 내 손안에 있었던 셈이야. 거울이 마법 도구라는 것을 처음부터 알아야 했어. 거울이 가끔 다른 방의 모습을 보여 줬잖아."

"그때는 알 수가 없었지, 세스. 그리고 이제는 알아냈고."

"하지만 이걸 어떻게 증명하지? 거울이 없으면, 가망이 없어."

"걱정 마, 세스. 어쩌면 너한테 필요한 증거가 나한테 있을지도 모르겠어."

나이트셰이드는 단 한 번의 우아한 동작으로 방을 가로질러 가서 문 뒤에 핀으로 꽂혀 있는 무엇인가를 가리켰다. 카드(카드놀이 할 때 쓰는 카드) 한 장이 단도처럼 생긴 금색 핀으로 꽂혀 있었다. 카드에는 빨간 꽃 그림이 있었다.

세스는 핀을 천천히 뽑은 다음 카드를 집어 찬찬히 보았다.

"이게 무슨 꽃인지 확실히 알아. 레드바레리앙이야. 프랑스 말인데, 영어로는 레드 발레리언이야."

"킹피셔가 레드 발레리언이구나!"

세스는 촐랑거리고 덤벙대는 킹피셔를 떠올리면서 그를 극악한 범죄자라고 상상하기가 어려웠다.

"내 추측에는 킹피셔 씨가 레드 발레리언의 명령을 받고 행동한 것 같아."

세스는 카드를 주머니에 넣었다.

"이게 다 레드 발레리언이 샐로미어스 박사님을 제거하려는, 그리고 동시에 강력한 마법 도구를 손에 넣으려는 계획이었다는 걸 알겠어. 그리고 나이트셰이드, 지금까지 그는 잘 빠져나가고 있어."

창밖에 뭔가 이상한 것이 보여서 세스는 창문으로 가 보았다.

나이트셰이드가 말했다.

"모든 출구를 봉쇄하는 일을 맡은 사람이 킹피셔야. 그 사람이 자신이 빠져나갈 길은 남겨 놓을 정도로는 똑똑하겠지? 벌써 도망쳤을 수도 있겠다."

세스는 가슴이 철렁했다.

"하지만 너무 늦지는 않았을 거야. 그나저나 저게 뭐야?"

창밖으로 풀벌레 숲 쪽에서 나오는 거대하고 선명한, 반딧불이의 형광과 비슷한 초록색 불빛이 보였다.

나이트셰이드가 말했다.

"세상에, 저게 뭐야?"

세스가 토할 것 같은 기분을 점점 심하게 느끼면서 말했다.

"모르겠어. 알아봐야겠어. 좋은 일이 아닌 건 확실한 것 같아."

# 47
## 뜻밖의 군단

세스와 나이트셰이드는 초록색 불빛이 나오는 숲 쪽으로 뛰어갔다. 오늘 밤에는 어두운 숲이 더 가까이 기어 나온 것처럼 느껴졌다.

나무들이 너무 빽빽하게 자라서 뒤쫓고 있는 기괴한 불빛마저 잠시 보이지 않았다. 세스가 멈춰 섰다. 숲속에 들어오면 잠시 멈춰 서서 숨을 고르고 두근거리는 심장을 진정시키고 나면 소리들이 들리기 시작한다는 것을 알고 있었기 때문이다. 숨결이 느려질 때까지, 숲의 속삭임이 들릴 때까지 충분히 기다렸다. 숲이 그에게 무슨 말을 하려는 것일까?

짧은 다리의 던스터-던스터블, 출렁거리는 드레스를 입고 푸드덕거리는 것처럼 움직이는 페퍼스푸크 교수, 그리고 글로리아와 나머지 사람들. 그 사람들 모두 여기에서 티파니를 찾고 있을 것이었다. 어둠이 짙어지고 있는 데다 호텔에서 멀어져 강으로 다가갈수록 바닥이 점점 진흙탕처럼 질척해지기 때문에 사람들이 숲속에서 돌아다니기에는 좋지 않은 상황이었다.

모두 어디에 있을까?

수색하는 소리도, 외치는 소리도 들리지 않았다.

모든 것이 어둡고 기이할 정도로 고요했다. 세스에게 익숙한 다른 소리가 멀리서 희미하게 들려왔다. 밤에 힘차게 흘러가는 강물 소리. 강 가까이 달려온 게 틀림없었다. 사람들이 티파니를 찾았을까? 사람들이 모두 라스트 찬스 호텔로 돌아가 라운지에 있는 푹신한 안락의자에 앉아 차를 마시고 있는데, 세스만 모르고 있는 것은 아닐까? 반딧불이 새장은 어디에 있을까?

그때 정적을 깨고 공기를 찢을 듯한, 겁에 질린 비명이 들렸다.

세스는 힘겹게 앞으로 나아갔다. 나이트셰이드가 바로 옆에 있었고, 어둠 속에서 발이 계속 나무뿌리에 차였다. 세스는 하마터면 무성한 나뭇잎들 사이에 웅크리고 있는 퓨터와 안젤리크에게 걸려 넘어질 뻔했다.

"무슨 일이에요?"

세스가 물었다.

하지만 앞을 보자, 굳이 대답을 들을 필요가 없었다. 눈앞에 악몽 같은 장면이 펼쳐져 있었다. 페퍼스푸크 교수와 트라우트빈, 던스터-던스터블, 마드 백작, 허레이쇼 번, 노리 번 그리고 헨리까지 모두 이곳에 있었다. 그들은 웅크린 채 손을 맞잡고 빙 둘러앉아 있었고, 그들의 공포에 질려 일그러진 얼굴은 이상한 빛에서 나오는 초록색으로 물들어 있었다. 하지만 그 초록색 빛은 반딧불이에서 나오는 빛이 아니었다.

그리고 그들을 포위하고 있는 무리가 있었다. 헨리가 나무와 야채를 깎아서 만든 조각품들의 무리였다. 안젤리크가 조각품들을 살아 움직이게 만들었다고 묘사한 번 씨의 마법, 바로 그 마법이 만들어 낸 괴물 군단이었다.

조각품들은 거인처럼 엄청나게 커져 있었다. 눈이 멀고, 육중하고, 끽끽거리는 다리로 느릿느릿 걷고, 눈동자가 없는 나무 눈을 가진 거대한 괴물들이 어둠 속에서 팔다리를 마구 내두르고 있었고, 사람들은 그 괴물들의 그림자 속에서 원을 이루며 웅크리고 있었다. 만약 누군가 도망치려고 움직인다면 곧바로 괴물들에게 짓밟히는 신세가 될 것이었다.

퓨터가 손바닥에 성냥불만 한 밝기의 빛을 만들었다. 그러고는 손을 동그랗게 모아 빛을 키웠다. 그가 불빛으로 무엇을 할지 생각하는 것처럼 보이는 동안 작은 불빛은 불꽃으로 변했다.

세스가 속삭여 경고했다.

"불을 지르면 저것들을 태울 수는 있겠지만, 다른 것들도 모두 불쏘시개처럼 타서 재가 될 가능성이 커요. 사람들은 불꽃의 벽에 갇힐 수 있고요. 그리고 만약 불이 숲으로 번지면 어떡해요?"

퓨터는 곧바로 불을 껐다.

세스는 반사되는 빛에 초록색으로 물든 퓨터와 안젤리크의 얼굴을 보았다.

"두 분 다 마법사잖아요. 저 괴물들을 원래 크기로 줄일 수는 없나요?"

"이 근처에는 이미 마법이 너무 많아. 마법을 더 보태면 끔찍한 폭발 같은 것이 일어날 수도 있어."

안젤리크가 설명했다.

세스는 얼어붙은 사람들과 그들을 포위하고 있는 무시무시한 나무 괴물들 너머에 있는 어둠으로 시선을 돌려 요란한 물소리가 나고 있는 강 쪽을 바라보았다. 사람들을 구할 방법이 틀림없이 있을 것이다. 세스의 눈에 초록색 불빛의 발원지가 보였다. 킹피셔는 어디에 있을까?

세스는 몸을 낮춘 자세로 뛰기 시작했다. 빛이 비추지 않는 곳의 어둠을 이용하고 이 일대의 숲을 잘 아는 장점을 활용해 그는 어두운 나무들을 피하며 폭포 쪽으로 내달렸다.

빛에 가까워지자, 세스는 팔을 들어 눈을 가렸다. 점점 밝아지던 빛이 이제는 눈이 아플 정도로 강렬했기 때문이다. 하지만 세스는 사람의 형체를 어렵사리 알아볼 수 있었다. 하얀 빛 줄기를 뿜어내는 물건을 높이 들고 있는 작은 사람의 형체. 공기 중에는 불에 탄 오렌지 냄새와 불이 죽어 가면서 내는 연기 냄새가 뒤섞여 진동했다.

세스는 최선의 방법은, 아니 유일한 방법은 뒤에서 몰래 다가가 급습하는 것이라고 생각했다. 그때 그 형체가 뒤로 돌아섰고, 세스는 창살 사이로 아름다운 황금색 빛을 발산하는 작은 새장을 들고 있는 사람이 누구인지 똑똑히 볼 수 있었다. 새장을 높이 들고 있는 사람은 바로 티파니였다.

승리감에 젖은 티파니의 하얀 얼굴이 새장에서 폭포처럼 흘러내리는 매혹적인 빛 속에서 희미하게 빛나고 있었다.

세스는 조금씩, 조금씩 다가갔다. 티파니가 새장을 이용해 나무 괴물들을 조정하고 있는 것이 분명했다. 세스는 티파니의 부모와 헨리마저도 겁에 질려 있는 것을 볼 수 있었다. 티파니는 느릿느릿 움직이는 나무 괴물들을 원 대형으로 유지하고 있었고, 티파니가 머리 위로 들고 있는 새장에서 나오는 불빛에 의해 조종되는 괴물들은 좀비들처럼 맹목적으로 비트적거리고 있었다.

세스는 몸을 날리기에 충분할 정도로 가까이 갔다. 티파니를 제압할 자신이 있었다.

그때, 느닷없이 어디선가 주먹이 날아와 세스의 옆얼굴을 후려쳤다. 세스는 휘청거렸다. 별이 보였지만 간신히 넘어지지 않고 버텨 몸을 돌렸다. 콧수염이 보였다.

"세스. 널 처음 만났을 때부터 이렇게 한 방 먹이고 싶었다."

## 48
## 그리고 무사히 빠져나갈 거야

"내가 좋아하는 1등 용의자로군. 널 벽장에 그대로 가둬 두어야 했어. 마음이 너무 여린 것, 그게 나의 약점이야."

세스는 이를 갈면서, 주먹에 맞아 다친 곳을 킹피셔에게 보여 주지 않으려고 애썼다. 이제 세스는 의심할 여지없이 킹피셔가 샐로미어스 박사를 죽였다는 사실을 알고 있었다. 하지만 지금은 그 문제로 분노할 때가 아니었다. 티파니로부터 사람들을 구할 방법을 찾아야 했다.

"우리는 이제 그만……."

세스는 말을 끝맺지 못했다. 무엇인가가 두 다리를 꽉 잡고 놓지 않는 것이 느껴졌기 때문이다. 킹피셔는 1미터쯤 떨어진 곳에 서 있었기 때문에, 세스는 자신이 마법에 의해 꽉 붙잡혀 있다고 확신했다. 킹피셔는 재빠른 동작으로 다가와 세스를 붙잡고 팔을 위로 비틀어 돌려세웠다. 세스는 비명을 내질렀다.

"너한테 누명을 씌우는 게 정말 쉬울 것 같더라고. 어제 수갑을 채워서 너를 데리고 여기를 빠져나가야 했어. 그럼 일이 훌륭하게 마무리되는 건데. 모두에게 축하를 받고. 넌 정말 골칫거리였어, 세스. 너 때문에 시간을 좀 허비했지."

세스는 팔을 비틀어 빼내려고 했지만, 킹피셔가 너무 꽉 붙잡고 있었다. 만약 킹피셔가 팔을 잡아당기는 동작을 멈추지 않으면, 세스는 당장이라도 기절할 것 같은 기분이 들었다.

"당신이 샐로미어스 박사님을 죽였어요."

세스가 이를 악물고 말했다.

"난 무사히 빠져나갈 거야. 넌 나를 막을 수 없어. 나는 늘 너보다 한발 앞에 있으니까."

"한발 앞이라고요? 그런데 왜 티파니를 끌어들였어요? 혼자서는 나한테 누명을 씌울 능력이 없으니 그럴 수밖에 없었겠지요. 당신은 실패한 거예요."

세스가 돌아서려 했지만 킹피셔는 오히려 그의 팔을 더 높이 들어 이상한 각도로 비틀었다. 세스는 팔이 부러질까 봐 겁이 났다. 통증 때문에 괴로웠고, 땀이 났고, 잠깐 시야가 흐려졌다. 하지만 그는 한 가지에만 정신을 집중했다. 킹피셔가 샐로미어스 박사를 죽였다는 사실. 그가 무사히 빠져나가서는 절대로 안 된다. 세스는 방법을 찾아야 했다.

"넌 그게 문제야, 세피."

킹피셔가 세스의 귀에 대고 나지막이 말했다.

"늘 끼어들어 방해를 하지. 너 때문에 내가 계획을 세웠다가 바꾸고 티파니를 끌어들이게 된 거야."

킹피셔는 세스에게 손가락질을 하면서 티파니를 쳐다보았다.

킹피셔는 겨우 1초쯤 한눈을 팔았지만, 그 시간은 세스가 발로 킹피셔의 발목을 밟기에는 충분히 긴 시간이었다. 킹피셔가 비명을 질렀다.

세스는 평생 단 한 번도 고의로 다른 사람에게 고통을 준 적이 없었다. 하지만 샐로미어스 박사를 생각했고, 붙잡히지 않은 손으로 주먹을 쥐었다. 주먹을 제대로 날려야 한다는 것을 알았다. 기회는 한 번뿐이었다. 세스는 킹피셔의 얼굴에 주먹을 날렸다.

"이건 날 벽장에 가둔 대가예요."

세스는 주먹질한 다음 힘겹게 팔꿈치를 들어 킹피셔 턱 바로 아래 물렁한 곳을 쳤다.

"이건 샐로미어스 박사님을 위해서."

세스는 바닥에 너부러진 킹피셔를 내버려 두고 다음 목표를 향해 움직였다. 전력 질주를 했다. 몇 초밖에 시간이 없다는 것을 알았지만, 어쩌면 세스에게는 자기가 생각하지도 못한 놀라운 힘이 남아 있을지도 모를 일이었다.

세스는 티파니를 향해 내달렸다. 만약 어둑한 곳 밖으로 막 튀어나가려는 순간 의식을 되찾은 킹피셔가 경고하는 소리를 지르지 않았다면, 세스는 성공했을 것이다.

티파니가 뒤로 돌아 마지막 순간에 그를 보았고, 사악한 승리의 미소를 짓던 얼굴이 순간 놀라움과 충격으로 바뀌었다.

하지만 세스인 것을 확인하고는 다시 미소를, 사악한 비웃음을 지었다.

세스는 그대로 돌진했다.

새장을 잡으려 한 것이 아니라, 두 손으로 티파니의 허리를 꽉 잡아 뒤로 밀쳤다. 티파니는 비틀거렸고, 흠 하나 없는 얼굴에는 놀란 표정이 역력했다.

하지만 티파니는 쓰러지지 않고 버텼고, 세스는 더 바싹 다가가 한 발로 티파니의 오른쪽 다리를 걸었다. 티파니가 뒤로 휘청하더니 머리를 먼저 땅에 부딪치며 쫘당 쓰러졌다.

그리고 손에 쥐고 있던 반딧불이 새장을 놓쳤다.

티파니가 새장을 놓치자마자, 세스는 뒤를 돌아보았다. 나무 괴물들이 모두 바닥에서 나뒹굴고 있었고, 하얀 빛 줄기들이 싹 사라졌다. 마치 누가 전기 스위치를 내린 것 같았다. 거인 같던 나무 조각물들은 마지막으로 몸을 뒤트는가 싶더니 움직임을 뚝 멈추고는 원래 크기로 줄어들었다. 흡사 눈사람이 녹는 것 같았다.

티파니가 세스를 향해 땅바닥을 기어 왔지만, 세스는 티파니를 발로 걷어차고 새장을 잡으러 뛰어갔다.

그런데 마법의 빛이 사라지고 나니 아무것도 볼 수가 없었다. 보이는 것이라고는 달빛과 별빛에 비친 어슴푸레한 그림자들과 근처에 있는 풀벌레 숲에서 나오는 희미한 초록빛뿐이었다.

누군가가 세스 옆쪽에서 일어나더니 온 힘을 다해 달려들었다.

이번에는 세스가 바닥에 쓰러졌고 발아래에 있는 나무뿌리에 뼈가 으스러질 것 같은 정도로 세게 부딪혔다. 세스는 거의 암흑 상태인 앞을 향해 손을 쭉 뻗었다. 킹피셔가 바로 앞에 있는 것을 알았지만, 어두움 때문에 세스도, 킹피셔도 서로를 볼 수 없었다. 둘은 땅바닥에서 마구 팔을 내두르고 있었다. 반딧불이 새장을 잡기 위해서였다.

잠시 후, 세스의 손가락에 새장이 닿았다. 세스는 잽싸게 새장을 낚아챘다. 한발 늦은 것을 깨달은 킹피셔는 분노의 고함을 내질렀다. 그러고는 다시 세스를 향해 몸을 날려 목을 졸랐다. 세스는 광기에 찬 킹피셔의 눈을 보면서 그를 떼어 내려고 안간힘을 썼다.

하지만 숨이 막히기 시작했고 목을 누르는 압박 때문에 눈앞이 흐릿해졌다. 긴 몇 초가 지나고 나서야 세스는 킹피셔를 칠 수 있는 물건을 손에 쥐고 있다는 것을 깨달았다. 세스는 킹피셔의 머리통을 반딧불이 새장으로 내리쳤다.

킹피셔가 손아귀를 풀고 철퍼덕 쓰러졌다. 세스는 찬 공기를 흠뻑 들이마시면서 다른 사람들이 모두 탈출해 안전한 곳으로 가고 있기를 바랐다.

세스는 허리를 숙인 채 숨을 몰아쉬었다. 킹피셔가 비튼 팔은 여전히 아팠고, 목구멍은 마치 사포를 삼킨 것처럼 깔끄러웠다. 그때 어둠 속에서 티파니가 분명한 그림자 하나가 달아나는 것이 설핏 보였다.

티파니는 폭포 쪽으로 가고 있었다. 하지만 강은 탈출구가 될 수 없었다. 급류가 거세기 때문이었다. 경고하듯이 우르릉대는 물소리가 공기 중에 가득했지만 세스는 비트적거리며 티파니를 쫓아갔다. 약한 달빛이 구름 사이로 얼굴을 내밀었지만, 물안개 때문에 앞이 거의 보이지 않아 별 도움이 되지 않았다. 티파니는 폭포의 꼭대기 방향으로 올라가고 있었다.

세스는 한 손에 반딧불이 새장을 꼭 쥔 채로 위로 올라가는 티파니를 뒤쫓았다. 높이 올라갈수록 바위들이 더 미끌미끌했다.

누군가가 세스를 뒤에서 붙잡았다. 세스가 싸우기 위해 남은 힘을 끌어모으고 있을 때, 목에 날카로운 칼끝이 느껴졌다.

"넌 여기까지야, 세피. 반딧불이 새장을 나한테 넘겨."

킹피셔가 세스의 귀에 대고 말했다. 하지만 성난 물소리 때문에 소리를 질러야 했다.

킹피셔가 칼끝으로 쿡쿡 찌르자 세스는 반딧불이 새장을 꼭 쥔 채로 조금씩, 조금씩 뒷걸음질을 칠 수밖에 없었다. 결국 급류 바로 위에 튀어나와 있는 바위의 맨 가장자리까지 몰렸다. 세스는 고개를 돌려 폭포에서 떨어져 맹렬히 소용돌이치고 있는 물을 내려다보았다.

킹피셔와 티파니가 폭포로 향하는 것을 보았을 때, 세스는 이상하다고 생각했었다. 그들이 도대체 무슨 계획을 갖고 있는 것인지 의아했다. 그쪽으로 가면 설사 누가 어둠 속에서 그들을 발견한다 해도 도와주러 오기에는 너무 먼 곳이기 때문이었다.

킹피셔가 손에 쥐고 있는 칼이 은빛으로 번뜩였다.

세스에게는 달리 선택할 길이 없었다. 반딧불이 새장을 넘길 수밖에 없었다. 무자비한 물속으로 스스로 뛰어들지 않는다면 말이다. 세스는 물에 뛰어드는 것도 불사할 작정이었다. 반딧불이 새장과 함께 떨어지면, 그것으로 세스도 반딧불이 새장도 끝이다. 세스가 지금 상황에서 벗어나는 길은 이 방법밖에 없었다.

그때 킹피셔의 어깨 너머로 티파니가 보였다. 티파니는 땅바닥에 널려 있는 돌멩이들 때문에 자꾸만 걸려 넘어져 다가오는 속도가 점점 느려지고 있었다.

그런데 세스 눈에 얼핏 뭔가 놀랄 만한 것이 보였다. 호텔로 돌아가지 않고 어둠 속에서 그들을 찾으러 나선 한 사람이 티파니에게 다가가고 있었다. 몸집이 크고 얼굴에 흉터가 있는 마드 백작이었다.

그때 파란 불꽃이 킹피셔의 가슴을 때렸고, 킹피셔는 마치 번개에 맞은 것처럼 칼을 떨어뜨렸다. 세스가 뒤를 돌아보니, 결연한 표정을 짓고 있는 안젤리크가 서 있었다.

킹피셔는 잽싸게 움직여 세스가 아니라 반딧불이 새장을 잡았다. 이제 킹피셔와 세스 둘 다 새장을 붙잡고 있었다. 새장을 놓치지 않으려는 두 사람이 위험천만한 바위 위에서 미끄러지며 드잡이를 벌였다. 세스는 발이 미끄러져 뒤로 비틀거렸다. 거세게 떨어지는 폭포수 소리가 천둥처럼 귀에 울렸다. 하지만 그는 여전히 반딧불이 새장을 놓지 않고 있었다.

안젤리크가 가세해 바닥을 쓸 듯이 지팡이를 휘둘러 킹피셔의 다리를 후려쳤다. 킹피셔는 새장을 잡고 있던 손을 놓았다. 그런데 반딧불이 새장이 세스를 물속으로 떨어지지 않게 잡아 주고 있던 유일한 힘이었던 셈이라, 세스는 몸이 뒤로 떨어지는 것을 느꼈다.

손 하나가 세스를 꽉 붙잡았다. 억센 손아귀가 그를 바위 끝에서 안전한 곳으로 천천히 잡아당겼다. 세스는 안젤리크 스퀴의 갈색 눈을 들여다보고 있었다. 두 사람이 뒤를 돌아보았을 때, 킹피셔가 반딧불이 새장을 트로피처럼 부여잡고 도망치고 있는 것이 보였다.

너무 시끄러워 소리가 들리지 않았지만 세스는 안젤리크에게 입 모양으로 '고마워요'라고 말했다.

세스는 왜 킹피셔가 폭포 꼭대기를 향해 가는지 이해할 수 없었다. 그런데 티파니도 마드 백작보다 1미터쯤 앞선 상태로 킹피셔와 같은 방향으로 허겁지겁 뛰어가고 있는 것이 보였다.

세스는 지친 몸을 끌고 힘겹게 움직였다. 오르는 길이 힘들고 더뎠지만, 차츰 킹피셔를 따라잡고 있었다. 티파니는 바로 앞에 있었고, 마드 백작과 안젤리크가 거리를 좁혀 가고 있었다. 허우적대다 시피 하며 느릿느릿 올라가고 있는 사람들을 물보라가 덮치는 바람에, 앞을 제대로 볼 수 없었다.

팔을 쭉 뻗으면 킹피셔에게 닿을 정도로 가까이 갔을 때, 세스는 녹초가 된 몸을 그를 향해 날렸다. 킹피셔는 뒤로 벌러덩 넘어졌지만, 누운 자세로 발길질을 하며 바위들을 타고 폭포 꼭대기를 향해 계속 올라갔다. 폭포 꼭대기에서 물이 거세게 쏟아져 내리고 있었다. 하지만 킹피셔는 반딧불이 새장을 놓지 않고 꼭 쥐고 있었다.

세스는 옆쪽에서 티파니가 온 힘을 다해 달려드는 것을 느꼈다. 숨이 턱 막혔다. 티파니가 발길질을 했지만, 세스가 팔을 뻗어 다리를 붙잡아서 티파니를 쓰러뜨렸다. 티파니는 부드러운 흙바닥에 얼굴을 처박았다. 하지만 완벽한 하얀 치아를 드러내며 웃는 것으로 보아 다친 곳은 없는 것 같았다.

세스는 티파니를 주먹으로 때리는 것이 생각보다 쉽다는 걸 알게 되었다. 평소에 너무나 자주 상상한 모습이었기 때문이다. 티파니는 세스의 주먹에 코를 맞아 코피가 나자 비명을 내질렀다.

"네가 내 코에 무슨 짓을 했는지 봐, 세피."

티파니가 눈물을 글썽이며 말했다.

세스는 코를 어루만지고 있는 티파니를 그대로 두고 킹피셔를 쫓기 시작했다. 미끄러운 바위들을 기어 올라가는데 주먹이 따끔거렸다.

세스는 물에 흠뻑 젖고, 티파니의 피가 묻어 있고, 킹피셔가 목을 졸라 거의 목소리도 안 나오는 상태였지만, 숨을 몰아쉬면서, 킹피셔를 붙잡고 반딧불이 새장을 되찾을 수 있다고 믿었다.

그때 킹피셔가 무엇인가를 높이 들고 흔들었다. 세스의 검은 책이었다.

킹피셔는 검은 책을 높이 들어 거친 물살 위에서 흔들면서 던져 버리겠다고 협박했다. 킹피셔는 세스가 손을 뻗으면 닿을 수 있는 거리에 있었다. 킹피셔가 웃으며 책을 떨어뜨렸다. 세스의 눈앞에서 소중한 책이 포물선을 그리며 강으로 곧장 떨어지고 있었다.

세스는 생각할 겨를도 없이 킹피셔에게서 눈을 떼고 몸을 날려 영원히 강 속으로 사라질 뻔한 검은 책을 손가락 끝으로 간신히 잡았다. 그런 다음 주위를 둘러보니, 티파니가 코를 움켜잡은 채로 킹피셔를 향해 팔을 뻗고 있는 것이 보였다.

  킹피셔가 티파니의 손을 잡으러 갔다. 하지만 티파니는 그에게 손을 뻗고 있는 것이 아니었다. 티파니는 반딧불이 새장을 잡더니 킹피셔를 옆으로 밀어 쓰러뜨렸다. 너무나 충격을 받은 킹피셔는 아무런 저항도 하지 못하고 있었고, 티파니는 확실한 제압을 위해 반딧불이 새장으로 킹피셔의 옆통수를 후려쳤다.

  이제 세스와 티파니는 물이 쏟아져 내리는 폭포 꼭대기에 거의 다 왔을 정도로 높은 곳까지 왔다. 티파니는 포효하는 폭포수 바로 옆에 있는 크고 넓적한 바위 위에 서 있었다. 그런데 그 바위가 이상했다. 마치 바위 전체가 멀리서 움직이고 있는 것처럼 일렁거렸다. 세스는 무엇인가 잘못되었다는 것을 느꼈지만, 이미 늦었다.

  티파니가 한 손으로 반딧불이 새장을 꼭 움켜잡은 채로 다른 한 손의 손바닥을 쫙 펴서 바위를 어루만졌다.

  그리고 티파니는 그 자리에 없었다.

  온데간데없이 사라져 버렸다.

## 49
## 마지막 희망

세스는 티파니가 말 그대로 눈앞에서 사라져 버린 검은 바위를 바라보았다.

"이런."

목소리가 들려 세스가 돌아보니, 어느새 퓨터 수사관이 머리카락과 코끝에서 물을 뚝뚝 떨어뜨리며 나타나서 텅 빈 바위를 보며 고개를 끄덕이고 있었다.

"월요일에 할 서류 작업이 끔찍하게 많겠구먼."

역시 물에 흠뻑 젖어 머리카락이 얼굴에 착 달라붙고 콧수염이 축 처진 킹피셔가 분노에 겨워 소리쳤다.

"내가 준비해 놓은 텔레포트로 탈출하다니! 게다가 반딧불이 새장도 가져가 버리고! 우리가 쫓아갑시다. 우리가 붙잡아야 해요. 우리가······."

"젊은이, 자네는 아무 데도 갈 수가 없어."

퓨터가 엄한 목소리로 말했다.

"너를 매지콘의 이름으로 체포한다."

퓨터는 옷 주머니에서 가는 초록색 끈을 꺼냈다. 세스는 킹피셔가 도망치지 못하게 하려면 겨우 토마토 묶는 데나 쓰는 끈보다는 더 튼튼한 것이었으면 좋겠다고 생각했다.

"안 돼!"

킹피셔는 분노의 절규를 내질렀지만, 나머지 말들은 폭포의 급류에 파묻혀 버렸다. 그는 끈을 한 번 쳐다보더니 뒷걸음질 치며 퓨터에게 마구 발길질을 해 댔다. 하지만 퓨터는 날렵하게 피했다. 세스는 퓨터가 어떻게 킹피셔의 손을 등 뒤로 돌려 잡았는지 보지도 못했다. 하지만 손이 묶이자마자 킹피셔는 소리 지르는 것도 몸부림치는 것도 멈추고 완전히 조용해졌다. 사실 모든 움직임을 멈추었다. 그저 풍선처럼 둥둥 떠 있는 것 같았다.

"마법 체포."

퓨터가 세스에게 설명했다. 이 말이 세스가 머리가 빙빙 돌기 전에 들은 것으로 기억하는 마지막 말이었다.

주먹으로 맞은 머리에서 통증이 느껴졌고, 숲속에서 추격하고 폭포 꼭대기까지 올라가느라 쌓인 피로가 한꺼번에 몰려왔다. 다리에 힘이 빠지는가 싶더니 완전히 맥이 풀렸고, 녹초가 된 몸이 퓨터의 발아래로 쓰러졌다.

세스는 침대에 누워 있었다. 맨 먼저 든 생각은 최대한 오래 침대에 누워 있어야겠다는 것이었다. 다시 베개에 머리를 파묻고. 가능하면 영원히. 나이트셰이드가 침대 발치에 웅크리고 있었다. 세스는 고양이를 깨우지 않으려고 다리를 천천히 움직였다.

세스는 힘겹게 한 손을 올려 머뭇머뭇 머리를 만져 보았다. 머리가 수박만 하게 부어 있었다. 망치에 맞은 듯이 머리가 욱신욱신 쑤셨다.

하지만 세스에게 잠보다 더 절실한 것은 일이 어떻게 진행되고 있는지 아는 것이었다. 그래서 주방에서 들려오는 목소리를 따라 힘겹게 아래층으로 내려갔다. 세스는 셔츠 안으로 손을 넣어 검은 책이 무사히 잘 있는지 확인해 보았다. 없었다. 누군가 책을 가져간 것이다.

세스가 아픈 다리를 끌고 힘겹게 주방 쪽으로 가고 있는데, 마드 백작이 흐느끼는 소리가 들렸다.

"왜? 왜 그를 꼭 죽여야만 했을까?"

"킹피서가 그 모든 것을 계획했을 만큼 영리한 사람인지는 의심스러워요."

퓨터가 조용히 차를 젓는 소리가 났다.

"다른 사람의 명령을 따랐다는 것이 나의 추측입니다."

"레드 발레리언? 반딧불이 새장을 손에 넣고 그 과정에서 샐로미어스 박사를 죽이라는 명령?"

이제 세스가 주방 안으로 들어왔다. 주방에는 퓨터와 마드 백작, 안젤리크만 있었다.

퓨터가 고개를 끄덕이고 있었다.

"그가 세스에게 죄를 제대로 뒤집어씌우지 못하면서 일이 꼬이기 시작한 거지요. 그는 자신의 역량을 넘어서는 일을 하고 있었어요. 그 와중에 티파니가 냄새를 맡고 기쁜 마음으로 끼어들었는데, 그 아이가 킹피셔보다 더 똑똑했던 겁니다."

"티파니는 원래 머리가 좋아요. 다만 머리를 쓸 가치가 있는 일을 찾지 못했을 뿐이죠."

세스가 그렇게 말하고는 주위를 둘러보았다. 주방이 깨끗하게 정리되어 있었고, 삶은 달걀과 토스트 냄새가 풍겼다.

모두 세스에게 아침 인사를 했다. 세스는 금이 간 주방 시계를 힐끔 보고는 몇 시간 동안이나 잠을 잤다는 사실에 놀랐다. 벌써 아침이라는 게 믿어지지 않았다.

세스는 다른 손님들은 모두 떠났고, 번 부부와 헨리는 자고 있거나 방해하지 않으려고 다른 곳에 있다고 짐작했다.

정말로 다 끝난 것일까? 세스는 이제 더 이상 살해 혐의를 받고 있지 않는 것일까?

세스는 티파니가 자기 방에서 가져온 검은 책과 금화를 꺼냈을 때 자신의 기분이 어땠는지를 생각했다. 그리고 독약 병을 내놓으라는 추궁을 당했었다. 그때 세스는 정말로 모든 것이 다 끝나고, 자신이 살해범으로 굳어져서 더 이상 누명을 벗을 기회가 없다고 생각했었다.

퓨터가 세스에게 진한 차 한 잔을 건넸다.

"푹 잤길 바라네. 우리는 지난 2년 동안 레드 발레리언을 쫓고 있었고, 단서를 하나도 찾지 못했었네. 매우 불미스러운 의문의 죽음들만 많았지."

퓨터는 마드 백작 쪽으로 고개를 돌리고는 내처 말했다.

"킹피셔 씨는 그의 진술을 들으면 아주 좋아할 사람들한테 보냈습니다."

세스는 자신이 갇히게 될 것이라고 상상했던 어두운 감방에서 킹피셔가 오래오래 갇혀 있기를 바랐다.

"킹피셔 씨는 제 거울하고 똑같은 룬글라스를 가지고 있었어요."

세스가 말했다. 킹피셔한테 졸린 목 부분이 쓰라렸다.

"그래서 독을 가지고 아무도 모르게 식당에 침입할 수 있었던 거예요. 그러고는 저한테 누명을 씌웠지요. 그는 사전에 준비하고 여기에 온 거예요."

세스는 킹피셔의 방에서 레드 발레리언의 카드를 발견했다는 것을 말할 기회가 없었었다. 세스는 뻣뻣한 몸으로 퓨터에게 걸어가 킹피셔의 방에서 발견한 카드를 힘없이 건넸다.

"이 카드가 레드 발레리언 밑에서 킹피셔 씨가 일하고 있었다는 것을 증명하겠죠?"

"최소한 우리는 살인범은 잡았어요, 볼도. 반딧불이 새장을 찾으려면 시간이 좀 걸리겠지만."

퓨터가 말했다.

"어떻게 킹피셔가 빠져나갈 뻔했는지 아직도 이해가 안 되오."

머리를 가로저으며 볼도 마드 백작이 말했다.

"그런 식으로 디저트에 독을 타다니. 수사에 혼선을 빚게 말이오. 자기를 의심하지 못하게 하도록 말입니다. 미꾸라지 같은 놈."

"우리가 킹피셔에게서 이 사건에 대한 진실의 전모를 알아내기 전까지는 제가 할 수 있는 건 추측뿐입니다. 아마도 아주 형편없는 추측이 되겠지만."

퓨터가 말했다.

"하지만 조금이라도 들을 만한 가치가 있다면, 우선 이걸 기억하세요. 킹피셔는 룬글라스로 호텔을 마음대로 돌아다녔기 때문에 살인을 할 기회는 많았습니다. 토퍼는 그의 손안에 있었던 셈이지요."

퓨터는 생각에 잠긴 듯 차를 한 모금 마시고는 내처 말했다.

"나는 그가 절호의 기회를 찾으러 다녔다고 생각합니다. 자신은 빠져나가고 다른 사람에게 누명을 씌울 기회 말입니다. 우리가 알다시피, 그는 독약을 가지고 왔지요. 어쩌면 그는 처음에는 토퍼가 혼자 침실에 있을 때 몰래 숨어들어 가는 것 말고는 딱히 더 좋은 계획이 없었을지도 모릅니다. 그건 아직 우리가 알 길이 없지요. 내 상상일 뿐이지만, 그는 샐로미어스 박사만을 위한 디저트가 식당으로 들어가는 것을 보았을 겁니다. 우리가 킹피셔라면 어떻게 했을까요? 놓치기에는 아까운 너무나 좋은 기회였지요. 그리고 자신은 범죄와 무관하다는 것을 확실하게 보여 줄 수 있는 훌륭한 방법이고요."

세스는 안젤리크 옆에 있는 의자 하나에 털썩 앉았다. 안젤리크는 블랙커피를 앞에 두고 앉아 빨간 지팡이의 은빛 꼭지를 조용히 보고 있었다.

"호텔 손님들이 모두 마법을 할 수 있다는 것을 알게 된 순간 티파니는 자기도 마법의 능력을 가질 기회를 호시탐탐 노렸을 거예요."

세스가 말했다. 그리고 차분한 목소리로 말을 이었다.

"킹피셔 씨는 티파니가 기회만 있으면 바로 배신을 할 사람이라는 것을 알 수 없었겠지요. 엄청나게 강력한 마법 도구를 훔쳐 독차지할 기회가 있다는 걸 알게 되었을 때, 티파니는 그 기회를 놓치고 싶지 않았을 거예요. 그리고 곧바로 그걸 이용해 무시무시하고 끔찍한 일을 저질렀고요."

퓨터가 세스의 어깨에 손을 얹으며 말했다.

"마법사가 될 수 있다는 가능성은 어떤 사람들에게는 매우 해로운 영향을 끼치지."

"티파니가 이제 마법을 부릴 수 있겠소? 그 물건의 힘으로?"

마드 백작이 물었다.

세스는 어슬렁어슬렁 움직이는 눈 없는 괴물들을 떠올렸다. 그것은 단순히 나쁜 마법 정도가 아니었다. 진짜 끔찍하고 무시무시한 마법이었다.

"티파니가 반딧불이 새장을 다루는 법을 터득하기 전에 우리가 붙잡을 겁니다."

퓨터가 장식이 화려한 손목시계를 보면서 자신 있게 말했다.

"그 아이가 반딧불이 새장을 사용하려 한다면 불에 타 버릴 확률이 50 대 50이라고 말하고 싶군요."

"그럼 나머지 50은 뭐요, 퓨터?"

"우주에서 가장 강력한 힘을 가진 소녀가 되는 거지요."

## 50
## 마법사가 될 수 있다는 가능성

안젤리크가 유심히 들여다보고 있는 지팡이 끝이 파랗게 빛났다. 안젤리크는 지팡이의 꼭지를 딸깍 닫고는 지팡이로 신발을 툭툭 친 다음 퓨터에게 고개를 살짝 끄덕였다.

퓨터가 백작을 돌아보며 말했다.

"잘하면 우리가 백작님이 생각하는 것보다 훨씬 더 빨리 티파니의 흔적을 추적할 수 있을 것 같습니다. 최고의 단서를 찾은 것 같습니다. 곧바로 수사에 착수해야 합니다."

티파니가 어디로 순간 이동했는지에 대한 단서를 안젤리크가 지팡이에 있는 측정기 같은 것에서 본 것일까? 세스는 그렇게 짐작했지만, 제대로 이해하기에는 알고 있는 마법이 너무나 적었다. 게다가 너무나 피곤했다.

"음, 그 텔레포트가 영원히 열려 있지는 않을 거요. 나는 그만 가봐야겠소."

마드 백작이 그렇게 말하고는 자리에서 일어났다.

"제 책은 어떻게 되는 건지 알려 주실 수 있을까요?"

세스가 물었다.

검은 책은 언제나 세스의 손안에 있으면 따뜻해지는 것 같았고, 거기가 검은 책의 자리인 것 같았다. 세스는 사악한 마법사가 쓴 것으로 추정되는 책과 자신이 관련이 있다는 것을 인정하는 것이 영리한 일이 아니라고 생각했다. 하지만 갑자기 검은 책을 다시는 보지 못하리라는 생각이 들었다.

주전자를 다시 채우고 있던 퓨터가 뒤를 돌아보았다. 얼굴에 주름 잡힌 미소가 피어올랐고, 눈은 안경 뒤에서 밝고 파랗게 빛났다. 그는 주머니에서 검은 책을 꺼내 세스 쪽으로 내밀었다.

세스는 팔을 뻗어 책을 받았다. 이 책은 아마도 안젤리크가 없애 버리자고 주장할 만한 마법적인 물건일 것이다. 세스는 재빨리 서츠 속으로, 바로 살갗에 닿게 책을 집어넣었다. 책에서 빛이 났다.

세스는 고개를 들어 자기를 가만히 내려다보고 있는 안젤리크를 쳐다보았다.

안젤리크가 말했다.

"나는 아직도 네가 나를 제대로 이해하지 못하고 있다고 생각해."

"이해하고 있어요. 당신은 폭발공포실종자를 조사하기 위해 잠복 중인 마법 비밀 요원이에요. 당신의 임무는 '그 사건' 때 누가 사망했는지, 그리고 누가 아직도 살아서 숨어 있는지 알아내는 거예요. 어떻게 임무를 수행하는지도 알아요. 마법의 역사가 있는 것으로 알려진 건물에 들어가 오래된 마법의 흔적이 있으면 마법의 물건을 모두 몰수하는 것 같은 일을 해요. 그걸 '청소'라고 부르죠. 이것 봐요. 난 다 알아요. 나는 그게 당신이 여기에 온 이유라는 것도 알아요. 당신은 폭발공포실종자인 위치 라치트를 추적하고 있었고, 그가 죽었는지 살았는지 알아보려고 온 거예요. 나는 아직도 위치 라치트가, 그 사악한 마법사가 여기 라스트 찬스 호텔에 살았다는 게 믿어지지 않지만요. 게다가 샐로미어스 박사님의 반딧불이 새장을 가지고 있었다니. 그 물건은 여기에 몇 년 동안 있었을 거예요. 위치 라치트는 과학 발명 마법사였고 아마도 여기에서 온갖 종류의 사악한 과학적인 마법과 실험을 실행했겠지요. 이 책은 그 사람의 물건인 것 같지만, 만약 허락만 해 준다면, 나는 이 책을 갖고 싶어요."

세스가 말을 마쳤다.

안젤리크도 퓨터도 아무 말도 하지 않았다. 세스는 그들이 자기에게 말해 주지 않고 있는 것이 무엇인지 알아내려 애썼다.

"이곳의 마법의 역사……. 설마…… 설마 번 씨가 마법 가문 출신이라는 건 아니죠?"

세스가 겁에 질려 물었다. 더 많은 퍼즐 조각들이 맞춰졌고, 세스는 완성된 그림이 마음에 들지 않았다.

"이 집이……? 번 씨는 아주 우연히 반딧불이 새장을 사용하는 방법을 알게 된 거예요. 그렇죠?"

세스는 훨씬 더 끔찍한 생각에 사로잡혔다.

"티파니, 그 아이가 마법을 물려받게 되는 건 아니죠?"

"이 집을 제대로 청소할 필요가 있다는 네 말은 맞아."

안젤리크가 코를 훌쩍이고는 말을 이었다.

"제대로 청소하면 무엇을 발견하게 될지 아무도 몰라. 벽에 아직도 마법이 있어. 정원에도 분명히 있고. 하지만 걱정 마. 번 가족은 마법 가문이 아니니까."

세스는 귀에 들릴 정도로 크게 안도의 한숨을 쉬었다.

퓨터가 껄껄 웃고는 말했다.

"자네는 마음 졸일 일을 참 많이도 겪는 것 같군."

퓨터는 세스에게 가까이 다가오며 내처 말했다.

"여기가 참 좋은 곳이라는 걸 알겠네. 이 으스스한 숲. 반딧불이. 토끼. 자네는 자네의 가문에 대해 뭘 알고 있나, 세스? 번 가족이 자네의 부모님에 대해 무슨 말을 해 주던가?"

"아버지는 그들의 요리사로 일하셨고……."

안젤리크가 말했다.

"세스, 네가 조금 전에 말한 것처럼 위치 라치트는……. 있잖아, 너 혹시 위치 라치트가 남자가 아니라 여자라고 생각하지 않니? 위치 라치트가 네 어머니일 수도 있다고 생각하지 않아?"

세스는 몇 번 눈을 깜박였다. 그의 마음은 안젤리크가 한 말을 도저히 받아들일 수가 없었다. 그는 다시 기절할 것만 같았다.

"하지만…… 하지만 위치 라치트가, 그 사악한 폭발공포실종자가 제 어머니일 리가 없어요."

안젤리크가 말했다.

"정식으로 조사해 봐야겠지. 하지만 아마도 네 어머니가 맞을 거야."

이 말은 안젤리크가 세스의 어머니가 살았는지 죽었는지 조사하러 여기까지 온 것이라는 뜻이었다.

세스한테 이것은 결코 믿을 수 없는, 도저히 받아들일 수 없는 것이었다.

세스는 마음속 깊은 곳에서 어머니에 대한 유일한 기억을 끄집어냈다. 세스가 어머니에 대해 말하려고 할 때마다 아버지는 아무 말도 안 하거나 지나치게 화를 냈다. 그래서 세스는 오래전부터 어머니에 대한 이야기를 더는 하지 않았다.

정말 어머니가 사악한 마법사였고, 아들에게 마법의 물건에 관한 신비한 책을 남긴 것일까? 아버지는 무엇을 알고 있었을까?

그리고 만약 어머니가 마법사라는 사실에 대해 아버지가 그 어떤 것도 말하지 않았다면, 세스가 알아야 할 것들이 또 뭐가 남아 있을까? 아버지와 어머니가 아들에게 말하지 않은 다른 비밀은 무엇일까?

세스의 마음이 계속 줄달음질 쳤다. 만약 어머니의 공식적인 상태가 폭발공포실종자라면 그것은 어머니가 정말로 죽은 건지 확실히 아는 사람은 아무도 없다는 뜻이었다.

퓨터가 빙긋이 웃으며 말했다.

"그리고 난 번 씨 부부가 이곳을 소유한 적이 한 번도 없다고 아주 확신하네. 이곳은 조상 대대로 자네 어머니 집안의 집이었어. 그들이 자네 아버지가 사라진 다음에 술수를 써서 손에 넣은 것이라고 생각하네. 자네는 무슨 일이 벌어지고 있는지 이해하기에는 너무 어렸겠지. 스퀴 양과 정보부가 이런 일들을 조사하지 않았다면 번 씨 부부는 끝까지 들키지 않았을 거야."

퓨터는 큼지막한 손목시계를 보았다.

"좋아. 이제 일할 시간이야."

세스는 두 사람을 번갈아 쳐다보지 않을 수 없었다.

"이 호텔이 제 것이라고요?"

세스는 손사래를 치면서 확인을 요구하는 듯이 안젤리크를 쳐다보았다. 안젤리크는 고개를 끄덕이고 있었다.

"세스, 혹시 작은 마법이라도 한번 시도해 볼까, 하고 생각해 본 적 없니?"

안젤리크가 작은 기침을 하면서 말했다.

이것은 받아들이기에는 너무나 엄청난 일이었다. 세스는 아무 말도 하지 못하고 고개만 가로젓고 있었다. 하지만 입이 저절로 벌어지는 것은 어쩔 수 없었다.

"있잖아, 네가 할 수 있는 마법의 주문 같은 것을 네가 찾아내게 될 수도 있어. 아무리 작은 마법이라도 말이야. 너한테 필요한 것은 단 하나, 선천적인 마법 재능을 발휘하도록 불을 붙여 줄 불씨일지도 몰라. 불씨 이야기는 너도 알고 있지. 어쩌면 네가 선발회에 지원해서 마법 세계에 공식적으로 들어갈 능력이 있는 행운아일지도 모르잖아."

세스는 안젤리크의 말이 사실이기를, 정말로 그녀의 말대로 될 가능성이 있기를 바라는 마음이 그렇지 않은 마음보다 컸다.

"난 마법을 해 본 적이 없어요. 그저 마법계를 속이려고 나온 별난 사기꾼 정도로 판명될 수도 있어요."

세스가 속삭이는 목소리로 말했다.

"내가 마법사라면 내가 알지 않을까요? 퓨터 수사관님은 마법을 배우는 것이 세상에서 가장 어렵고 가장 위험한 일 중 하나라고 말하셨어요. 난 아직 시작도……."

"누구나 그런 건 아니야, 세스."

안젤리크가 말허리를 끊고 말했다.

"마법은 그보다 훨씬 더 복잡해. 마법은, 아, 이건 설명하기가 좀 어렵네. 마법은 사람들에게 제각각 다른 모습으로 찾아와. 때로는 아무리 네가 원해도 아예 안 올 수도 있어. 나 같은 경우는 운이 좋았어. 마법 가문 출신이고 물려받은 마법도 정말 강력하지. 네가 용감하게 시도해 보기 전에는 네가 실제로 마법을 물려받았는지 아닌지 알 수 없어. 나처럼 정말 강할 수도 있어. 하지만 그건 네가 스스로 알아내야 해."

"아니면 트라우트빈 양처럼 하나도 물려받지 못했을 수도 있지."

퓨터가 문 앞까지 갔다가 돌아서며 말했다.

세스는 마법 세계가 힘을 유지하도록, 새 회원들이 환영받고 교육받을 수 있도록, 그리고 마법사들이 마법을 선하게 이용할 수 있도록 하려고 자신을 희생한 샐로미어스 박사를 떠올렸다.

샐로미어스 박사는 누구나 마법을 배울 수 있으며, 필요한 것은 마법에 불을 댕기는 것이라고 진심으로 믿었었다. 비밀스러운 엘리제 도서관에서 마법 관련 책들을 보고 훈련하면 누구나 마법사가 될 수 있다고 믿었던 것이다.

만약 세스가 마법계에 받아들여질 가능성이 있다는 안젤리크의 생각이 맞는다면, 그는 시도해 볼 것이다. 마법사가 되는 방법을 찾을 것이다.

다만 그 생각에서 움츠러들게 하는 것이 하나 있었다. 만약 어머니의 검은 책과 세스 사이의 유대감에 대한 사람들의 말이 옳다면, 그것은 세스가 사악한 마법만 할 수 있는 운명이라는 뜻일까?

세스는 다짐했다. 만약 자신에게 정말로 마법의 능력이 있다면, 다른 사람을 죽게 만드는 마법은 절대로 사용하지 않겠다고.

세스는 퓨터와 안젤리크를 따라 호텔 앞으로 나갔다. 작별 인사를 하기가 어려울 것이라고 생각했지만, 이제 그에게는 임무가 있었다. 그는 요리보다 훨씬 더 흥미진진한 것을 시도하게 될 것이다. 마법을 부릴 수 있도록 노력할 것이다.

안젤리크가 세스에게 조언을 했다.

"잊지 마. 번 씨는 초심자들이 읽기에 좋은 마법 기본서를 좀 가지고 있었어. 세스, 한번 읽어 봐. 네가 운 좋은 사람 중 하나일 수도 있고, 생각보다 쉽다는 걸 알게 될 수도 있어."

안젤리크는 잠시 머뭇거리다 내처 말했다.

"단, 그 검은 책은 사용하지 마. 알겠지, 세스? 거기에는 주문이 많이 들어 있을 거야. 그렇지만 초심자들은 어떤 게 좋은 주문인지 구별하기가 어려워."

안젤리크는 고개를 끄덕여 작별 인사를 했다.

"잘 있어, 세스."

퓨터와 안젤리크는 은은하게 빛나는 빛줄기 속으로 걸어 들어갔다. 라스트 찬스 호텔을 떠나는 텔레포트가 분명했다.

"자네가 마법을 시도해 본다고 약속하면 내가 2주 후에 자네가 잘하고 있는지 봐 주겠다고 약속하겠네."

퓨터가 소리쳤다.

"그렇게 할게요!"

세스가 외쳤다. 2주면 충분할까? 모두가 그에게 마법이 어렵다고 했었다. 그렇지만 또 마법은 사람들에게 제각각 다르게 찾아온다고도 했다. 어머니가 마법사였을지도 모른다는 것도 받아들이기가 힘든데 어머니의 마법을 물려받았을지도 모른다고 생각하기는 더욱더 어려웠다.

세스는 그 어느 때보다도 부모님이 곁에 있기를 바랐다. 어머니처럼 되고 마법을 하려면 도대체 어디서부터 시작해야 할까? 세스는 손가락을 뻗어 마치 안젤리크가 마법의 불꽃을 내기 위해 지팡이를 흔드는 것처럼 빙빙 돌려 보았다.

세스는 퓨터를 다시 볼 것이라는 생각에 마음이 조금 편해졌다. 그리고 이 세상에 정말로 마법이 존재한다는 사실에, 그리고 심지어 자신이 마법을 부릴 수도 있다는 가능성에 온몸에 전율을 느꼈다. 사실 세스는 손을 흔들고 퓨터와 안젤리크가 사라지는 모습을 지켜보는 동안에도 당장 가서 마법을 한번 시도해 보고 싶어 몸이 근질거렸다.

## 라스트 찬스 호텔

| | |
|---|---|
| 펴낸날 | **초판 1쇄** 2021년 1월 5일 |

| | |
|---|---|
| 지은이 | 니키 손턴 |
| 옮긴이 | 김영선 |
| 펴낸이 | 심만수 |
| 펴낸곳 | (주)살림출판사 |
| 출판등록 | 1989년 11월 1일 제9-210호 |

| | |
|---|---|
| 주소 | 경기도 파주시 광인사길 30 |
| 전화 | 031-955-1350　팩스　031-624-1356 |
| 홈페이지 | http://www.sallimbooks.com |
| 이메일 | book@sallimbooks.com |

| | |
|---|---|
| ISBN | 978-89-522-4270-9　73840 |

책임편집·교정교열 노지선·구민준

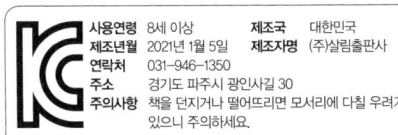